그저
그렇게 사는 거다

그저 그렇게 사는 거다

1판 1쇄 발행 2021년 8월 10일

지은이   이용해
발행인   이선우
펴낸곳   도서출판 선우미디어
             등록 | 1997. 8. 7 제305-2014-000020
             02643 서울시 동대문구 장한로12길 40, 101동 203호
             ☎ 2272-3351, 3352 팩스: 2272-5540
             sunwoome@hanmail.net
             Printed in Korea ⓒ 2022. 이용해

값 13,000원

ISBN 978-89-5658-706-6 03810

재미 성형외과 전문의
이용해의 열여섯 번째 수필집

그저 그렇게 사는 거다

선우미디어 sunwoomedia

진정한 가치관에 여물어가는 세월

김정기 시인

드디어 이용해 박사님의 수필집이 열다섯 권을 넘어서 열여섯 권째 새 얼굴로 '그저 그렇게 사는 거다'라는 명제를 가지고 드디어 출간하게 되었다. 박사님은 은퇴한 후에도 여러 곳에서 활동하고 고국 대학에서 여러 해 강의하시다가 작년에 정식으로 오랜 노고의 일상을 접고 자유의 시간을 향유하며 쉬신다.

그동안 출간된 수필집에는 우리 생활 속에서 가꾼 여러 가지 에피소드를 가지고 독자의 가슴을 뭉클하게 하였을 뿐만 아니라 그 내용이 우리 주변과 신세대의 엉뚱한 점이나 가치관의 차이를 흥미롭게 가꾸되, 어느 누구도 따라오지 못할 만큼 옹골차게 펼쳐내는가 하면, 그렇게 그가 빚어낸 수필 속 이야기들은 의학박사답지 않은 부드럽고 따스하게 읽는 이의 마음속 깊은 곳으로 파고들어 왔다.

수필의 방황과 고뇌, 희로애락이 잘 녹아있을 뿐 아니라 이 새로운 시대와 지난날의 변화를 관통하는 글을 계속 써 왔다. 일찍 미국에 성형외과 의사로 자리 잡기까지 외국 생활의 산전수전을 다 겪은 그는 풍부한 자신의 감성을 수필이란 그릇에 담아 본인 인생의 익어가는 과정을 예민한 감각으로 자연스럽게 잘 표현했다. 자연을 좋아하고 고향 친구 동포들을 사랑하며. 사물을 새롭게 바라보고 인식하게끔 하는 이번 작품집이 더욱 동포사회와 고국에 귀감이 되어 빛날 것을 확신하며 반복되는 일상에 대한 성찰과 새로운 해석을 가능하게 하는 힘이 되리라 믿고 기대한다.

오쇼 라즈니쉬의 글에 나오는 이야기입니다.

추운 날 고슴도치들이 모였습니다. 추위를 견디려고 고슴도치들이 서로 부둥켜안았습니다. 그러니까 상대방의 가시에 찔려 아파서 다시 물러나니 추위가 다시 엄습했습니다. 그래서 다시 부둥켜안고 가시에 찔리고 다시 물러나고 그렇게 하면서 서로 안지도 못하고 헤어지지도 못하고 지내더라는 이야기입니다.

어찌 고슴도치뿐이겠습니까? 동물들은 끼리끼리 모여서 삽니다. 펭귄은 모여서 서로 돕고 서로 양보를 하며 살아간다고 합니다. 오래전 뱀들이 뭉쳐 사는 굴을 본 일이 있습니다. 그런데 뱀은 역시 악한 동물인지 자기들끼리 서로 잡아먹기도 하는 것을 보았습니다.

사람도 서로 끼리끼리 삽니다. 뉴욕의 브루클린에는 이탈리아 사람이 모여 사는 구역이 있습니다. 20세기 초에 이탈리아 사람들이 앨리스 아일랜드를 거쳐 미국 땅에 발을 디딘 후 그들은 브루클린에 자리를 잡았습니다. 마피아들도 활개를 치고 이탈리아식당도 번성했습니다. 그러면서 같이 모여서 삽니다.

할렘에서는 흑인이 모여서 삽니다. 중국인은 차이나타운을 만들어서 모여 살고 있고, 한국 사람들도 로스앤젤레스나 뉴욕의 플러싱에 모여 살고 있습니다. 처음 미국에 올 때 "미국에 가면 한국 사람들을 조심해라."라는 말을 많이 들었습니다. LA공항에 내리면 한국 사람이 다가와서 "어디를 가십니까? 나도 누구를 마중 나왔는데 안 보이네요." 하고는 "그럼 제가 어디로 가는지 모셔다드리지요." 하고는 짐을 차에 싣고는 그냥 달아나버리는 사기꾼이 있는가 하면, 처음 미국에 와서 영어를 잘 못해 더듬거리는 한국 사람에게 사기를 친다는 것이었습니다.

다행히 나는 병원과 계약이 되어왔지만, 먼저 온 한국 사람들이 낯선 미국 사람들보다 더 가혹하게 대한 것도 사실입니다. 우리 한국 사람들처럼 끈적끈적한 사이도 없습니다. 우리는 서로 만나 인사하면 바로 친구가 되고 20분만 이야기를 나누다 보면 연결고리가 있습니다. 지연이나 학연, 공동의 지인이 있게 되고 곧 가까운 사이가 됩니다. 그런데 이 가까운 사이를 이용하여 사기를 치는 사람이 있습니다.

나도 개업하고 돈이 좀 모으자 한국 투자자를 소개받았습니다. Pain weber, Marryl lynch, Fidelity 등의 명함을 가진 사람들입니다. 어떤 이는 Vice President 명함을 내밀기도 했습니다. 그런데 투자자들을 소개해 준 그들은 하나같이 내 돈을 이용하여 자기의 이익을 챙겼고 나는 손해만 보았습니다. 투자하자고 나의 돈을 가져가서는 5년이 지나서 주가가 내려갔다면서 투자한 돈의 반도 안 되는 돈을 돌려주었습니다. 또 어떤 사람은 수익성 좋은 곳에 투자하겠다면서 내 돈을 가져가서는 어디로 사라졌는지 알 길이 없고 한국으로 나갔다는 이야기만 풍문에 들었습니다. 내가 이런 사람들에게 손해를 본 일이 한두 번이 아닙니다. 심지어 어떤 친구는 "몇백만 불은 맡겨야지. 이렇게 적은 돈은 마음대로 운영할 수도 없고…."라면서 오히려 거드름을 피우기도 했습니다.

한국 동포들이 고슴도치들입니다.

-〈그러면서 사는 거다〉 부분

이런 사실을 가감 없이 블랙코미디 같은 잔혹하고 통렬한 자기 풍자와 명쾌한 해학과 알레고리가 실제적인 주조를 이루고 있으며, 고통으로 시작하여 해법으로 점철된 서사가 읽는 이로 하여금 이처럼 공감으로 다가오고 그래서 그의 수필 면면에는 합일이란 주제가 깊이 깔려있다. 나이가 들어감은 익어가는 어른으로서의 자태만을 나타내지 않는다. 따뜻한 햇빛과 사랑스러운 바람이 함께 해야 노송은 겸손과 올곧은 신념으로 세월을 버티는 발자국을 남긴다. 그의 수필은, 인내하고 사랑을 하면 인생도 계절처럼 익는 모습을 보여 줄 수 있다는 메시지를 우리에게 던져 주고 있다.

개미들이 줄을 서서 짐을 지고 가는 것을 보면 '참, 모든 개미가 열심히 일하는구나.'라고 생각합니다. 그런데 개미 집단의 20%만이 열심히 일하고 나머지 80%는 빈둥거리거나 노느라 들락거리고 일은 안 한다고 합니다. 그래서 열심히 일하는 개미들만 모아서 다시 관찰했더니 새로운 집단에서도 20% 정도만 일하고 나머지 80%는 일하지 않더라는 것입니다. 이런 현상은 개미를 관찰한 사람의 이름을 따서 '파레토의 법칙'이라고 합니다.

이 '파레토의 법칙'은 기업에도 있고 어느 직장에나 있습니다. 병원에도 마찬가지입니다. 병원에서 파레토 법칙을 적용해 보아 리더가 되는 과로 심장내과, 소화기기 내과, 안과 의사들로 20%정도입니다. 병원장님이 '자기의 월급도 못 버는 의사들이 있다.'라고 화를 내던데 사실인지는 모르겠습니다. 정말 소화기 내과나 심장내과, 소아과 교수님들은 점심조차 먹을 시간도 없이 바쁜데, 어떤 교수님들은 진료실에 앉아 한가하게 컴퓨터만 들여다보고 앉아 있는 걸 보기도 했습니다.

전공의에게 성형외과는 힘 드는 엘리트들이 모이는 인기 전문과입니다. 그런데 전문의가 되었을 때 심장내과나 정형외과만큼 돈을 벌지지 못합니다. 그러니 병원장이 정형외과나 심장내과 의사들을 좋아할 수밖에요. 그러나 "아니 성형외과 의사가 수입이 좋다고 야단들인데 왜 자네들은 실적을 올리지 못하는가?"라면서 성형외과 의사들에게는 압력을 가합니다.

그런데 미용성형외과를 개업하여 운영하는 의원과 대학병원에서의 재건 성형외과 의사들 간의 차이를 이해하지 못해서 나오는 이야기입니다. 개업 미용성형외과로 쌍꺼풀을 해달라거나 코를 높여 달라고 돈을 싸들고 오는 환자들과, 손을 다쳐서 응급실로 달려오는 노무자들을 다루는 대학병원 의사의 수입이 같을 수는 없습니다. 그래서 사립대학병원 성형외과 의사들은 괴롭습니다.

―〈파레토 법칙〉 부분

세상의 모든 일이 법을 넘어서 길게 축 처지게 쓰는 것은 바람직하지 않다. 박사님은 이미 어떤 사건에서 살아가는 길의 도를 터득한 것 같다. 인문학적인 사고를 더 해서 좀 더 노력하면 더 뛰어난 작가가 의사의 영역만큼 크게 되었음을 믿어 마지않는다.

그의 진솔한 삶의 가치가 수필의 핵심일 수도 있다. 수필의 본질적 측면인 내면적 사유와 성찰을 폭넓게 보여주기 때문이다. 세상을 통찰하고 자신을 성찰하는 작가의 성숙함이 무르익을 대로 익어 색다른 아름다움을 연출하기도 한다. 그의 수필이 독자를 편안하게 해주는 이유도 여기에 있다. 긴장감 넘치고 뜨거운 이슈도 그의 수필 안에 들어오면 평온과 차분함을 얻는다. 자유, 겸허와 중용, 배려와 사랑, 긍정적 수용 등이 작품 곳곳에 녹아 있다. 성숙과 긍정 이란 그만의 강한 아우라가 여기저기서 발산된다.

오래전 친구와 작별 인사를 할 때면 '잘가.' '잘 있어.' '또 만나자.' '누구에게 안부 전해.'라는 말을 주고받곤 했습니다.

그런데 근년에는 '언제 식사나 같이 한번 합시다.'라는 말을 많이 듣습니다. 이런 인사에 익숙하지 않은 나는 한동안 '그럼 언제 어디서 만나자는 걸까. 혹시 연락을 주려는가?'라고 기다릴 때가 많이 있었습니다. 한 달이 지나고 몇 달이 지나서 결국 내가 한국을 떠날 때까지도 연락은 오지 않습니다. 그 말을 한 친구가 아무런 연락을 하지 않으면 섭섭한 마음이 들곤 했습니다. 어느 때부터 그런 약속 아닌 약속이 헛말이라는 것을 깨닫고는 요새는 친구가 헤어질 때 '언제 식사라도 같이 한번 합시다.'라는 그저 내용이 없는 인사말이란 걸 알게 되었습니다.

'같이 식사나 한번 합시다.'라는 말을 두 가지 약속입니다. 하나는 다시 만나자는 것이고, 또 하나는 같이 밥을 먹으면서 우정을 나누자는 것입니다. 그러니 이 약속을 어기는 것은 두 가지 약속을 모두 어긴다는 말입니다. 같이 식사한다는 건 매우 가까운 사이에서 하는 이야기일 것입니다. 같이 식사하는 건 사무적으로 만나 이야기하는 것과도 다릅니다. 가까운 친구끼리 친척이나 가족끼리 같이 식사하면서 사랑을 나누는 자리일 것입니다. 특히 한국 음식은 젓가락이나 숟가락으로 공동의 반찬을 먹고, 어떨 때는 전골이나 찌개 냄비에 자기가 먹던 숟가락으로 함께 떠먹어야 합니다. 가끔 백화점의 음식 코너에서 라면이나 어묵을 작은 그릇에 담아 같이 나누어 먹는 소녀들을 보면서 '정말 사랑스럽구나' 생각할 때가 많았습니다.

이처럼 같이 식사한다는 것은 정말 사랑을 나누는 것입니다. 성경에 보면 예수님은 사랑하는 제자들과 같이 식사를 자주 하셨다고 기록이 되어 있습니다. 나는 그것을 예수님이 정말 제자를 사랑하는 표시라고 생각을 하였습니다. 나는 공자가 안유나 자공과 같이 식사하였는지 아니면 권위를 위하여 혼자서 진짓상을 받았는지 모르겠습니다. 하도 예수님이 제자들과 몰려다니며 식사를 하니까 바리새교인이 "너희 선생을 먹기를 탐한다."라고 시비를 걸 정도였습니다. 예수님이 부활하셔서 제자들과 마지막 만남에서도 예수님은 제자들을 위하여 생선을 굽고 떡을 구웠습니다. (……)

지금은 말의 잔치 시대입니다. 한국말은 수식어가 많고 미사여구가 다양하며 변화무쌍해서 그런지 말과 뜻이 다른 때가 많습니다. 더욱이 젊은 세대의 말을 전부 이해할 수는 없습니다. 사람 사이에서도 약속은 많이 하지만 약속은 말만의 약속으로 끝나는 때도 많습니다. LA에 친구들이 있는데 가끔 전화로 인사를 합니다. 그런데 "야, 너 언제 이 근처 올 일 있으면 연락을 해라. 같이 식사나 하자."라고 합니다. 어느 날 내가 LA에 미팅을 가게 되어 친구에게 전화했더니 "너 왔니? 반갑다. 언제 식사나 같이하자."라고 했습니다. 그리고는 내가 거기 있는 일주일 동안 전화도 메시지도 없었습니다.

어째서 이렇듯 빈말 인사가 유행하게 되었을까요? 그 시작은 정치인에게서부터라고 생각합니다. 선거 기간 중에는 "내가 당선되면 식사나 같이합시다."라면서 표를 구걸하고는 당선 후에는 '내가 언제 그런 말을 했는데?'라고 딴소리를 합니다.

-〈식사나 같이합시다〉 부분

말하지 않는 말로 말할 때, 서로에게 서로를 말하는 우리는 누구인가.

깊고 간절한 뿌리의 사랑을 감동으로 확인하게 되는 사람과 사람 사이 언어의 교신 속에 청어 가시처럼 삶 속으로 파고드는 상처조차 따뜻하게 익히는 진실의 말솜씨가 일상 속에 튀어나온다. 누군가를 위해 늘 깨어 사랑하고 용서하는 지혜와 감동을 선물해준다.

외로움에 지친 이에게 사랑과 평화를 선물하는 수필 한 편을 읽으며 참으로 행복하다.

수필이 지녀야 할 구도와 리듬, 음정, 높이를 완벽하게 갖추고 있다. 그저 우리 삶의 일상적으로 뱉어내는 언어의 무게를 다시 한번 돌아보게 하는 작품이다.

나는 열네 살 때 동생 둘을 다리고 한국전쟁 때 피난을 했습니다. 제가 판단하고 결정하면서 동생 둘을 보호하며 피난 다녔습니다. 우리는 살아남았고, 나는 의사가 되었고 동생은 서울대학을 졸업하여 훌륭한 사회인이 되었습니다.

어머니는 위대합니다. 또 어머님의 사랑과 비교할 것은 아무것도 없습니다. 그러나 사자는 얼마 동안 자식을 길러서는 혼자 내보낸다고 합니다. 맹수가 되기 위해서는 고생도 하고 위험도 겪어야 합니다.

많은 사람이 지금 한국의 젊은이들이 나약하다고 합니다. 그것이 어머님의 지나친 과보호 때문이 아닐까요? 저녁마다 내무반에서 오늘 지난 일을 어머니에게 보고하는 군인이 용감한 전사가 될 수 있을까요? 사건의 고소장을 들고 어머니에게 전화를 걸어 의견을 묻는 검사가 있다면 그가 정말 공정하고 정의로운 검사가 될 수 있을까요?

그렇습니다. 어머니가 자식을 사랑하기 때문일 것입니다. 그런데 한국의 어머니들은 사랑이 집착으로 변하고 소유욕으로 변하는 것을 알지 않습니까. 아들이 영원히 자신의 꼭두각시가 되어 어머니의 의중에서 놀아나고 자기의 의지대로 살지 못하는 어린애를 만들려고 하지 않았는지 돌아봐야 합니다.

나는 지금 변해가는 어머니의 사랑이 정말 올바른 길일까 하고 걱정을 해봅니다.

　　　　　　　　　　　　　　　　　　　　　　－〈어머니의 힘〉 부분

우리는 미국 이민자다. 이용해 박사님도 50여 년 넘게 미국 시민으로 살고 계시다. 산다는 것은 '먹고 사는' 실존의 문제다. 실존은 주어진 조건, 즉 문화에 적응하는 치열한 현실과 대면이다. 여기에 부모나 형제와의 관계는 필수 요소다. 작가의 이민자 생활은 영어에 익숙해지는 숱한 사연으로 점철되었을 것이다. 그에게 영어는 단지 의사소통의 수단을 넘어 생존의 한 방편이 아니었겠는가.

이런 상황에서 어머니의 영원한 존재의 비밀을 뒤집고 있는 날카로운 현실을 어머니의 글인 모국어로 많은 동포가 글을 쓰기 시작하며 문학에 다가갔다. 얼마나 어려운 일인가. 이 자체만으로도 충분히 박수를 받을 만하다. 더러 이민자 작가의 모국어 문학 참여가 향수라는 정념이나 그리움에 머물고 마는 경우를 목격한다. 하지만 이용해 박사님의 수필은 다르다. 그는 한국의 수필가 이상으로 한국어 사용과 그 도덕적 가족관계, 문장 수사가 뛰어나다. 고유어, 고급 한자어, 고사성어를 문맥에 적절하게 배치하여 문장의 품격을 한층 높인다. 이는 개인적 감수성이나 기질에 연유하기도 하지만, 그의 남다른 의식과 노력 없이는 불가능하다. 어머니의 힘에는 한국 민족의 정통성과 다시 한번 잃는 우리에게 어머니! 그 가치를 일깨워주고 있다.

〈예약사회〉〈카톡방〉 등 그 외에도 우리가 새로 접하는 많은 서투름을 설명해 주는 주옥같은 수필들이 많이 수록되어있다. 〈내가 아는 진리〉〈반강제 크루즈여행〉〈길거리 음식〉〈뛰어 봤자〉〈무책임한 기억력〉 등은 허리를 잡고 웃음을 참기 힘들면서도 공감이 되는 대목들이 다수이기에 여러 독자는 이용해 박사님의 새로운 책을 기다리고 있다. 〈미운 사람〉〈인생은 이모작〉〈커피 한 잔〉 등도 같은 감칠맛으로 우리에게 새로운 독서의 기쁨을 향유할 수 있게 만들고 있다.

팬데믹의 어두움 속을 헤치고 단 일 년 만에 또 한 권의 수필집 ≪그저 그렇게 사는 거다≫를 상재하신 이용해 박사님의 노고에 박수와 축하를 보내드린다. 한 사람의 살아있는 경험을 기반으로 쓴 역사적 기록의 한 페이지라 할 수 있다. 이 책엔 개인의 추억담 이외에 인문학과 미학, 어지러운 사회에 대한 깊은 이해와 지은이의 성찰들을 많이 엿볼 수 있으며 세월이 지날수록 더욱 청청한 사고와 감성으로 엮어져서 한 대목 한 대목들이 독자의 심금 안에 더욱 빛나기를 기대하면서.

2022년 5월

차례

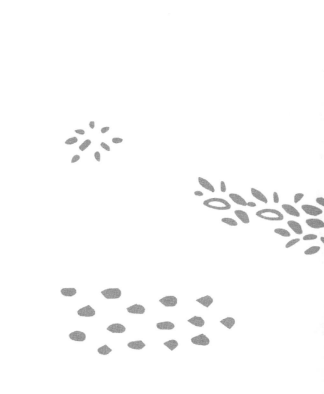

1

메멘토 모리

방관자

2022년 3월 9일 한국의 대통령 선거는 참으로 치열한 경쟁이었습니다. 한국이 사회주의 국가가 되어 고려연방국으로 가는가 아니면 그냥 자유시장 경제 민주주의 국가로 남느냐 하는 중대한 선거였습니다.

몇 개월 전부터 온 나라가 찬반으로 갈려서 떠들썩했습니다. 그런데 투표한 사람은 77%밖에 안 되었습니다. 즉 23%는 투표하지 않았습니다. 이 23%가 누구에게 갔다면 당락이 갈릴 뿐 아니라 선거에 크나큰 영향을 미칠 숫자입니다. 물론 병원에 입원했거나 응급한 일로 투표를 못 한 사람들도 있습니다. 정부에서는 그런 것을 막기 위하여 사전 투표제라는 것을 실시하여 기회를 주었습니다.

평생 투표는 하지 않고 정부에 불평만 하는 사람들이 있습니다. 그리고 투표를 안 하는 것이 자기가 무슨 백이 숙제라도 되는 양 자랑이라도 되는 듯이 떠들고 다니는 사람도 있습니다. 그러나 백이 숙제도 제 나라 땅에서 나는 고사리와 도라지를 먹었고, 그것을 지적하자 부끄러워 수양산으로 들어가 굶어 죽었다고 합니다.

우리 사회에는 항상 방관자들이 있습니다. 아마 그날 골프를 치느라고 투표를 하지 않은 사람 중에는 골프를 치고 나서 맥주를 마시면서 정치를 비판하고 자기가 싫어하는 사람을 비판했을 것입니다. 선거하라고 준 휴일에 가족들과 함께 놀러 가느라고 선거를 하지 않은 사람들도 있을 것입니다. 그렇다고 그날 뽑힌 대통령이나 국회의원이나 지방자치제 지도자들의 정책이 그들의 삶에 아무런 영향을 미치지 않을까요? 그런 사람일수록 정부나 정치인을 비판하고 '헬조선'이라는 말을 많이 하지 않을까요.

나는 이런 방관자들도 일종의 범죄자라고 생각을 합니다. 예수님은 방관자를 싫어하셨습니다. 마태복음 11장 17절에는 "너희를 위하여 장터에서 피리를 불어도 춤을 추지 않고 우리가 애곡을 해도 울지 않음과 같도다"라고 방관자들을 질책하셨습니다. 비유로 착한 사마리아 사람에 대한 예화를 하실 때도 강도당한 사람 옆을 제사장이 지나갔습니다. 그리고 레위인이 지나갔습니다. 그들은 사회의 지도자들이었습니다. 그들은 아무런 잘못도 하지 않았습니다. 그냥 아무 일도 하지 않고 지나간 방관자일 뿐입니다. 그런데 성경의 이 부분을 읽은 사람들이 제사장이나 레위인을 잘했다고 할까요? 예수님도 그들이 아무 죄가 없다고 말씀하시지 않았습니다.

자동차가 절벽에 걸려서 기울어 가고 있습니다. 많은 사람이 자동차를 끌어 올리려고 하는데 한 사람이 저만큼 멀리 서서 팔짱을 끼고 구경만 하고 있습니다. 물론 그는 가해자나 범죄자는 아니라고 항변을 할 것입니다. 그러나 그는 범죄자에 속한다고 할 수 있을 것입니다.

얼마 전 〈46번 버스〉라는 글을 읽은 일이 있습니다. 중국의 어느 지방에서 여자 기사가 운전하는 버스가 달리고 있었습니다. 그런데 그

지방의 조폭들이 길을 막고 여자 기사를 끌어 내렸습니다. 그런데 여기에 대항해서 싸운 사람은 힘도 없고 키도 작은 청년 한 사람뿐이었습니다. 그는 매를 맞아 길에 쓰러졌고 여자 기사는 조폭에게 끌려가 윤간을 당했습니다. 그런데 버스에 탄 승객들은 못 본 척했습니다. 조폭들이 자기에게 해를 줄까 봐 외면하고 못 본 척한 것입니다. 끌려가 윤간을 당한 여자 기사가 한참 만에 버스로 돌아왔습니다. 맞아서 쓰러졌던 청년이 버스에 타려 하자 여자 기사는 그를 밀쳐 버리고 버스를 운전해 가 버렸습니다. 얼마 후 신문에는 여자 기사가 운전을 하던 46번 버스가 절벽에서 추락하여 승객 모두가 죽었다는 기사가 신문에 났습니다. 여자 기사는 자기를 구해주려던 청년을 밀쳐 버리고 방관자들인 승객들만을 모두 태운 채 절벽에서 추락, 자살을 한 것이었습니다. 여자 기사가 방관자들인 승객들에게 한 보복이었습니다.

이 글을 읽고 아무도 여자 기사를 욕하지 않았고 방관자들인 승객들이 받은 비극적 보복에 시원한 느낌을 받았다는 것입니다. 한국의 지하철이나 길에서 여성이 폭행을 당할 때 여기 뛰어들어 말리지 않고 모른 척하는 장면들을 봅니다. 아파트 옆집에서 싸우는 소리가 나도 이웃에선 아무런 반응이 없습니다. '우리 집만 아니면 되었지 무슨 상관이야.'라는 생각입니다.

어떤 성인이 죽어 지옥에 갔습니다. 그는 아무런 악한 일도 하지 않았는데 왜 나를 지옥으로 오게 하였느냐고 항의했습니다. 지옥의 관리는 책을 뒤져 보더니 "그래요. 당신은 아무런 죄를 저지른 일은 없지요. 그러나 당신은 아무런 착한 일도 하지 않았군요. 천국은 착한 일을 한 사람이 가는 곳이지 아무런 착한 일도 하지 않은 사람이 가는 곳은 아닙니다. 아무 일도 하지 않는다는 것이 죄이지요."라고 하더라는 것입니다.

단테의 ≪신곡≫의 〈지옥편〉을 보면 지옥의 제일 층에는 방관자들이 들어가 있다고 합니다. 남들이 착한 일을 하는데도 아무런 반응이 없이 뒷짐을 지고 바라보기만 한 사람들이 지옥에 간다는 것입니다. 성경의 마지막 권인 요한계시록에도 이런 말이 있습니다. "너희가 차지도 않고 뜨겁지도 않으면 내가 입에서 뱉어 버리리니"라고 했습니다. 즉 방관하는 사람들이 죄가 없다고 하지 않겠다는 말입니다. "정의를 외면한 가장 큰 대가는 가장 저질스러운 인간들에게 지배를 당하는 것이다."라고 윈스턴 처칠은 이야기했습니다. "이 변환기 사회의 가장 최대의 비극은 악한 사람들의 거친 아우성이 아니라 착한 사람들의 소름 끼치는 침묵이다."라고 마틴 루터 킹은 절규했습니다.

그렇습니다. 우리나라의 대통령이 삶은 소대가리라고 욕을 먹어도 분개할 줄 모르는 국민, 북한의 한갓 주방장에게 모욕을 당해도 분노할 줄 모르는 국민, 그것은 남의 일이라고 팔짱을 끼고 관망하는 방관자들, 그들의 얼굴에는 침방울이 날라오지 않는 걸까요. 선거 때마다 낮을 투표율을 내는 것은 우리나라에 방관 유행병이라도 유행하는 것일까요? 그렇지 않으면 방관하는 것이 미덕이고 마치 자기들을 이사회에서 살지 않고 높은 산봉우리에서 사는 것 같은 고고한 신선의 심정일까요? 아니면 46번 버스의 승객들처럼 정권이 바뀌면 보복을 당할까 봐 그런 걸까요? 이번에 투표하지 않은 23%의 국민이 골프를 치려고 투표를 안 했는지 아니면 가족끼리 놀러 가려고 안 했는지 모르겠지만 당신들은 투표한 국민에게 '방관죄'를 지었습니다.

인생의 이모작

추운 지방 평안도나 함경도에서는 일 년에 농사를 한번 짓지만, 여름이 길고 낮이 비교적 긴 나라에서는 이모작을 합니다. 어렸을 때 잠깐 다녀온 충청남도에서는 봄에 보리를 베고 난 후 그 땅에 고구마를 심는 것을 보았습니다. 또 관광을 갔던 베트남과 타이랜드에서는 이모작 삼모작까지 한다는 이야기를 듣고 참 축복받은 땅이구나 하고 느꼈습니다. 그러니 타이랜드나 베트남은 가난하다고 하지만 먹고 사는 데는 걱정이 없습니다. 라오스에 갔을 때 마이크로버스를 타고 먼 길을 갔습니다. 가다가 중간에 과일 파는 데가 있어 잠깐 내려서 바나나를 한 3불어치를 샀습니다. 그런데 얼마나 많이 주는지 버스 안의 8명이 온종일 먹고도 남았습니다. 그러니 굶어 죽을 염려는 없습니다. 멕시코에 여행한 일이 있습니다. 멕시코도 땅이 비옥합니다. 그런데 너무 더워서 그런지 일을 하기가 힘이 듭니다. 그리고 이모작 삼모작도 할 수 있는 기후입니다. 여기도 굶어 죽을 염려는 없는 나라입니다.

결국, 활동할 수 있는 시간이 길면 이모작도 하고 삼모작도 합니다. 인생도 마찬가지입니다. 인간의 수명이 길어지니까 우리는 이모작 삼모작을 생각할 수 있는 사회가 되었습니다.

요새는 100세 인생이라고 합니다. 통계를 살펴보니 1960년 한국 사람의 평균 수명이 60세라고 했습니다. 2018년 한국 사람의 평균 수명이 83세라는 보고가 나왔습니다. 우리가 거의 100세를 사는 시대가된 것입니다.

그런데 슬픈 일이 있습니다. 우리가 100세를 살면 적어도 87세까지는 일을 해야 할 텐데 한국의 기업에서 평균 정년은 56.8세라고 보고를 합니다. 그러면 43년은 무엇을 하고 살아야 할까요? 우리는 인생을 일모작으로 생각하며 살아왔는데 이제 사람이 100세를 살게 된다면 일모작으로는 부족합니다. 일모작을 하여 이모작 인생을 살 수가없습니다.

나는 처음 늙어 보기 때문에 늙으면 무엇을 해야 할지 미처 생각을못 했었습니다. 나는 의사가 되면 정년이 없는 줄 알았습니다. 그런데사람을 상대하는 직업은 무엇이든지 정년이 있다는 것을 깨달았습니다. 의사 중에서도 외과 의사는 정년이 빠릅니다. 그래서 일차 직업에서 정년을 맞이하면 다음에 무엇을 할까 생각했어야 했습니다. 그런데나도 많은 사람처럼 이모작의 인생에 무엇을 심어야 할지 생각을 하지못했습니다. 즉 보리를 베고 나면 나머지 땅을 놀리지를 말고 다른 것을 심어야 했을 것을 하고 후회합니다. 물론 김형석 교수님을 백 세를살아도 철학 하나로 100세까지 지속할 수가 있지만, 많은 직업은 정년을 해야 합니다. 군인도 대학교수도 비행기 조종사도 은행원도 어느정도의 나이가 되면 강제로 퇴직을 시킵니다. 그런 줄 알았으면 대학에서 제2 전공을 가르쳐주었을 것을 처음 늙어 보는 일이라 몰랐지요.

그런데 늙기 전에 몰랐다가 늙어서 다시 이모작 인생을 사는 사람들이 많습니다. 우리가 많이 아는 Grandma Moses라는 할머니입니다. 그는 그저 평범한 가정주부였고 특별한 재주도 없다가 76세에 그림을 그리기 시작하여 80세에 개인전을 열었다고 합니다. 그리고 100세 때까지 그림을 그렸고 101세에 타계했습니다. 해리 리버만도 76세에 그림을 그리기 시작하여 미국의 유명한 화가가 되었습니다. 폴테스너는 64세에 기업을 시작하여 TED라는 세계적인 기업으로 일궜습니다.

누구는 이야기합니다. 꿈을 이루기에 늦은 나이란 없다. 다만 핑계가 늘어갈 뿐이다. 내가 아는 최선이 여사는 73세에 수영을 배우기 시작을 했고 60세가 훨씬 지나 첼로를 배워 자기가 사는 도시의 심포니 오케스트라의 단원이 되었습니다. 윈스턴 처칠은 80세 때 노벨문학상을 받았고, 프랭클린은 78세 때 이중조립 렌즈를 발명하였다고 합니다.

2011년 10월 26일 캐나다의 토론토에서 워터 프런트 마라톤 대회가 열렸습니다. 이때 파우자 싱이라는 100세의 나이 든 청년은 8시간이 걸려서 마라톤 Full Course를 완주했습니다. 도리스 헤덱이라는 사람은 89세에 미국을 횡단했습니다. 친구들을 만나서 "요새 뭐 하고 지내느냐?"고 물으면 "글쎄 뭘 할 게 있어야지."라고 합니다. 그리고 집에서 손주 나 보고 아내의 뒤꽁무니나 따라다니고……

톨스토이가 전쟁과 평화를 쓴 것이 78세였다고 하고 괴테는 80이 넘어서 18세의 여자를 사랑하였다고 하니 너무 실망할 것이 없습니다. 이런 이야기를 하면 어떤 친구는 나더러 주책이라고도 하고 그래 너는 젊어서 좋겠다고 비꼬기도 합니다. 그러나 아직도 살 날이 많이 있지 않습니까.

이것은 내가 선택하는 일이 아닙니다. 내가 78세에 편안하게 죽고 싶다고 해서 그날 나의 심장이 조용히 멈추어 주는 것이 아닙니다. 우리는 오래 살지 못할 것 같아서 은퇴 후에 집을 팔아 아들딸에게 물려주고는 지금 돈이 없어서 고생한다는 노인들의 이야기를 많이 듣습니다. 그러니 너무 속된 말 같지만 죽는 날까지 나의 통장에 돈이 남아 있어야 합니다. 그래야 내가 아프면 자식들이 찾아오지, 내 통장에 아무것도 남아 있지 않으면 아무도 찾아오지 않아 쓸쓸한 인생을 보내야 할 것입니다. 얼마 전 중국의 단편 영화에 이런 이야기가 있었습니다.

시골에 혼자 사는 노인이 명절에 자식들이 온다고 하여 며칠이 걸려 음식을 장만하였습니다. 정작 명절이 되었는데 자식들이 전화하여 못 간다고 연락했지요. 이 노인은 혼자 앉아 이 음식을 모두 어찌할꼬 하고 걱정을 했다고 합니다. 요새 젊은이들은 똑똑합니다. 내가 4시간 운전하여 부모님에게 가는 만큼 이득이 있는지 없는지를 따지고 행동합니다. 그러니 그런 자녀들을 원망하지 말아야 합니다. 그래서 늙어서도 이모작을 할 수 있는 일을 해야 합니다.

젊어서 인생의 제2 직업을 선택하지 못한 것이 아쉽기는 하지만, 지금이라도 무엇을 해야 할 것 같습니다. 대학에서 받아 준다면 다시 등록하고 도전하고 싶습니다. 그런데 수능시험에 자신이 없습니다. 그래서 수능시험이 없는 대학이 있다면 선택을 하고 싶습니다. 그러나 노인대학에 가서 '학도야 학도야 젊은 학도야' 하는 노래를 부르고 싶지는 않습니다. 내 나이가 어때서 사랑하기 꼭 좋은 나이라고 노래를 하지 않습니까? 우리도 무엇을 하기 딱 좋은 나이가 아닙니까?

메멘토 모리

'메멘토 모리'는 라틴어로 '죽음을 생각해라'라는 말입니다.

전쟁에 승전하고 나서 개선식을 할 때 흰말 네 마리가 끄는 화려한 전차에 몸을 실은 장군이 환호하는 군중에게 손을 흔들 때 그 옆에 세워 놓은 노예가 장군의 귀에 대고 "메멘토 모리"라고 속삭여 준다고 합니다. 즉 당신의 영광이 끝이 나고 언젠가는 죽음을 맞이하게 될 것입니다. 참 사려 깊고 철학적인 모습입니다.

화려한 갑옷을 입고 흰색 말이 끄는 전차에 올라 머리에 관을 쓰고 손을 높이 들고 들어오는 개선장군의 귀에 대고 '메멘토 모리, 죽음을 잊지 말고 기억하라.'라는 말은 잔칫상에 재를 뿌리는 일일지도 모릅니다. 그러나 개선 행진 때 이런 말을 귀에 들려준다는 것은 참으로 심각하고 인생을 진지하게 살라는 철학적인 교훈일지 모릅니다.

내가 이 말을 처음 알게 된 것은 이어령 선생님의 수필집 『지성의 오솔길』에서입니다. 25세의 젊은 의사, 눈앞에 보이는 것이 없는 야망의 시대, 정말 내가 잘난 줄 알고 덤비던 돈키호테의 얼굴에 찬물을 끼얹은 말이기도 했습니다. 나는 이 글을 읽으며 많은 생각을 했습니다. 그런데 너무 젊어서인지 머리에는 그렇겠다고 인지는 하면서도 마음에는 와닿지 않았습니다. 정말 입에서만 까불리고 마음에는 와닿지 않는 말이었습니다.

요새는 '카르페 디엠'이라는 말과 더불어 우리를 성찰하게 해줍니다. '카르페 디엠' 역시 라틴말로서 '오늘을 잡아라. 이 순간을 중하게 여기라.'는 말입니다. 나는 이 말을 토머스 칼라일의 〈today〉라는 시와 함께 좋아했습니다. 그래서 강의할 때 많이 인용했습니다. 어려서 외운 시라 맞을지는 모르지만 대충 이런 내용입니다.

"Today So here had been dawning another blue day/ Think let it slip useless away From of the eternity this new day was born/ and into eternity this new day will fade away. No eyes ever seen this day before/ and no eye will see this day/ So here had been dawning another blue day/ think let it slip useless away."

그렇습니다. 노을이 금방 사라지면 오늘은 다시는 우리가 만날 수도 없고 볼 수도 없는 영원 속으로 가버립니다. 그러므로 오늘 우리에게 주어진 오늘을 정말 값지게 살자는 말입니다.

개선한 장군이 개선식에서 열렬한 환영을 받으면서 '이 벅찬 순간을 마음껏 즐기며 기억해라.'는 말입니다. 상처뿐인 영화에 나오는 폴뉴만이 복싱 챔피언이 되어 무개차를 타고 꽃다발을 안고 꽃잎이 휘날리는 시가행진하면서 애인인 피어 안제리에게 속삭입니다. "이제 이 순간을 즐기자. 이 시간은 흘러가고 챔피언은 끝이 나는 그것"이라고 속삭이던 장면을 기억합니다.

'메멘토 모리'는 우리가 죽음을 맞이할 때처럼 진지하게 행동을 하자는 말일 것입니다. 명심보감에서 보면 '鳥之將師 己鳴悲 人之將死 己言善(새가 죽을 때가 되매 그 울음이 슬프고 사람이 죽을 때가 되매 그 말이 선하도다.)'라는 말입니다.

내가 내일 죽을 텐데 다른 사람에게 싸움을 거는 사람은 없을 것입니다. 모두 착한 말로 일을 마무리하려고 할 것입니다. 오래전 김종필 선생의 인터뷰를 본 적이 있습니다. 나이가 들고 부인마저 먼저 세상을 떠나보낸 운정 김종필은 끝없이 부드러워 보였고, 언제 군복에 권총을 차고 중앙정보부장으로 신문기자 앞에 나타났던 사람일까 하고 생각하게 했습니다.

얼마 전 세상을 떠나신 이어령 선생님이 20대의 젊은 기백으로 우상의 파괴라는 평론으로 문단의 선배였던 김동리 선생, 서정주 선생, 황순원 선생을 우상이라고 매도를 했습니다. 나이 많고 항상 어수룩한 아저씨 같은 염상섭 선생의 〈실험실의 청개구리〉를 매섭게 비판했습니다. 그런데 얼마 전 암으로 투병하시면서 인터뷰를 할 때의 이어령 선생을 보면 언제 그런 기백이 있었을까 하는 부드러운 모습이었습니다. 그분은 젊었을 때 오로지 똑똑하다는 것을 내세웠던 일을 약간은 후회를 하는 듯한 모습도 보였습니다. 그렇습니다. 이어령 선생님도 나이가 들어서는 면도칼처럼 날카로운 모습이 아주 부드러워졌음이 틀림없었습니다. 아마 나도 나이가 들었기 때문에 이런 말을 하는지도 모릅니다.

근래에 많은 지인이 세상을 떠났습니다. 이어령 선생님, 나의 일생에 가장 친했던 연세의대 총동창회를 지낸 전광필 박사, 1년 선배이지만 수재였고 훌륭한 의사 박문재 선생님, 동창이면서 점잖고 미주 한인회 회장을 역임한 이영빈 동창이 세상을 떠났습니다. 살아있을 때 모두 빛이 나던 사람들입니다. '메멘토 모리'라는 말을 그에게 들려줄 수 없을 정도로 빛이 나던 사람들입니다.

언제 우리에게 석양이 드리우고 죽음의 그늘이 덮일지 몰랐습니다. 요새 돌아가는 세상을 보면서 5년 전에 문재인 대통령이 대통령에 당선되고 서슬이 퍼렇고 얼굴에 매운 고추처럼 독기가 서렸을 때 누가 옆에서 '메멘토 모리'라는 말을 들려주었다면 어땠을까 생각을 해봅니다. 아직도 살길이 많이 남은 그에게 '메멘토 모리'라는 말이 아니라 '메멘토 5년'이라는 말만 해주었어도 그렇게 많은 적을 만들고, 그렇게 많은 사람에게 죄를 씌워 감옥에 보내고 짓밟지 않았을는지도 모릅니다.

전해오는 말에 의하면 그는 지금 불안 속에서 살고 있다고 합니다. 얼마 있으면 물러날 대통령이라는 자리, 그것도 자기가 그렇게 압박했던 윤석열 씨가 대통령이 되었다니 마음이 편할 리가 없을 것이고, 자기가 감옥에 보내고 자기 때문에 자살한 사람의 얼굴이 꿈에 나타날지도 모릅니다. 그는 며칠 있으면 떠날 청와대를 리모델링을 한다고 합니다. 청와대를 팔 것도 아닌데 왜 리모델링을 할까요? 아마도 자기가 만들었던 화려한 자취를 지우려고 하는 일이 아닐까요? 그는 지금 필사의 노력으로 그것을 피하려고 공수처라는 것도 만들었고 중요한 자리에 자기 사람들을 심었습니다.

지금은 검찰 수사권 완전 박탈이라는 법을 만들어 자기에게 올 칼날을 피하려고 합니다. 그러나 그것은 불가능할 것입니다. 나라에는 항상 법을 시행하는 기관이 있게 마련이고 정규재 주필의 말대로 문재인 대통령이 한 일을 기억하는 사람들이 너무나 많기 때문입니다. 그러나 지금 올라오는 기세로 대통령에 취임하는 윤석열 대통령에게도 '메멘토 모리'란 말은 들려주고 싶습니다. 왜냐하면, 오늘 핍박을 당하는 사람들도 5년 후에 보자며 기다리는 사람들이 많이 있을 것이기 때문입니다.

메멘토 모리는 모든 권력을 가진 사람들이 기억해야 할 말뿐이 아니라 우리가 모두 기억해야 할 말이 아닐까 생각을 해봅니다.

의인

우리더러 의인을 꼽으라고 한다면 얼른 성경에 나오는 노아와 아브라함을 꼽을 것입니다. 성경에 의인이라고 명시되어 있기 때문입니다. 그럼 노아는 언젯적 사람이었는가를 이야기하라면 좀 복잡해집니다. BC 3500년 이전의 역사는 잘 알려지지 않기 때문입니다. 그러나 그가 500세 때부터의 이야기가 나오니까 아마도 BC 4000년 전 신석기 시대의 사람이었을 것입니다.

그때 그는 하나님의 계시를 받습니다. 세상의 인간이 사악하여 모두 없애 버리겠다 그러니 너는 크나큰 배를 만들라는 계시입니다. 그는 그 딱딱한 잣나무를 아마도 돌로 만든 도끼로 찍어 내고 그 큰 배를 100년 동안 만들었습니다. 그는 믿기 어려운 계시를 믿었습니다. 그리고 남들이 미쳤다고 비웃어도 묵묵히 일했습니다. 성경에는 그의 고민은 이야기하지 않았습니다. 돌로 나무를 찍어 배를 만든다는 것은 상상하기도 힘이 든 이야기입니다. 더구나 100년 동안. 그러나 그는 순종했습니다. 그리고 홍수가 나기 일주일 전에 배에 들어가라는 명령을 받습니다. 그는 묵묵히 순종합니다. 그리고 2월 17일 폭우가 쏟아지기 시작합니다. 폭우가 오기 일주일 동안 그는 세상 사람이 모두 죽는다는 고민을 했다는 기록이 없습니다. 세상 사람들이 모두 죽고 그의 가족만이 살아남았습니다. 그는 순종했지만, 이웃에 대한 연민이 있었는지 모르겠습니다.

그런데 또 하나의 의인 아브라함은 다릅니다. 아브라함의 조카가 사는 소돔과 고모라를 불로써 멸한다는 천사들의 통고를 받았을 때 아브라함은 하나님께 간청합니다. "의인이 몇 명은 있을 텐데 의인까지 모두 포함해서 죽이시렵니까?"라고 항의를 합니다. 그리고 하나님과 타협을 합니다. 그냥 타협이 아니라 간청입니다. 그리고 50명에서 45명, 40명, 30명, 10명으로 내려오면서 그는 "주여 노하지 마시옵소서 만일에 만일에"라면서 50명에서 10명까지 끌어내립니다. 그러나 10명의 의인도 못 찾은 그는 낙담하고 포기합니다. 다음날 소동과 고모라 쪽에서 떠오르는 연기를 보며 탄식합니다. 그는 죄인이라 하더라도 불에 타 죽는 사람들을 위하여 슬퍼합니다.

여기 또 한 사람이 있습니다. 모세라는 지도자입니다. 노예에서 자유를 찾아 멀리 있는 길을 나선 이스라엘 민족은 광야에서 죄를 짓고 하나님을 실망하게 합니다. 하나님은 실망하여 광야의 이스라엘 민족을 싹 쓸어버리고 새로운 민족을 만들겠다고 합니다. 이때 모세는 강하게 반발합니다. "차라리 내 이름을 생명책에서 지워 버릴지언정 이 민족을 멸망시키지는 마십시오. 그렇게 하신다면 광야까지는 끌고 나왔지만, 하나님의 능력이 없어서 광야에서 모두 죽였다고 할 것이 아닙니까?" 하고 강력하게 반발하여 하나님의 마음을 돌립니다.

나는 이 세 사람 중 누가 정말 의인일까 하고 생각을 해봅니다. 하나님께 순종은 하지만 세상 사람들에게는 냉담했던 노아, 소돔과 고모라의 시민들을 살리려고 하나님께 매달려 협상을 하던 아브라함, 나를 죽여도 좋으니 백성을 살려야 한다고 달려들던 모세의 이야기를 읽으면서 누가 정말 의인이었을까 생각해 봅니다.

해방되고 공산당의 정부가 기독교인들을 숙청할 무렵 우리나라 기독교의 정신적인 지도자 조만식 선생님에 계셨습니다. 그는 '조선민주당'을 창당하고 북한에도 자유 민주주의를 실현해 보려고 노력했지만 역부족이었습니다. 그때 서북청년단의 젊은이들이 조만식 선생님을 대한민국으로 피신시키려고 했습니다. 그래서 청년 몇 사람이 조만식 선생님을 찾아가서 "선생님, 우리와 같이 남한으로 가십시다."라고 강권했습니다. 그러나 조만식 선생님은 조용히 거절했습니다. 여기 많은 기독교인이 같이 고생하고 있는데 어찌 나만 남한으로 도망하여 생명을 보존하려고 한단 말이오. 나는 그들과 같이 고난당하겠습니다. 그리고 그는 결국 공산 당원에게 생명을 잃었습니다.

1964년 출판이 된 김은국 선생의 순교자는 한국인 처음으로 노벨문학상 후보에 올랐습니다. 여기에 등장하는 박대위는 평양에서 순교한 12명의 순교자의 진실을 규명하는 일이었습니다. 그는 장 대령이라는 사람을 찾아 도움을 구하여 12명의 순교자의 이야기를 찾아다닙니다. 여기 등장하는 사람이 신 목사입니다. 이 책에서는 신 목사는 외면으로는 목사이지만 그의 마음에는 기독교인이 아니라 무신론자로 기록이 되고 있습니다. 그는 한국전쟁에 희생을 당하는 수많은 무고한 사람들. 무참하게 죽어가는 아이들과 부녀자들이 무슨 죄가 있어 죽어가는가. 하나님이 있으면 어찌 이런 일이 일어날 수 있단 말인가 하고 분개합니다. 그러나 그는 자기를 믿고 교회에 나오는 순박한 사람들을 실망시키지 않기 위하여 참다운 기독교인의 삶을 살다가 그도 역시 순교를 당합니다.

나는 이 책의 신 목사가 무신론자라고 생각하지 않습니다. 그는 아버지에게 매달리며 "아버지, 이 사람들을 도와주세요."라고 애원했는데 하나님의 응답이 없자 아버지 미워하며 돌아서는 어린아이와 같습니다. 참혹한 현실을 보면서 간절히 애원하는 자신의 기도의 응답이 안 나타나자 하나님 미워하며 돌아서는 착한 아들이었다고 생각합니다.

독일의 본 헤퍼 목사님이 생각납니다. 1940년 미국에 있던 그에게 친구들이 "어지러운 독일의 정세이니 미국에 있어라."라고 권합니다. 그러나 "이런 어려운 독일이기에 돌아가야 한다."라면서 그는 독일로 돌아갑니다. 그리고는 히틀러의 독재에 맞서 싸우다가 40대의 젊은 나이로 삶을 끝냅니다.

코로나바이러스가 세상을 휩쓸고 있습니다. 벌써 미국 인구의 1%인 3백만 명이 넘는 사람이 코로나바이러스에 감염되어 13만여 명이 생명을 잃었습니다. 얼마 전 어느 교회의 영상 예배를 보았습니다. 목사님이 광고 시간에 "다행히 우리 교회의 교인들은 코로나바이러스로 생명을 잃은 사람이 없음을 하나님께 감사를 드립니다."라는 말을 들으며 저 목사님은 '노아인가 아브라함인가 아니면 모세일까?' 생각했습니다.

지금 교회는 나만 괜찮으면 감사하다는 생각, 나만 복을 받으면 된다는 신앙을 가르쳐 주고 있지 않나 생각합니다. 얼마 전 들은 명성교회의 김삼환 목사님의 설교가 생각이 납니다. "여러분이 예수를 잘 믿으면 사업이 잘됩니다. 자식들이 모두 잘됩니다. 여러분이 건강한 삶을 누릴 수 있습니다."라고 외쳤습니다. 큰 교회에 가득 찬 교인들은 "아멘" 하고 큰소리로 화답을 했습니다. 물론 목사님은 그런 축복을 기원했겠지요. 교인들도 그런 복을 바랐겠지요. 그러나 나는 '이건 아니다. 이건 아니다.'라고 중얼거렸습니다.

우리에게 지금 필요한 지도자는 노아처럼 자기와 자기 가족만 구원을 얻으려는 사람이 아니라 "차라리 나의 이름을 생명책에서 지워버리더라도 이 백성을 살려주옵소서."라고 하나님에게 매달리는 모세와 같은 지도자가 필요하다고 생각해 봅니다.

토기와 본차이나

물건에 따라 차이가 있겠지만 토기와 본차이나의 값을 따지는 것은 어리석은 일일 것입니다. 흙으로 빚은 것과 뼈로 만든 것은 본질에서 차이가 나지 않겠습니까.

성경의 창세기를 보면 태초에 하나님이 사람을 창조하셨습니다. 그런데 아담은 흙으로 빚었습니다. 그리고 얼마 있다가(그러니까 얼마의 세월이 흘렀는지 모릅니다. 문화가 얼마나 많이 발전했는지도 모릅니다) 아담의 뼈로 하와를 지으셨습니다. 그러니 아담과 해와는 본질에서 다릅니다. 토기로 만든 것은 힘이 있으나 생김도 투박하고 성질도 투박합니다. 그리고 재료가 흙이니 많이 쓸 수가 있으니 여자보다 체구도 크고 우람합니다. 그런데 여자는 뼈로 다듬어져 있어서 재료도 제한이 되어 있기에 남자보다 체구도 작고 생김은 섬세하고 성격도 매끈하고 목소리도 남자보다 부드럽습니다. 그래서 남자보다는 여자가 굳고 단단하고, 오래 살고 끈기도 있습니다.

대체로 여자가 남자보다 아름답고 섬세합니다. 여자가 약하다고요? 천만의 말씀 만만의 콩떡입니다. 여자는 남자보다 강합니다. 여자는 새벽에 일어나 아침밥을 짓고 남편의 출근을 준비합니다. 여자보다 늦게 일어난 남편은 준비된 밥을 먹고 출근합니다. 그러고 여자는 집 안을 청소하고 빨래하고 애들을 보살핍니다. 남자가 그런 일을 한다고 하면 점심때쯤 되면 뻗을 것이지만 여자는 이런 와중에도 친구와 수다를 떨 기운이 남아 있습니다.

　남자는 그저 직장에 나가는 일 한 가지만 해도 힘들어하는데 여자는 1인 3역 5역을 해냅니다. 남자라면 상상을 못 할 강인한 정신과 체력입니다. 가끔 여자가 애를 업고 머리에 짐을 이고 손에 물건을 들고 가는 것을 보게 되는데 이건 초인적이라고 감탄케 됩니다. 남자는 기껏해야 등에 짐을 지거나 손에 들고 갈 뿐입니다. 물론 남자가 여자에 비해 힘이 셉니다. 섬세한 본차이나보다 흙으로 구운 토기가 강할 때가 많이 있는 것처럼.

　과거 힘으로 다스리던 사회에서는 남자가 주권을 행사했습니다. 그러나 남자의 마음속에는 항상 자기보다 우월한 여자에게 반감 같은 것이 있었던 것 같습니다. 그래서 많은 작가가 여자에게 비판의 송곳을 던졌습니다. 영국의 서머싯 몸은 『달과 6펜스』라는 소설에서 "하나님의 창조물 중에 여자에게 영혼이 있다는 것은 가장 어리석은 일이었다."라고 혹평을 했고, 삐뚤어진 철학자 니체도 "여자의 창조는 하나님의 두 번째 실패작이었다."라고 했습니다. 아마 서머싯 몸이 여자들에게 많이 당했던 모양인지 '거짓말하지 않는 여자가 몇 명은 있을 터인데…'라고 비꼬았고 소포클레스는 여자에게 많이 속았던지 "나는 여자의 약속은 물에 적는다."라는 말을 했습니다. 셰익스피어는 햄릿에서 "여자의 눈물과 아침이슬은 금세 마른다." "약한 자여 그대 이름은 여자로다.”라고 폄훼했습니다. 소크라테스도, 버트런드 러셀도, 심지어는 톨스토이까지도 여자에게 호감을 표하지 않았습니다.

하이네는 “나는 결혼 행진곡을 들으면 전쟁으로 나가는 군의 나팔 소리로 들린다. 결혼이란 나침판도 발견할 수 없는 거친 바다로의 항해 같다.”라고 결혼에 대한 부정적인 말을 했습니다. 소크라테스도 결혼할까 말까 하는 제자에게 “결혼에 성공하면 행복한 돼지가 될 것이고 실패하면 철학자가 될 것이다.”라고 했습니다. 톨스토이도 “한 사람과 평생을 산다는 것은 초 한 자루를 가지고 평생 밝힐 수 있다고 생각하는 어리석음이다.”라고 했고, 루소는 “오늘 사랑한다고 내일도 사랑한다고 장담을 못 한다.”라고 했습니다. 니체는 “신이 여자를 창조하였다. 그 순간부터 세상이 복잡해지기 시작했다. 남자는 오른쪽 귀로 듣고 왼쪽 귀로 내보내지만, 여자는 두 귀로 듣고 입으로 내가 보낸다.”라고 험담을 했습니다.

그러나 이 모든 말은 토기가 본차이나에 하는 심술일 뿐 솔직히 사회는 여자들에 의하여 발전되었다고 해도 과언이 아닙니다. “프랑스를 다스리는 사람은 나폴레옹이지만 나폴레옹을 다스리는 사람은 조세핀”이라고 했는가 하면 여자들이 다스리던 나라가 가장 발전했던 것이 사실입니다. 영국은 작은 땅을 가지고 강대국으로 해가 떨어지지 않는 나라를 이룬 것은 빅토리아 여왕과 엘리자베스 1세 여왕 때이고 우리나라도 선덕여왕 때 신라는 가장 강성했다고 합니다.

지금 한국 국회에서도 여자 국회의원들이 남자들보다 똑똑하고 대정부 질문도 야무지게 합니다. 착하고 선한 사람은 아니지만, 좌파에서도 추미애만큼 야무지고 발언 잘하고 윤석열 검찰총장을 잘 짓밟은 사람이 없습니다. 대통령 중에서도 이명박 대통령이나 김영삼 대통령이나 노무현 대통령보다 박근혜 여자 대통령이 훨씬 일을 잘했습니다. 전교조를 불법 단체로 만들고, 이석기를 감옥에 보낸 사람이 여자 대통령이었습니다. 한 사람씩 대결이 안 되니까 찌라시 정치인들이 작당하여 그를 대통령에서 끌어내리고 감옥에 보냈습니다. 문재인 대통령은 그 여인 대통령이 무서워서 자기 임기 내내 감옥에 가두었습니다.

전부 다 그런 것은 아니지만 지금 한국은 여성 상위시대입니다. 우리 나이 또래의 친구들이 식당에 가면 자기가 먹을 것도 제대로 못 찾아서 부인에게 의뢰하는 사람이 많이 있습니다. 그리고 제대로 걸음을 걷지도 못하여 부인의 손을 잡고 걷는 사람도 여러 명 있습니다.

나도 할 말은 없습니다. 젊어서 실수를 많이 했습니다. 친구를 좋아하다 보니까 친구가 하자는 대로 끌려가기가 일쑤였습니다. 그래서 친구가 돈을 꾸어 달라면 꾸어주고 사업을 같이하자고 하면 돈을 주고, 투자를 하라면 돈을 주고…. 그래서 돈을 잘 번다는 성형외과 의사로서 우리가 사는 도시에서 가장 바쁜 의사로서 많이 벌기도 했지만, 큰 손해를 보아서 지금은 의사 중에는 그리 부유하지 못한 편입니다. 그러다가 은퇴하고 한국에 나가면서 모든 재정권을 아내에게 넘겼습니다. 아내는 투자나 증권이나 주식을 알지 못하지만 알뜰하게 살림을 해서 지금 우리가 먹고사는 데는 그리 큰 염려가 없습니다. 그래서 우리 집안에도 토기는 본차이나에 굴복하고 삽니다. 하나님이 그렇게 만든 것을 니체나 서머싯 몸이나 버트런드 러셀이 아무리 발버둥을 쳐야 본차이나가 토기보다는 좋은 것 같습니다.

뛰어 봤자

유튜브를 보든 이메일을 보든 모두가 건강을 지키려면 걸으라고 합니다. 뛰면 더욱 좋고….

황창연 신부는 누사걸생 즉 '누우면 죽고 걸으면 산다.'고 강조를 합니다. 어떤 분은 문자를 써서 보생와사(步生臥死)라고 하여 '걸으면 살고 누우면 죽는다'라고 말을 합니다. 물론 걸으면서 죽는 사람은 없을 테니까 맞는 말일지도 모릅니다.

"물론 운동하여 건강하게 살면 좋습니다. 그러나 누구는 아프고 싶어 아프고 눕기만 하고 싶어서 눕나요? 그러나 너무 강요하지 마세요." 친구에게서 이런 이메일이 왔습니다. '나는 이 의사를 사랑한다'라는 제목입니다. 어떤 걱정 많은 사람이 의사를 찾아가 상담을 했습니다.

"선생님 심혈관 운동이 수명을 연장시킵니까?"

"네, 심장 박동에는 좋지요. 그러나 운동이 심장을 고치거나 새롭게 만드는 것은 아니지요. 운동에 너무 시간을 낭비하지 마세요. 모든 것이 다 닳아요. 자동차를 빨리 운전하면 차의 수명이 연장되나요? 심장

박동을 가속화시킨다고 더 오래 살 수 있나요? 낮잠을 자세요. 공연히 새벽에 뛰다가 넘어지시면 큰일입니다. 운동한다고 너무 고생하지 마시고….”

“선생님 알코올을 섭취하지 말아야 하나요? 무슨 과일로 만든 포도주, 과일주 과일로 만든 술이 왜 몸에 나쁠까요?”

“술을 안 마시고 담배만 피운 임표는 63세까지 살았지만, 담배를 안 피우고 술을 마신 주은래는 73세까지 살았지요. 또 술, 담배, 카드놀이를 한 등소평은 93세까지 살았어요. 그냥 너무 마셔 인사불성이 되면 물론 나쁘지만….”

“선생님, 튀긴 음식이 몸에 나쁘지요. 아니 식물성 기름이 왜 몸에 나쁘나요? 선생님 그러면 초콜릿은 몸에 해로운가요?”

“초콜릿도 코코아도 모두 식물성 음식이에요. 콩으로 만들지 않나요? 걱정 말고 먹으세요.”

“수영이 몸에 좋은가요?”

“그럼 고래가 가장 몸매가 좋겠네요. 제일 좋은 건 걱정하지 말고 모든 것 감사하게 생각하며 그냥 사세요. 그게 제일 몸에 좋아요. 임표는 성격이 급하고 날카로워서 제일 단명했고, 주은래는 점잖지만 엄격하고, 등소평은 성격이 원만해서 ‘경제만 부흥시킨다면 흰고양이(白猫)든지 검은고양이(黑猫)든지 상관하지 않는다.’라고 누그러진 성격이어서 오래 살았지요’라고 하더라는 것입니다. 그러니 요새 유튜브를 보며 무엇을 먹고 어떤 운동을 얼마나 하고 어떤 것이 건강에 해로우니 먹지 말라더라고 걱정하던 모든 것을 한 번에 해결해 주었지 뭡니까.”

누구나 건강을 이야기하는 사람은 '걸어라, 뛰어라'라고 말을 합니다. 그래서 하루에 5,000보를 걸으면 우울증이 사라지고, 7,000보를 걸으면 당뇨병이 사라지고 10,000보를 걸으면 몸의 모든 병이 사라진다고 합니다. 그래서 아침에 밖에 나가면 젊은이나 나이 드신 분이나 할 것 없이 걷는 사람 뛰는 사람들이 많이 있습니다.

나도 매일 아침 일찍 일어나 걷습니다. 매일 10,000보 이상을 걷습니다. 그리고 걷고 들어와서 pedometer를 보면 8,500보를 걸었는데 400칼로리도 소모되지 않았습니다. 그러니 걷고 들어와 운동했다 하고 도넛 한 개 먹고 주스를 한 잔 마시면 아침에 한 운동이 도로 아미타불이 되고 도리어 체중이 늘 것입니다. 물론 운동도 안 하고 먹는 것보다야 낫겠지요. 그런데 아침에 일어나 걷지를 않으면 무슨 숙제를 하지 않은 것 같아서 개운하지 않습니다. 걷고 나서 샤워를 하면 기분이 시원하고 좋습니다. 그렇다고 '걸으면 늙지 않는다, 죽지 않는다'라는 생각으로 걷는 것은 아닙니다.

얼마 전까지도 테니스를 쳤는데 지금은 테니스를 같이 쳐 줄 친구가 없습니다. 그래서 테니스를 치고 샤워를 하면 날아갈 듯하던 그 기분을 맛보려고 걷고 나서 샤워하고 아침 식사를 하면 그렇게 기분이 좋습니다.

그런 나를 보고 친구가 한마디 합니다. "맨날 걸어 봤자 그거야, 그저 뛰기만 하는 토끼는 2년 정도밖에 못 살고 평생 뛰지 않고 뒷짐을 지고 걷기만 하는 거북은 400년을 산대. 그러니까 너무 깡충깡충 뛰지 마. 넘어져 다칠라." 그 말이 옳습니다. 러닝머신의 발명자는 54세밖에 못살았고, Gym을 처음 시작한 사람은 57세밖에 못살았고 축구의 천재인 마라도나는 60세밖에 못살았습니다. 물론 연구하고 통계를 낸 것은 아니지만 풋볼 선수들의 수명이 60세를 넘어 사는 사람이 많지 않다는 이야기를 들었습니다.

그러고 보면 운동을 많이 한다고 오래 사는 것은 아닙니다. 또 튀긴 음식을 먹으면 콜레스테롤이 올라가 일찍 죽는다는 말도 꼭 사실은 아닙니다. 켄터키 치킨의 커널 샌더스는 94세까지 살았고, 처음으로 브랜디를 만든 사람은 102세까지 살았고, 술 담배 도박에 첩을 몇 명씩 둔 장학량은 103세까지 살았다고 합니다.

요새 102세의 철학자로 곳곳에서 강연하는 김형석 교수님이 계십니다. 그런데 김 교수님은 어려서 병약하여 어머님이 '저 애가 20세까지 살까. 제발 살았으면 했다.'라고 합니다. 김 교수님이 운동했다는 말을 들어보지 못했습니다. 테니스를 치신 것도 아니고 골프를 치신 것도 아닙니다. 주말에 자일을 메고 등산을 하신 것도 아닙니다. 일주일에 두서너 번 수영장에 가서 수영하셨다고 하나 대한수영협회에 들어가 보아도 김 교수님의 이름이 없는 것을 보면 수영도 그저 약간 하신 것 같습니다. 그런데 102세까지 그냥 사시는 것이 아니라 일 년에 100회 이상의 강연, 일 년에 두세 권의 저서를 낼만큼 활동하십니다. 그러니 황창연 신부님의 '걸생누사'도 아닌 것 같습니다. 물론 내가 김형석 교수님과 함께 살아보지 않아서 모르지만, 학교에서나 어디에서도 김 교수님이 화를 내신 것을 본 일이 없습니다. 얼마 전 철없는 변호사가 김 교수님을 가르쳐 나이가 많아 판단력이 흐려졌다는 망언을 해도 반박하시거나 청와대의 누구처럼 격노하고 대로하셨다는 말을 듣지 않았습니다. 마음의 평정 평화를 잃지 않는 것이 오래 사는 것뿐 아니라 건강에도 좋고 그가 살아가는 인생 여정에도 좋은 것 같습니다. 노자도 100세까지 살았다고 합니다. 그리고 사도 요한도 100세까지 살았다고 합니다. 그때의 100세는 지금의 150세와도 마찬가지일 것입니다.

오늘도 아침에 10,000보 이상 걷고 들어왔습니다. 내 이웃의 친구는 정원에 물을 주며 걷고 들어오는 나를 보고 "또 걷고 들어오는 거야? 잘했구먼."이라면서 웃습니다. 속으로는 '항상 뛰기만 하는 토끼는 2년 정도밖에 못살고 항상 뒷짐 지고 천천히 걷는 거북은 400년을 살아. 네가 뛰어 봤자지 뭐.'라며 웃을지도 모릅니다.

오래 생각하는 사람

오래전에 읽은 이야기입니다. 세기의 지성인, 철학자 임마누엘 칸트가 젊어서의 일입니다. 그가 살던 동네의 유지가 그를 찾아왔습니다. 그리고 "나에게 자네에게 알맞은 딸이 있는데, 자네와 결혼을 시키려고 생각하는데 어떤가?"라고 물었습니다.

칸트는 "감사합니다. 얼마만 생각할 시간을 주십시오."라고는 생각했습니다. '결혼이 무엇인가? 그 여인은 어떤 사람인가? 내가 그 여자와 결혼을 하면 무엇이 유익하고 무엇이 나의 삶에 걸림돌이 될까?'를 종이에 적어 가면서 생각하고 또 생각했습니다. 아마 한 3년을 생각한 모양입니다. 3년 후 여자의 집을 찾아갔습니다. 여자의 아버지에게 이제 결심했습니다. "따님과 결혼을 하겠습니다." 그러니까 여자의 아버지가 "그래요! 나는 답을 기다리다가 아무런 연락이 없어서 다른 남자와 결혼을 시켰습니다. 그리고 내 딸은 다른 남자와 결혼하여 아들까지 있습니다."라고 했다고 합니다.

그렇습니다. 심사숙고는 중요합니다. 그런데 너무 시간을 끌면 안 되는 일이 있습니다. 오래전 군인들 사이에 유행하는 유머가 있었습니다. 전장에서 휴가를 나오는 군인들은 대개 청량리역으로 오게 되어 있었습니다. 춘천지방으로 가는 기차나 원주를 지나 강원도를 가는 기차가 청량리역에서 출발하기 때문이었습니다. 그리고 당연히 청량리역에는 헌병초소 헌병이 배치되어 있었습니다. 그런데 충청도 출신의 헌병에게 걸리면 그날은 악운이라고 합니다. 충청도 출신의 헌병은 결정을 하지 못한다는 것입니다. '이것을 워쩔꺼~여'하고는 '이럴 거나, 저럴 거나'하고 붙들어놓고 하루종일 생각하여 휴가를 망친다는 것입니다. 그런데 평안도 사투리를 쓰는 헌병에게 걸리면 가타부타 결정이 순식간에 내려진다는 것입니다. "야, 다음부터는 서류를 똑똑히 만들어 가지고 댕기라. 알갓서."라면서 내보내 주든가 아니면 "넌. 안되갓어. 다시 돌아가."라고 한다는 것입니다.

게임에서 제일 시간을 끄는 것이 바둑이라고 합니다. 바둑은 몇 시간씩 걸리고 한 수를 놓는데 어떨 때는 30분이나 한 시간도 걸린다고 합니다.

그러나 인생은 바둑이 아닙니다. 외과 의사는 수술을 들어가기 전에 환자에 대해 잘 파악을 하고 수술 계획 1, 2, 3을 마음에 정하고 들어가야 합니다. 환자는 마취되어 수술대에 누워 있습니다. 그러니 환부를 보고 속히 결정해야 합니다. 환부를 열어 놓고 '이걸 워쩔 꺼냐' 하고 우물대다가는 마취 시간이 오래 걸리고 환자는 위험한 상태에 빠지게 됩니다. 그러니까 열고 들어가 환부를 보고 자기가 계획했던 대로 수술을 끝마치고 나와야 합니다. 물론 한 가지 공식으로 수술할 수는 없는 변수가 있기도 하지만 수술은 4시간 이내에 끝내야 회복이 빠르고 합병증이 적습니다. 그러니 외과 의사가 임마누엘 칸트처럼 장시간 생각하면 훌륭한 외과 의사가 될 수 없습니다.

오래전 병원에 있을 때의 일입니다. C라는 외과 의사는 정말 신사이고 콘퍼런스에서는 그를 당할만한 사람이 없을 정도로 아는 것이 많은 교수님이었습니다. 그러나 수술실에 들어가면 가는 모세 혈관도 모두 지혈을 시키고 환부를 문지르고 또 문지르고 수술의 진행이 아주 느렸습니다. 웬만한 수술은 5시간, 7시간이 걸렸습니다. 그리고 환자의 회복도 느렸습니다. 또 한 분 S라는 외과 의사는 콘퍼런스에는 잘 나오지도 않고 전공의들에게 가르쳐주는 것도 별로 없는 의사였습니다. 그러나 수술실에 들어가면 빠르고 정확하여 C의사가 5시간 걸리는 수술을 2시간이면 마치고 나왔습니다. 그래서 환자의 회복도 훨씬 빨랐습니다. 이렇듯 수술실에서는 오래 생각하고 꾸물거리는 의사보다는 판단이 정확하고 빠른 외과 의사가 좋을 때가 많습니다.

군의 지휘관도 빠른 판단과 결단이 필요합니다. 적들과 마주 대하고 총탄이 날아오는데 '워쩔 꺼나' 깊이 생각하다가는 그 지휘관의 부대는 전멸하고 말 것입니다. 그래서 전쟁 후의 역사의 기록을 보면 '그때 그 작전이 최고의 전술은 아니었다.'라고 평을 듣기도 하지만 전쟁은 역사가들이 책상에 앉아서 '그때 이랬더라면'이라고 생각하는 게 아닙니다. 한니발이나 줄리어스 시저가 훌륭한 전술가가 되었던 것은 그때 당시의 상황에 맞는 재빠른 판단과 전술이 좋았다는 것일 것입니다.

지금 맥아더의 인천 상륙작전을 두고 '그것이 최고의 작전이 아니었고, 맥아더의 고집과 자기의 명성을 위한 위험한 작전이었다'는 비판이 있습니다. 그러나 그때 맥아더의 판단으로써는 그럴 수밖에 없었는지도 모르고, 우리 한국을 위해 그렇게 해준 것에 감사할 수밖에 없지 않겠습니까?

　나의 친구 중에도 그런 친구들이 있습니다. 어떤 일을 할 때 결정을 하지 못하고 생각하고 또 생각하는 사람입니다. 나는 그런 류의 친구들에게 많이 배신도 당하고 속기도 했습니다.

　오래전 나의 친구가 "야, 너 여기에 땅을 좀 사 놔라. 그러면 반드시 돈을 벌 것이다."라고 했습니다. 나는 "그래 좀 생각해 볼게."라고 대답하고는 아내와도 의논하고 생각하고 또 생각했습니다. 아마 몇 개월 걸렸을 것입니다. 그다음에 친구를 만났을 때 "그럼 그 땅을 살까."라고 했더니 친구가 웃으면서 "야, 그 땅이 아직도 너를 기다리고 있냐, 그런 결정은 2~3일 내에 결정하고 판단해야 하는 거야."라고 했습니다. 정말 그 땅은 5년 내에 5배가 올랐다고 친구가 알려 주었습니다. 나도 외과 의사인데 칸트처럼 너무 오래 생각을 한 것 같습니다.

　그러니 외과 의사, 지휘관, 배의 선장처럼 많은 사람의 운명을 결정하는 사람은 정확한 판단을 속히 내려야 합니다. 나라의 지도자도 마찬가지입니다. 우리가 박정희 대통령이 많은 업적을 남겼다고 말하는 것은 그가 군의 지휘관으로 살았기 때문에 나라의 운명을 결정할 때 옳은 판단과 결정을 그때그때 했다는 사실입니다. 파독 광부나 간호사들, 월남 파병, 중동의 건설사업 수주 등의 결정을 그때그때 참 잘했다는 것입니다. 만일 야당이 반대한다고 월남 파병을 우물쭈물해서 미국이 다른 나라에 도움을 청했다던가, 중동의 건설사업을 우물쭈물하고 결정을 내리지 못했더라면 우리나라는 지금 같은 경제 발전은 이루지 못했을 것입니다.

　그렇습니다. 철학자가 우리 사회에 꼭 필요합니다. 그러나 철학자가 방에 앉아 자기도 해보지 못한 사실을 보통 사람들이 행할 수가 있겠습니까? 우리가 철학책을 읽으면서 사람이 그런 사고도 할 수 있구나 하고 생각하기는 하지만 그것은 언제까지나 생각으로 끝나는 것이 많지 않은가 생각합니다.

삶을 바꾸는 질병

오래전 읽은 박완서 선생님의 글이 생각이 납니다. 밤에 자고 일어나니 허리가 아파 움직일 수가 없었다고 합니다. 병원에 갔더니 X-ray와 MRI를 찍더니 '큰 이상은 없으나 나이가 들어 생기는 병'이라고 하더라는 것이었습니다. 이제는 바닥에 있는 물건을 집을 수도 없이 며칠 누워 있었다고 합니다.

이제 나이가 들어 종합진단을 받으러 병원에 가면 시험을 잘못 본 학생이 성적표를 받으러 가는 불안한 기분이 들곤 합니다. 그래서 괜찮다는 의사의 판정에 '아, 이제 2~3년은 무사히 살겠구나.'라는 기분이 듭니다.

내 친구는 아주 건강한 사람이었습니다. 일주일에 5번 골프를 치고 등산도 하는 친구였습니다. 그런데 종합진단을 받을 때 섭호선의 암이 있다는 진단을 받았습니다. 그리고는 그의 삶이 전체가 바뀌었습니다. 병원에 가서 정밀 검사를 받고 조직검사를 한다고 입원하고 수술이냐 방사선 치료냐 항암 진료냐를 의논하다가 항암치료를 선택했습니다. 항암치료가 많이 발전되어 거부반응이 적고 치료가 쉽고, 수술과 방사선 치료의 부작용이 많다는 이유였습니다. 그런데 항암치료는 2주일에 한 번씩 주사만 맞기 때문에 고생스럽지 않았습니다. 그러나 한 2년이 지나자 면역력이 떨어져 세균과 바이러스에 감염이 잘되더니 폐렴에 걸려서 결국 세상을 하직했습니다.

얼마 전 한 정기검진에서 아내가 당뇨병의 전기증상이라는 진단을 받았습니다. HgA1의 수치가 5.7까지가 정상인데 6.1이니 "너무 당을 많이 취하지 말라."는 경고를 의사에게 받았습니다. 그래서 걱정하다가 얼마 전 친구들과 식사하는 자리에서 이 이야기가 나왔습니다. 그랬더니 당뇨를 앓고 있는 친구가 이런 이야기를 해 주었습니다.

"HgA1이 6.1이면 걱정할 필요가 없어요. 수치가 7.0 이상이 되어야 당뇨라고 진단을 하거든. 그런데 당뇨라고 진단을 받으면 생활이 바뀌어요. 나는 아무 증상이 없다고 안과에 가서 안과의사가 안저 검사를 하더니 '당뇨'라고 하여 진단을 받았는데 당뇨라고 진단을 받으니 정말 나의 삶이 바뀌더라고…. 내가 좋아하는 초콜릿, 달콤한 음식을 먹지 못하게 되고 짜장면 짬뽕 국수를 못 먹어요. 그것만 먹으면 혈중 당의 수치가 막 올라가거든 그러니까 삶이 바뀌어. 그리고 너처럼 아무거나 막 먹는 사람이 부럽거든."

정말 그렇습니다. 친구 중에 당뇨를 앓는 친구가 또 하나 있습니다. 그는 식사하기 전 인슐린을 주사하고 나서야 식사를 합니다. 얼마나 불편하겠습니까. 며칠 전 뉴스에 다이하드의 주연 배우 브루스 윌리스가 Aphasia라는 병의 진단을 받고 영화계서 은퇴한다고 발표했습니다. 이 병은 치매는 아니고 머리의 충격을 많이 받은 사람들이 후에 생기는 후유증으로 권투선수나 풋볼 선수처럼 머리가 충격을 많이 받은 사람이 언어의 장애를 일으키는 병입니다. 권투선수 모하메드 알리가 말이 끊기면서 말을 잘 못하고 덜덜거리는 증세를 보였는데 바로 그런 병입니다. 이 병이 브루스 윌리스의 삶을 바꾸어 버렸습니다.

그렇습니다. 많은 병이 우리의 인생을 바꾸어 버립니다. 감기나 심지어 코로나까지도 병이 지나가면 회복이 되어 일상생활로 돌아가지만 많은 병은 우리의 사람을 바꾸어 버리는 병들이 많이 있습니다. 오래전 로널드 레이건 대통령과 톱스타의 찰턴 헤스턴이 치매라고 진단을 받고 나서 바로 친한 사람들과 주위 사람들에게 자기의 병을 알리고 "내가 앞으로 당신들을 기억하지 못하고 혹시 실례를 범하는 일이 있더라도 용서하라."라고 미리 사과하고 은둔 생활로 들어가 버렸습니다. 역시 병이 그의 삶을 바꾸어 버린 것입니다.

사고가 나서 몸을 많이 다친다던가 뇌졸중이 걸린다든가 해도 인생이 바뀌지만, 이렇듯 외모에 아무런 증상이 없이도 삶을 바꾸어 버리는 질병들이 있습니다. 몇 년 전에 목이 쉬어서 목소리가 갈라져 나왔습니다. 나의 까랑까랑한 목소리가 쉰듯하고 노래를 하기가 힘이 들었습니다. 그래서 이비인후과 의사에게 진찰을 받았습니다. 그랬더니 나더러 역류성 식도염으로 인해 목에 작은 육아종이 생겼다는 것입니다. 그래서 수술을 받았습니다. 그리고 한동안 내가 즐겨 하던 커피를 마시지 않았습니다. 한 6개월 후에 다시 이비인후과에 가서 진찰을 받으니 육아종이 사라졌다고 하여 '와, 이제는 해방이 되었다.'라고 조심하면서도 커피를 마시기 시작했습니다. 나는 커피를 무척 좋아합니다. 학교에 있을 때 아침에 일어나면 우선 한 컵을 마시고 병원에 나와 콘퍼런스를 하면서 또 한 잔 마십니다. 콘퍼런스가 끝이 나고 아침 회진을 돌고 외래에 나오거나 수술실로 들어가면 기다리면서 한 컵 마십니다. 그리고 점심을 먹고 한 컵을 마시니 하루에 4잔은 으레 마십니다. 커피는 지옥처럼 뜨겁고 사랑처럼 향기롭고 친한 친구였습니다. 지옥처럼 뜨겁고 사랑처럼 향기롭고 실연처럼 쓰고 악마같이 검은 콩물은 나의 가장 친한 친구이기도 합니다. 일요일 아침에 일찍 영화관에 가서 표를 사고 상영시간까지 한 시간 정도 남으면 옆의 커피집에 가서 커피와 베이글을 시키고 의자에 앉아 신문을 보는 시간이 나에게는 가장 행복한 시간이었습니다.

그런데 일 년 후쯤 목소리가 다시 쉬기 시작했습니다. 의사는 목에 육아종이 다시 생겨났다면서 내과에도 한번 가보라는 것입니다. 그래서 위장 내과를 하는 친구에게 문의했습니다. 친구는 나더러 커피와의 인연을 끊으라고 했습니다. 마치 실연을 당한 듯 마음이 아팠습니다. 나더러 커피를 끊으라니 사랑하는 여자와 헤어지라는 이야기나 같습니다. 그런데 더 잔인한 것은 나에게 지독한 감시인을 붙여준 것입니다. 나의 아내에게 이 친구는 커피를 계속 마시면 역류성 식도염이 낫지 않을 뿐 아니라 목에 육아종이 변하여 암이 될지도 모른다는 공갈이었습니다. 나의 아내는 마치 비밀경찰처럼 내가 커피와 접촉을 하는지 감찰을 합니다. 커피의 구수한 냄새를 맡으면 마치 사랑하는 여인이 손짓하는 것 같은 간절한 마음에 불행감마저 느낍니다.

그렇습니다. 나의 병이 나의 삶을 바꾸어 버렸습니다. 나는 친구들과의 모임에서 이런 하소연을 했더니 당뇨병으로 고생하는 친구가 "야, 이놈이 사치스러운 불평 그만해라. 커피 하나 가지고 무슨 엄살이 그리 심하냐."라며 핀잔했습니다. 나의 고통도 모르면서….

카톡방

우리는 정보의 시대에 살고 있습니다. 좀 창피한 말로 내가 서재에서 방귀를 뀌어도 서울에 있는 친구가 알 정도이고, 같은 도시에 있는 친구의 일도 모르는데 한국의 친구가 "야, 누구누구가 어쨌다며?" 하고 연락이 오는 정도입니다.

재작년 연락도 하지 않던 친구가 세상을 떠났을 때도 카톡으로 연락을 받았고, 교회의 목사님 설교나 교회의 알림도 전부 카톡으로 받고 있습니다. 서울의 한 고등학교 동창회에서는 모든 것을 카톡으로 하고 또 그것이 가장 간편하고 효과적이라고 합니다. 이제 교회의 구역회 모임이나 친구들의 클럽에서는 카톡이 연락 수단으로 자리를 잡았습니다.

나 같은 촌놈에게도 하루에 카톡이 한 60통은 옵니다. 더욱이 친구들이 모여 있는 카톡방에서는 카톡 카톡하고 쉴새 없이 오고 그들과 수다를 떨다 보면 금방 몇십 통이 올라가기도 합니다. 사실 어떨 때는 친구에게 전화하려다 가도 그 친구가 지금 무엇을 하는지도 모르고 전화를 안 받을 수도 있으니까 카톡으로 연락하면 틀림이 없습니다. 요새는 전화를 안 받는 친구도 많이 있습니다. 하도 스팸 전화가 많고, 기부하라는 전화가 많으니 아예 전화를 받지 않는다고 합니다. 그래서 카톡으로 연락을 해야 의사소통이 되기도 합니다.

뉴욕과 뉴저지 지역에서는 운전 중 전화를 못 합니다. 운전 중 잘못하여 친구가 나의 전화를 받다가 벌금을 받을 수도 있으니까 전화 대신 카톡으로 연락하는 것이 좋습니다.

한국의 친구에게도 시차를 걱정할 필요가 없고 해외 전화를 하려면 돈이 많이 들지만, 카톡은 돈이 들지 않으니 카톡으로 연락합니다. 내 아내는 전자 기구나 컴퓨터에 아주 약합니다. 그래서 이메일을 잘 이용을 안 합니다. 내가 한국에 있을 때 이메일을 보내면 며칠 동안 열어보지를 않는데 전화 통화 중에 "왜 진작 메일 보냈다고 안 알려 주었나?"고 되레 항의하곤 했습니다.

그런 아내가 카톡을 시작하고 나서 카톡에 푹 빠졌습니다. 갑자기 친구가 많아져서 온종일 카톡을 들여다보고 있습니다. 첫사랑 남자 친구에게서도 오는지 알 길이 없지만, 친구들이 좋은 글 음악 추수 감사의 인사들, 크리스마스 캐럴, 가십, 유튜브의 뉴스들을 보내주어서 그것을 모두 보노라면 하루 종일도 모자란 것 같습니다. 또 부엌에서 서재에 있는 나에게 밥 먹으러 나오라고 카톡을 합니다. 일을 방해하지 않으려고 했다지만 나를 놀리는 모양입니다.

어떤 친구는 카톡을 자주 하는데 말 한마디 없이 유튜브의 소식이나 음악을 만들어 보내주는 친구도 있습니다. 그래도 건강하게 잘 있으니까 소식을 보내주는 것이려니 하고 반갑습니다. 카톡을 보내도 답이 없는 친구도 있습니다. 열 번 스무 번 카톡으로 인사를 보내고 유튜브의 뉴스나 음악을 보내고 카드를 보내도 아무런 답장도 없는 친구가 있습니다. 답답하지만 어쩔 수 없지요. 1:1 채팅하는 것도 좋지만 단톡방을 만들어 친구들끼리 수다를 떠는 것도 재미있습니다. 한 친구가 소식을 보내면 단톡방에 있는 친구들은 다 볼 수 있고, 이 친구 저 친구들이 주고받는 이야기가 마치도 같이 모여 앉아 수다를 떠는 것 같기도 합니다.

요새는 카톡으로 전화를 할 수도 있고 카톡을 음성으로 글을 쓸 수도 있습니다. 많은 경우에 자기가 본 유튜브의 소식을 전해 주기도 하는데 유튜브에는 헛소문도 많습니다. 유튜브의 이야기 중에는 진실보다는 지어낸 이야기, 남을 비판하는 이야기들이 많이 있습니다. 그래도 유튜브의 뉴스를 통해서 세상이 어떻게 돌아가는지 짐작은 하지만 전적으로 신뢰를 안 합니다. 이런 유튜브로 소식은 가끔 아내와 토론을 하기도 합니다. 아내는 다른 사람과의 토론에서는 양보하지만, 나와의 토론에서는 양보하는 일이 없습니다. 마치 한국 축구 선수들이 일본과의 경기에는 무슨 수를 써서라도 죽어도 이겨야 한다는 강박관념이 있는 것처럼, 아내는 나와의 토론에서는 예수님이 독일사람이라고 할지라도 나에게는 이겨야 합니다. "아니, 누가 어쩌고저쩌고했다고 하던데."라는 아내에게 나는 "또 카더라 방송을 들었다."고 하면 아니 "아까 방송에서 그러던데 당신이 방송보다도 정확하단 말이오." 하고 침을 줍니다. 이래서 부부간의 이야깃거리가 생기기도 합니다.

정부에서도 하도 엉터리 방송이 떠돌아다니니까 유튜브도 통제해야겠다고 이야기를 한 모양입니다. 아마 유튜브의 방송대로라면 박근혜 대통령이 석방되어도 몇십 번은 되었을 것이고 문재인 대통령이나 트럼프 대통령이 탄핵이 되어도 몇십 번은 되었을 것입니다. 그러나 박근혜 전 대통령은 아직도 감옥에 있고 문재인 대통령은 아직도 청와대에 있습니다. 그런데 지상파 언론도 하도 거짓말을 하니까 이제는 믿을 곳이 없고 카톡으로 전해 주는 친구의 이야기밖에 믿을 곳 없게 되었습니다. 이제는 '카더라' 방송이 아니라 '카톡 방송'이라고 해야 할 것 같습니다. 좀 인기가 있는 내용의 영상이나 뉴스는 여러 명이 보내주어서 같은 내용의 영상이나 뉴스를 몇 번이나 듣기도 합니다.

그런데 글 쓰는 사람들이 보내주는 가르침과 교훈은 듣고 또 들어야 하는 단점도 있습니다. 나이가 들어서인지 인생은 이렇게 허무하다는 이야기, 늙으니 이렇게 서럽더라는 이야기, 늙은 사람들이 지켜야 할 행동 수칙 건강상식 보생와사(步生臥死)─걸으면 살고 누우면 죽는다는 이야기는 벌써 백번도 더 들었습니다. 그렇다고 전에 본 이야기라고 그냥 지워 버릴 수는 없습니다. 그걸 보내준 친구를 생각해서 읽고는 답장을 보내줍니다.

이러느라 카톡에 매달리는 시간이 점점 많아지게 되었습니다. 그래도 카톡 통신을 통해서 배우는 것도 많이 있습니다. 내가 몰랐던 역사적 사실, 상식들은 카톡 통신을 통해서 알게 되고 카톡으로 인한 충고 때문에 다시 책을 꺼내 읽는 경우도 많이 있습니다. 그래서 카톡을 보내주는 친구가 고맙고 소중합니다. 그전에는 전철을 타거나 버스 속에서나 공공장소에서 스마트폰에 고개를 박고 앉아 있는 사람들이 이상하게 보였지만, 이제는 사람들이 기차나 지하철이나 버스나 대기실에서 휴대폰을 들여다보고 있는지 이해하게 되었습니다. 아마 카톡을 하겠지요.

그러면서 사는 거다

오쇼 라즈니쉬의 글에 나오는 이야기입니다.

추운 날 고슴도치들이 모였습니다. 추위를 견디려고 고슴도치들이 서로 부둥켜안았습니다. 그러니까 상대방의 가시에 찔려 아파서 다시 물러나니 추위가 다시 엄습했습니다. 그래서 다시 부둥켜안고 가시에 찔리고 다시 물러나고 그렇게 하면서 서로 안지도 못하고 헤어지지도 못하고 지내더라는 이야기입니다.

어찌 고슴도치뿐이겠습니까? 동물들은 끼리끼리 모여서 삽니다. 펭귄은 모여서 서로 돕고 서로 양보를 하며 살아간다고 합니다. 오래전 뱀들이 뭉쳐 사는 굴을 본 일이 있습니다. 그런데 뱀은 역시 악한 동물인지 자기들끼리 서로 잡아먹기도 하는 것을 보았습니다.

사람도 서로 끼리끼리 삽니다. 뉴욕의 브루클린에는 이탈리아 사람이 모여 사는 구역이 있습니다. 20세기 초에 이탈리아 사람들이 앨리스 아일랜드를 거쳐 미국 땅에 발을 디딘 후 그들은 브루클린에 자리를 잡았습니다. 마피아들도 활개를 치고 이탈리아식당도 번성했습니다. 그러면서 같이 모여서 삽니다.

할렘에서는 흑인이 모여서 삽니다. 중국인은 차이나타운을 만들어서 모여 살고 있고, 한국 사람들도 로스앤젤레스나 뉴욕의 플러싱에 모여 살고 있습니다. 처음 미국에 올 때 "미국에 가면 한국 사람들을 조심해라."라는 말을 많이 들었습니다. LA공항에 내리면 한국 사람이 다가와서 "어디를 가십니까? 나도 누구를 마중 나왔는데 안 보이네요." 하고는 "그럼 제가 어디로 가는지 모셔다드리지요." 하고는 짐을 차에 싣고는 그냥 달아나버리는 사기꾼이 있는가 하면, 처음 미국에 와서 영어를 잘 못해 더듬거리는 한국 사람에게 사기를 친다는 것이었습니다.

다행히 나는 병원과 계약이 되어왔지만, 먼저 온 한국 사람들이 낯선 미국 사람들보다 더 가혹하게 대한 것도 사실입니다. 우리 한국 사람들처럼 끈적끈적한 사이도 없습니다. 우리는 서로 만나 인사하면 바로 친구가 되고 20분만 이야기를 나누다 보면 연결고리가 있습니다. 지연이나 학연, 공동의 지인이 있게 되고 곧 가까운 사이가 됩니다. 그런데 이 가까운 사이를 이용하여 사기를 치는 사람이 있습니다.

나도 개업하고 돈이 좀 모으자 한국 투자자를 소개받았습니다. Pain weber, Marryl lynch. Fidelity 등의 명함을 가진 사람들입니다. 어떤 이는 Vice President 명함을 내밀기도 했습니다. 그런데 투자자들을 소개해 준 그들은 하나같이 내 돈을 이용하여 자기의 이익을 챙겼고 나는 손해만 보았습니다. 투자하자고 나의 돈을 가져가서는 5년이 지나서 주가가 내려갔다면서 투자한 돈의 반도 안 되는 돈을 돌려주었습니다. 또 어떤 사람은 수익성 좋은 곳에 투자하겠다면서 내 돈을 가져가서는 어디로 사라졌는지 알 길이 없고 한국으로 나갔다는 이야기만 풍문에 들었습니다. 내가 이런 사람들에게 손해를 본 일이 한두 번이 아닙니다. 심지어 어떤 친구는 "몇백만 불은 맡겨야지. 이렇게 적은 돈은 마음대로 운영할 수도 없고…."라면서 오히려 거드름을 피우기도 했습니다.

한국 동포들이 고슴도치들입니다. 가까이 가면 가시에 찔리는데 그렇다고 한국 사람을 외면하고 살 수는 없습니다. 고슴도치처럼 외롭고 추워서 다시 모이지 않을 수 없습니다. 한국교회에도 나가고 한국 사람끼리 모여서 음식도 나눠 먹고 정서도 공유합니다. 이제는 미국에 한국인이 많이 사니 한국 타운이 생겼습니다.

LA에 한국 사람이 제일 많이 밀집해 살고, 다음이 뉴욕 일원일 것입니다. 그리고 새로 한국인이 모이는 곳이 애틀랜타라고 합니다. 오하이오에서 은퇴하고 뉴저지에 자그마한 거처를 마련했습니다. 나의 문학 선배님이 "뉴저지가 살기 좋은 곳이에요. 한국 사람이 많이 모이고 한국교회도 많아요. 한식도 많고요 한국 문화가 많이 집결된 곳이에요. 단 뉴욕에 와서는 한국 사람들과 돈거래는 하지 마세요."라고 충언을 했습니다. 그런데 나는 오하이오에서 벌써 한국 투자자들에게, 친구에게, 사업가에게 많이 찔려서 사기를 당할 돈도 없었습니다.

의사 중에서 돈 많이 번다는 성형외과를 개업하고 내가 사는 작은 도시에서 가장 바쁘게 일했는데 은퇴할 때 보니 사기를 많이 당해서 손에 쥔 것이 별로 없었습니다. 아내의 말대로 "당신이 번 돈을 그저 은행에만 넣었어도 지금보다는 훨씬 좋았을 텐데."라는 원망을 듣고 있습니다. 그래서 아내는 한국 사람이 많이 모인 곳을 싫어합니다. 친구들이 애틀랜타로 이사를 오라고 그렇게 권해도 아내는 단연코 머리를 흔듭니다.

나는 한국말로 책을 읽고 글을 쓰고 강의도 하니 뉴저지에 올라와 생활하는 게 좋지만, 아내는 잠깐 올라와 일주일 정도 있다가 플로리다로 다시 내려갑니다. 이제는 신용을 잃어 은행관리는 아내가 하고 나에게는 신용카드만 주니 내가 쓰는 돈의 내역은 아내가 전부 감시하게 마련입니다. 물론 한국 친구의 말을 안 듣고 손해 본 일도 있습니다. 서울의 친구가 아파트를 사 놓으면 값이 오를 것이라는 말을 안 들었는데 한국은 아파트값이 많이 올랐습니다.

아침에 눈을 뜹니다. 그리고 아직도 보이는 건강한 눈을 주신 것 감사하고 기지개를 켜봅니다. 팔다리가 제대로 움직여지니 감사합니다. 일어나 칫솔질을 하고 거울을 보면서 오늘도 살아있음에 감사합니다. 아침에 운동하고 들어와 샤워하면서 상쾌한 기분을 느끼면서 감사를 합니다. 그런데 시간이 가면서 친구에게서 좋지 않은 소식이 들려옵니다. 항상 몸이 약한 딸이 오늘도 일을 어찌하고 있는지 마음이 불안합니다. 며칠 전엔 아내가 길에서 넘어져 얼굴과 팔이 벗겨졌습니다. 치료하고 상처가 덧나지 않도록 치료했습니다. 한두 주일은 아내는 아파서 집안이 어두웠습니다. 그리고 또 넘어질까 봐 마음이 놓이지 않습니다. 저녁에는 약한 딸이 설사가 자꾸 난다고 합니다. 그래서 약을 먹이고 탈수가 되지 않도록 따뜻한 차를 끓여서 먹여줍니다. 맛이 없다고 하는 것을 억지로 달래면서 먹입니다. 그리고 잠자리에 들면 무엔가 불안하기만 합니다.

나폴레옹은 나의 일생에서 행복했던 날은 6일뿐이었다고 술회를 했습니다. 좀 억지가 있은 말이지만 가만히 생각해 보면 내게도 걱정과 근심, 불행한 일들이 나를 둘러싸고 완전히 행복했던 날이 며칠이나 될지 모르겠습니다. 그러니 어떻게 해야 할까요. 고슴도치 같은 친구들과 나의 불안하고 행복하지 못한 날을 모두 안고 그러면서 사는 거라고 자위하면서 살아야지.

파레토의 법칙

개미들이 줄을 서서 짐을 지고 가는 것을 보면 '참, 모든 개미가 열심히 일하는구나.'라고 생각합니다. 그런데 개미 집단의 20%만이 열심히 일하고 나머지 80%는 빈둥거리거나 노느라 들락거리고 일은 안한다고 합니다. 그래서 열심히 일하는 개미들만 모아서 다시 관찰했더니 새로운 집단에서도 20% 정도만 일하고 나머지 80%는 일하지 않더라는 것입니다. 이런 현상은 개미를 관찰한 사람의 이름을 따서 '파레토의 법칙'이라고 합니다.

이 '파레토의 법칙'은 기업에도 있고 어느 직장에나 있습니다. 병원에도 마찬가지입니다. 병원에서 파레토 법칙을 적용해 보아 리더가 되는 과로 심장내과, 소화기 내과, 안과 의사들로 20% 정도입니다. 병원장님이 '자기의 월급도 못 버는 의사들이 있다.'라고 화를 내던데 사실인지는 모르겠습니다. 정말 소화기 내과나 심장내과, 소아과 교수님들은 점심조차 먹을 시간도 없이 바쁜데, 어떤 교수님들은 진료실에 앉아 한가하게 컴퓨터만 들여다보고 앉아 있는 걸 보기도 했습니다.

전공의에게 성형외과는 힘 드는 엘리트들이 모이는 인기 전문과입니다. 그런데 전문의가 되었을 때 심장내과나 정형외과만큼 돈을 벌지 못합니다. 그러니 병원장이 정형외과나 심장내과 의사들을 좋아할 수밖에요. 그러나 "아니 성형외과 의사가 수입이 좋다고 야단들인데 왜 자네들은 실적을 올리지 못하는가?"라면서 성형외과 의사들에게는 압력을 가합니다.

그런데 미용성형외과를 개업하여 운영하는 의원과, 대학병원에서의 재건 성형외과 의사들 간의 차이를 이해하지 못해서 나오는 이야기입니다. 개업 미용성형외과로 쌍꺼풀을 해달라거나 코를 높여 달라고 돈을 싸들고 오는 환자들과, 손을 다쳐서 응급실로 달려오는 노무자들을 다루는 대학병원 의사의 수입이 같을 수는 없습니다. 그래서 사립대학 병원 성형외과 의사들은 괴롭습니다.

아마 국회도 그럴 것입니다. 300명이나 되는 국회의원 중 정말 바쁘게 국민을 위해 활동하는 의원이 몇 명이나 될까요? 그래서 중요한 안건을 결정하려면 원내대표가 국회의원들을 모이게 하려고 바쁘게 돌아다니는 게 아닐까요. 그러고 보면 80%의 의원님들은 자리나 지키고 거수기 노릇만 하다가 다음 선거에 공천이 되기를 바라며 지내는 것이 아닐까요?

오래전 뉴질랜드에 여행을 갔습니다. 그곳의 한 유지가 "우리나라는 세계의 일류 국가는 아닙니다. 그러나 국민이 행복하게 사는 나라입니다. 우리는 우리가 모두 리더가 되려고 생각하지 않습니다. 국민의 80%는 고등학교만 졸업해도 되고, 20%만이 대학에 가고 국민을 리드하는 위치에서 일하면 됩니다."라는 말을 했습니다. 나는 그분의 말을 들으면서 '파레토의 법칙'을 생각했습니다. 덴마크 스웨덴 노르

웨이 국민의 행복 지수가 높습니다. 그 나라 국민의 기본적인 생각이 내가 특별한 사람이라고 생각하지 않는다고 합니다. 그들 중에 리더인 20%의 특별한 사람들이 사회를 잘 이끌어 가면 된다고 생각하니까 국민 간의 갈등이 없다는 것입니다.

그런데 대한민국의 국민은 다릅니다. 한국 국민의 지능계수는 세계에서 두 번째로 높습니다. 그러니 우수한 사람들만이 모인 사회가 조용할 수 없습니다. 우리나라 사람은 어디에서든 일등이 되어야 합니다. 그래서 신문을 보면 세계 최초나 세계 제일의 일들이 거의 매일 일어납니다. 물론 그런 생각을 가지고 경쟁을 하니까 세계에서 가장 가난하던 나라에서 세계 10위 안에 드는 선진국으로 비약한 것입니다. 그러나 아무리 세계 10위 안의 경제 대국이라고 하더라도 국민이 불행감을 느끼고 자살률도 세계 최고라면 바람직하지 않습니다.

우리는 초등학교에 다닐 때부터 1등, 2등, 3등 등수를 매기며 경쟁을 시킵니다. 그래서 반 1등을 하더라도 학년에서 1등이 되지 못하여 불행하고, 학년 1등이더라도 학교 1등이 되지 못하여 불행하고, 학교 1등이더라도 각 시도, 전국에서 1등이 되지 못하여 불행합니다.

그 뒤에는 어머니의 채찍이 있습니다. 초등학교에서부터 어머님이 1등이 되라면서 학원에 보내고 가정교사를 두고 공부를 시킵니다. 그래서 어떤 사람은 서울대학이 아니면 대학으로 인정을 안 하는 사람들이 있습니다. 미국에서도 하버드대학 법대를 나오면 로펌에 취직이 되기 쉽겠지요. 그런데 미국에서도 하버드대학을 나오고도 직장이 없어 놀고 있는 사람이 많습니다. 어느 하버드 철학과 졸업생이 좌판을 끌고 나와 핫도그 장사를 하면서 그 좌판에 하버드 졸업장을 걸어 놓았습니다. 손님이 뭐라 불평하면 "여보시오. 하버드 졸업생이 먹으라는 대로 먹으시오."라고 큰소리를 쳤다고 합니다. 하버드를 나와도 파레토의 법칙에 따라 전부가 리더가 될 수는 없는 것 아닙니까?

우리나라의 어머니들은 고등학생이 모두 서울대학에 가야 하고 서울대학을 나오면 모두 판검사나 삼성의 임원이 되어야 하고 나라의 리더가 되어야 한다고 생각합니다. 그런데 실상은 그렇지 못합니다. 서울대학교 졸업생 중에도 20%가 리더로서 활동하고, 다른 학교 출신도 20%는 리더가 나오는 것이 사회 현실이 아닙니까. 우리나라의 장관이나 국회의원, 판검사 중에서 서울대 출신이 제일 많은 것은 사실이지만 서울대 졸업생이 모두 리더가 되는 건 아닙니다. 상위 20%보다 보통 사람인 80%가 많은 게 이 사회가 아닙니까. 그런데 도두 상위 20%가 되겠다고 하니 사회가 조용할 수가 없습니다.

친한 친구의 동생이 경기고등학교를 졸업하고 서울대 법대 졸업했습니다. 그야말로 KS 마크를 달았습니다. 그런데 머리는 좋은데 시험운이 없는 모양이었습니다. 사법고시를 7번, 8번 보았는데 합격하지 못하였습니다. 나이는 들고 먹고살아야 하니까 변호사 사무실에서 일하면서 울분을 달래며 사는 것을 보았습니다.

이렇듯 누구나 '파레토의 리더'가 되는 것이 아닙니다. 상급 20%의 개미들을 모아 관찰하니 그들 중 다시 20%만 일한다고 하지 않았습니까. 아마도 이것은 하나님이 우리에게 내려주신 자연의 법칙이고 인간들은 이 법칙을 깨고 살지는 못하는 모양입니다. 명문대학 출신의 수재들이 경희대 출신의 문재인 대통령 밑에서 숨도 제대로 못 쉬면서 충성을 맹세하는 세상이 아닙니까.

작은 것이 아름답다

지금 돈이 있는 젊은들 중에는 고무창 운동화에 투자하는 사람들이 있다고 합니다. 시카고 불즈의 전설인 마이클 조던이 신던 신발이나 그의 이름이 붙은 스니커는 부르는 것이 값이라고 하여 이 신발을 사려고 야단이라고 합니다. 값도 엄청 비싸서 십만 불이 넘습니다.

그러면 가장 비싼 신발은 어떤 신발이었을까요? 기록에 의하면 당나라의 성제의 황후 비연과 당나라 현종의 비였던 양귀비의 신발이 제일 비싸다고 합니다. 그들은 전족했었는지는 몰라도 발이 작아 신발을 금실로 짰다고 합니다. 양귀비가 안녹산의 난으로 죽고 그 동네에 살던 할머니가 그 신발을 얻었는데 한 번 보는데 1금, 한 번 만져보는데 50금, 한 번 신어 보는데 100금을 받았다고 하니 그 신발 하나만 가지고 재벌이 되었을 것 같습니다.

한국에서는 한양기생 장동선이 아주 이뻤는데 그의 신발을 '해어화', 그 신발에 술을 따라 먹는 것을 '회혜주'라고 했다고 합니다. 그런데 그 술값이 엄청 비싸서 300석을 호가했다고 합니다. 그래서 재벌이었던 이상국이 300석을 내고 술을 한 잔 따라 마셨다고 전해지고 있습니다. 그런데 그 해어화도 자그마한 게 이뻤다고 합니다.

'작은 것이 아름답다.'라는 말이 있습니다. 그래서 가장 귀한 향수는 작은 병에 나온다고도 하고 비싼 선물은 상자가 작다고도 합니다. 오래전 오하이오에 있을 때입니다. 선배 한 분은 언제나 자기가 남보다 우위에 있어야 만족하는 분입니다. 예쁜 따님이 중국의 부호에게 시집을 갔습니다. 그리고 사돈에게서 받았다면서 부인의 반지를 자랑했습니다. 다이아몬드 반지인데 5캐럿이라고 했습니다. 그런데 나는 그 큰 다이아몬드는 진짜 같지 않고 자꾸 가짜처럼 느껴지고 그냥 유리알처럼 보였습니다. 속으로 '다이아몬드 반지는 그저 반 캐럿이나 일 캐럿 정도면 되지 그렇게 크니 이쁘지 않구나.'라고 생각했습니다.

그런데 사람은 다른지 모릅니다. 나는 키가 작습니다. 한국인으로 치더라도 표준편차 2의 밖에 있으니 어디 가서 늘씬하다는 말은 꿈에도 들어볼 일이 없습니다. 여자들이 늘씬하고 멋이 있다는 이상형과는 거리가 먼 사람입니다. 그 콤플렉스로 대학생 때도 여학생을 만나는 일이나 활동은 하지 않았습니다. 오래전 군의관으로 있을 때 다방에서 누구를 기다리느라고 앉아 있었습니다. 그런데 바로 옆 좌석에 젊은 여자 서너 명 몰려들어 앉아서 수다를 떨기 시작했습니다. 거리가 가까우니 말소리가 마치 한 테이블에 앉아서 듣는 것처럼 들렸습니다. 그중의 한 여자가 "근데 말이야. 그 미팅에 가서 파트너를 정하는데 제비를 뽑기로 파트너를 정하지 뭐니. 그래서 나도 제비를 뽑았지. 그런데 내 파트너로 온 사람이 난쟁이 ×자락만 한 게 얼굴은 자유 민주주의로 생겼지 뭐니. 나는 밥맛이 떨어져서 화장실 간다고 하고 나와 버렸지 뭐냐." 하면서 까르르 웃었습니다. 그러지 않아도 나의 작은

키 때문에 콤플렉스를 가지고 살던 나는 마치 얼굴에 숯불을 끼얹는 것 같았습니다. 나는 슬그머니 일어나 나와서 다방 밖에서 친구를 기다린 일이 있습니다.

나는 일생에 그런 미팅에 가본 일도 없고 선을 본 일도 없습니다. 그래서 나는 항상 늘씬하고 큰 것이 아름다운 줄 알고 살았습니다. 오래전 운전면허증을 따러 갔습니다. 여자 직원이 나더러 키가 얼마냐고 물었습니다. 한국에서는 센티미터로 했는데 미국에서는 인치로 하니 얼른 알 수가 없었습니다. 그래서 6피트 5인치라고 했더니 여직원이 웃으면서 "Ya all right you are 6 foot inches."라고 하더니 5 foot 2 inches로 적어주었습니다. 나더러 농담을 잘한다고 했겠지요. 한 번은 소아과 환자가 사무실로 왔습니다. 12살이라는데 나보다도 키가 컸습니다. 치료를 끝내고 나니 그 친구가 내 얼굴을 만지면서 "You look cute." 하지 뭡니까. 나는 무안해서 어찌할 줄 모르는데 엄마가 나더러 "아니, 네가 잘생겼다고 그러는 거예요." 하고 어색한 장면을 무마하고는 아이를 데리고 나갔습니다. 나는 얼떨결에 잘생겼다는 말도 들었습니다.

물론 나는 발도 작아 발에 맞는 신발을 사기가 힘이 듭니다. 어디를 가도 사이즈 6이나 5 1/2의 신발을 구할 수가 없습니다. 그런데 좋은 수를 알아냈습니다. 아내의 권고로 여자 신발을 사서 신습니다. 물론 하이힐이나 나비 같은 장식이 붙은 것, 여자 구두의 티가 나는 것을 사 신기야 하겠습니까만, 요새 나온 운동화 비슷한 신발 7반이나 7을 사면 아주 발에 잘 맞습니다. 그리고 모양이 예쁩니다. 얼마 전 친구가 "야, 넌 어디서 그런 이쁜 신발을 사냐?" 하고 묻기에 실소한 일 있습니다. 나의 일생에 예쁘다고 칭찬을 받아 본 일이 처음이기 때문입니다. 그리고 발이 큰 것보다 작은 신발이 이쁘다는 것을 알았습니다. 딸의 집에 가서 사위와 손자들의 배만한 신발과 나의 신발을 비교해 보면 확실히 나의 신발이 예쁘장합니다. 그래서 '아하! 작은 것이 이쁘구나.'라고 생각했습니다.

한국에 갈 때는 대한항공을 타고 나갑니다. 대한항공의 승무원들은 친절하고 이쁩니다. 어느 날은 여승무원 중에 아주 키가 큰 승무원을 보았습니다. 물론 아름답기는 하지만 몸집이 작은 승무원이 더 아름답구나 하고 느꼈습니다. 이 말이 사실이 아니기를 바랍니다만 190㎝가 넘는 여자 배구 선수들, 농구선수들이 결혼 상대를 찾기가 힘이 든다는 이야기를 들었습니다.

나는 깜짝 놀랐습니다. 아니 늘씬한데 인기가 없다니…. 그리고 보니 농구선수나 배구 선수 중 키가 좀 작은 선수 중에 미인이 더 많습니다. 이제는 '작은 것이 아름답다'는 시대가 오려는가 하고 생각해 봅니다. 길에 가다 어린 아기를 보면 참 이쁩니다. 그런데 부모를 보면 전혀 예쁜 것과는 거리가 먼 경우가 많습니다. 그래서 속으로 '저런 부모에게서 어떻게 저런 이쁜 아기가 났을까?' 하고 생각을 합니다.

우리 집 마당으로 오는 새도 작으면 아름답습니다. 그러나 아주 큰 새는 징그럽고 흉하게 생긴 경우가 많이 있습니다. 우리 아내와 싸우는 토끼도 작은 것은 귀엽고 아름답습니다. 그러나 크고 늙은 토끼는 아름답지 않습니다. 아침에 끌고 나오는 개도 작은 강아지는 아름다운데 아주 큰 개는 아름답지 않습니다. 이제는 '작은 것은 아름답다'는 말을 할 수 있을는지 모릅니다. 물론 전부가 그렇다는 것은 아니고….

식사나 같이합시다

오래전 친구와 작별 인사를 할 때면 '잘가.' '잘 있어.' '또 만나자.' '누구에게 안부 전해.'라는 말을 주고받곤 했습니다.

그런데 근년에는 '언제 식사나 같이 한번 합시다.'라는 말을 많이 듣습니다. 이런 인사에 익숙하지 않은 나는 한동안 '그럼 언제 어디서 만나자는 걸까. 혹시 연락을 주려는가?'라고 기다릴 때가 많이 있었습니다. 한 달이 지나고 몇 달이 지나서 결국 내가 한국을 떠날 때까지도 연락은 오지 않습니다. 그 말을 한 친구가 아무런 연락을 하지 않으면 섭섭한 마음이 들곤 했습니다. 어느 때부터 그런 약속 아닌 약속이 헛말이라는 것을 깨닫고는 요새는 친구가 헤어질 때 '언제 식사라도 같이 한번 합시다.'라는 그저 내용이 없는 인사말이란 걸 알게 되었습니다.

'같이 식사나 한번 합시다.'라는 말을 두 가지 약속입니다. 하나는 다시 만나자는 것이고, 또 하나는 같이 밥을 먹으면서 우정을 나누자는 것입니다. 그러니 이 약속을 어기는 것은 두 가지 약속을 모두 어긴다는 말입니다. 같이 식사한다는 건 매우 가까운 사이에서 하는 이야기일 것입니다. 같이 식사하는 건 사무적으로 만나 이야기하는 것과도 다릅니다. 가까운 친구끼리 친척이나 가족끼리 같이 식사하면서 사랑을 나누는 자리일 것입니다. 특히 한국 음식은 젓가락이나 숟가락으로 공동의 반찬을 먹고, 어떨 때는 전골이나 찌개 냄비에 자기가 먹던 숟가락으로 함께 떠먹어야 합니다. 가끔 백화점의 음식 코너에서 라면이나 어묵을 작은 그릇에 담아 같이 나누어 먹는 소녀들을 보면서 '정말 사랑스럽구나' 생각할 때가 많았습니다.

이처럼 같이 식사한다는 것은 정말 사랑을 나누는 것입니다. 성경에 보면 예수님은 사랑하는 제자들과 같이 식사를 자주 하셨다고 기록이 되어 있습니다. 나는 그것을 예수님이 정말 제자를 사랑하는 표시라고 생각을 하였습니다. 나는 공자가 안유나 자공과 같이 식사하였는지 아니면 권위를 위하여 혼자서 진짓상을 받았는지 모르겠습니다. 하도 예수님이 제자들과 몰려다니며 식사를 하니까 바리새교인이 "너희 선생을 먹기를 탐한다."라고 시비를 걸 정도였습니다. 예수님이 부활하셔서 제자들과 마지막 만남에서도 예수님은 제자들을 위하여 생선을 굽고 떡을 구웠습니다.

나는 대전의 대학병원에서 8년을 근무했습니다. 근무하면서 많은 사람과 잘 어울렸고 나의 성질이 까다롭지 않아서 인심을 잃었다고는 생각하지 않았습니다. 미국 사는 아내와 떨어져 혼자 지내니까 친구들과 같이 어울릴 시간이 많아서 전공의들이나 친구와 영화도 많이 보고 외식도 많이 했습니다. 친구가 부르면 거의 언제나 들어주었으니 친구가 많다고 생각했습니다. 그런데 떠날 때 정말 식사나 같이 한 사람은 그리 많지 않습니다. 물론 같은 성형외과 교직원이나 석좌교수들은 송별회를 해주었고, 송별 골프도 쳤습니다. 그런데 정작 만날 때마다 "교수님, 교수님"하고 인사하던 많은 사람과는 그야말로 밥 한 끼 같이 한 사람이 생각처럼 많지 않았습니다. 물론 "언제 식사나 같이합시다."라는 인사는 많이 받았지만, 전화해서 초청한 일도 별로 없고 내가 있던 연구실에 메시지를 보내지도 않았습니다. 그들이 "밥 한번 같이합시다."라던 말은 그저 지나가는 인사임을 깨닫기까지 한참의 시간이 흐른 뒤였습니다. 이제는 인사법을 터득하여 "언제 식사나 같이하십시다."라면 "네, 그럽시다."라고는 나도 잊어버리고 맙니다.

지금은 말의 잔치 시대입니다. 한국말은 수식어가 많고 미사여구가 다양하며 변화무쌍해서 그런지 말과 뜻이 다른 때가 많습니다. 더욱이 젊은 세대의 말을 전부 이해할 수는 없습니다. 사람 사이에서도 약속은 많이 하지만 약속은 말만의 약속으로 끝나는 때도 많습니다. LA에 친구들이 있는데 가끔 전화로 인사를 합니다. 그런데 "야, 너 언제 이 근처 올 일 있으면 연락을 해라. 같이 식사나 하자."라고 합니다. 어느 날 내가 LA에 미팅을 가게 되어 친구에게 전화했더니 "너 왔니? 반갑다. 언제 식사나 같이하자."라고 했습니다. 그리고는 내가 거기 있는 일주일 동안 전화도 메시지도 없었습니다.

어째서 이렇듯 빈말 인사가 유행하게 되었을까요? 그 시작은 정치인에게서부터라고 생각합니다. 선거 기간 중에는 "내가 당선되면 식사나 같이합시다."라면서 표를 구걸하고는 당선 후에는 '내가 언제 그런 말을 했는데?'라고 딴소리를 합니다. 대통령 선거에서는 국민에게 화려한 말로 유혹하고는 정권을 잡으면 나 몰라라 합니다. 빈말을 가장 많이 하는 사람들이 누구일까요? 두말할 것 없이 국회의원이고 정치인이고 정부입니다. 그래서 정치인들을 가장 허언을 많이 하는 사람들이라고 하지 않습니까?

나는 가끔 서울에 갑니다. 그런 친구들에게 전화합니다. 그러면 "야, 언제 왔냐? 반갑다. 언제 가냐? 한번 만나 밥이라도 먹자."라고 합니다. 나는 내가 묵고 있는 호텔을 가르쳐주고 임시지만 전화번호를 알려 줍니다. 그런데 같이 식사하자던 친구는 하루 이틀이 지나고 일주일이 지나고 떠날 때가 되어도 연락이 없습니다. 그래서 보통 빈말 인사인 줄 알고 서울을 떠납니다. 그래서 가끔 공항에 나가서 작별 인사를 합니다. 그러면 친구는 "그래, 벌써 가냐? 같이 식사라도 한 번 했으면 좋았을 걸."이라고 합니다.

그런데 어떤 친구는 그 인사가 참이었던 모양입니다. 내가 연락을 해줄 줄 알고 기다리고 기다리다가 실망했다는 친구가 간혹 있었습니다. 그런 친구에게는 내가 약속을 깬 것 같아 미안하기만 합니다. 이 '같이 한번 밥이나 먹읍시다'란 말을 어떻게 처리해야 할까요?

나는 가끔 내가 미국 친구들에게 이런 인사하고 다녔다면 어찌 되었을까 하고 생각합니다. 미국 친구들은 '언제 식사나 하자.'고 했다면 언제 어디에서 할 것을 알려 주어야 하고, 내가 말을 꺼냈으니 내가 식사값을 내야 할 것입니다. 그냥 한국 사람들끼리 '언제 식사나 같이 합시다.'라는 빈 인사를 하고 다녔다면 나는 약속을 안 지키는 사람으로 낙인찍혔을 것입니다.

한국인들의 '같이 식사나 한번 하자.'는 이 말을 어찌 이해해야 할까요? 빈말이니 잊어먹어야 할까요, 아니면 정말 약속이니 연락을 해야 할까요? 마치 정치인의 공약 같아서 헷갈립니다.

명상

　불교에서는 명상을 최고의 수련으로 칩니다. '싯다르타'라는 속인이 보리수 밑에서 명상을 함으로써 브라만이 되었습니다. '불경을 외우고 염불과 명상을 하다가 비몽사몽에 들어가는 경지가 최고의 경지'라고 오쇼 라즈니쉬는 설명합니다.

　기독교에서도 그렇습니다. 홀로 기도하는 시간입니다. 수백 명이 모여서 손뼉을 치고 찬송을 부르고 "아버지!" 고함치고 땅바닥을 치면서 하는 요란스러운 기도가 아닌 홀로 하나님 앞에 서서 하나님과 대화를 하는 시간이고, 명상 속에서 하나님과 만나는 시간이 가장 귀한 시간입니다. 예수님이 사역을 시작하시기 전 광야로 혼자 나가서 40일 동안 기도를 하셨다고 합니다. 40일 동안 명상하고 하나님과 소통하셨다는 말일 것입니다. 그리고 사역을 하시다가도 힘이 들면 혼자 산에 가셔서 기도하셨다고 합니다. 구약 성서를 보면 모세도 시내산에 올라가 40일 동안 하나님과 지내셨다고 합니다. 그 40일 동안 무엇을 했을까요? 아무도 없는 높은 산에서 명상하지 않았을까 생각합니다. 그래서 하나님과 소통을 하셨겠지요.

오래전 김형석 선생님이 이런 말씀을 하셨습니다. 김 교수님은 방에 홀로 앉아 오랫동안 기도를 드렸습니다. 그런데 그 오랫동안 하나님께 무슨 말을 할 수 있겠습니까? 김 교수님은 고요히 한쪽 벽을 바라보면서 "당신과 나는 어떤 관계입니까?"라는 말을 가끔 중얼거렸을 뿐 아무 말을 하지 않았다고 합니다. 이것 또한 명상이 아닙니까? 나를 비워야 하나님이 들어 오신다고 합니다. 불가에서도 나를 비워야 해탈이 되고 열반에 도달하고 브라만에 이른다고 합니다. 내 속에 속세의 것이 많이 있으면 영적인 것이 들어올 수 없겠지요. 그릇이 꽉 찼는데 무엇이 들어 올 수 있겠습니까.

오래전에 목사님과 식사를 하면서 어떤 친구가 질문했습니다.

"나는 기도하려고 하면 몇 마디하고는 할 말이 없어요. 그래서 그냥 눈을 감고 있다가 잠이 들곤 합니다. 어쩌면 좋습니까?" 목사님이 "걱정하지 마세요. 당신이 아버지에게 무슨 할 말이 그리 많겠습니까. 그리고 당신을 잘 아시는 하나님께서 당신이 중언부언 안 해도 당신을 잘 알고 있습니다. 그리고 아버지의 무릎 앞에서 아들이 잠이 드는 것이 얼마나 평화스럽고 아름다운 광경입니까. 하나님도 그런 당신을 좋아할 것입니다."라고 했습니다.

어떤 사람이 이런 말을 합니다. 뉴턴이 만유인력의 법칙을 깨달을 때도 나무 밑에 멍청히 누워 있을 때였고, 아르키메데스가 '질량의 법칙'을 알아낼 때도 목욕탕에 멍청하게 앉아 무심하게 있다가 자기의 몸이 물에서 뜨는 것을 보고 비중이라는 것을 알아내지 않았습니까.

현대인은 너무 바쁩니다. 잠시도 그냥 있는 시간이 없습니다. 지하철이나 기차나 버스에서도 보면 목을 숙이고 스마트폰으로 친구에게 카톡을 하거나 페이스북에 글을 올리고 게임을 하고 드라마를 봅니다. 집에서도 식구와 식사하면서도 머리는 쉬는 시간이 없습니다. 잠시도 머리를 쉬지 않으니 명상할 시간이 없습니다. 그래서 현대인은 반사적인(Reflectional act) 속에서 살고 있을 뿐입니다.

이번 대통령 선거전을 보아도 그렇습니다. 하나도 창조적인 것은 없습니다. 그저 누가 뭐라면 반박하고 상대 후보의 부인이 무엇을 했느니 후보가 과거에 무엇을 했다느니 하는 반사적인 말로 상대를 비판하고 헐뜯을 뿐, 나라의 백년대계를 논하고 나라의 장래를 이야기하는 후보도 없고 또 민중도 그런 막연한 장래의 이야기보다는 반사적인 이야기에 흥분하고 소위 여론이라는 것을 만들어 냅니다.

교회도 마찬가지입니다. 그래도 '교회만은 세속의 마음을 비우고 여호와께서 내려주시는 영적인 계시를 가지고 교인들을 가르치고 인도하는 역할을 담당해야 하지 않을까.'라고 생각하는데 마치도 클럽의 회원권을 파는 것처럼 우리 교회에 오면 어떤 이익이 있다는 것을 강조하는 것 같습니다. 얼마 전 기독교 방송에서 명성교회의 김삼환 목사님의 설교를 들었는데 목사님이 "우리 교회에 나오면 사업도 잘돼요." 하니까 교인들이 "아멘." 하고 화답했습니다. 목사님은 계속하여 "자식들도 좋은 대학을 가고 좋은 직장에 취직도 잘해요."라니까 또 교인들이 "아멘." 하고 화답했습니다. 나는 참 아연했습니다. 소망교회의 곽선희 목사님이 '벤트리'라는 비싼 차를 타고 다닌다는 비난 여론이 있었습니다. 기자가 목사님에게 "목사님이 너무 비싼 차를 타고 다닌다고 말들이 있던데요."라고 물으니까 목사님은 "예수를 잘 믿으면 나처럼 복을 받아 비싼 차를 탄다는 걸 보여 주려고 일부러 타고 다닌다."라고 했다고 합니다. 맞은 설명일까요?

오래전 강원용 목사님은 젊은 지성인들이 많이 따라다니는 목사님이었습니다. 그는 정부를 비판했고 소위 세속에 물들지 않는다는 평을 듣는 분이었습니다. 그가 나이 많아 세상을 떠나기 전에 기자가 물었습니다.

"목사님은 스스로 자신을 어떻게 평가하십니까. 목사님이십니까? 언론인이십니까? 아니면 크리스천 아카데미를 세우신 사업가이십니까? 아니면 시민운동가이십니까?"라는 물음에 목사님은 다른 말씀 없이 "나는 광야에 외치는 소리입니다."라고 했습니다. 그렇습니다. 그는 많은 이단 교회의 목사들처럼 '내가 예수님의 대행자'라고 하지 않고 광야에서 외치다가 목이 잘려 죽은 세례 요한에 비유했습니다.

내가 잘 아는 목사님이 있습니다. 그는 시카고에서 목회했습니다. 그리고 교회를 맡은 지 10여 년이 되고 스스로 교회에 사직서를 냈습니다. 교인들이 깜짝 놀라 사연을 물었습니다.

"이제 내가 이 교회에 있은 지 10여 년이 되었습니다. 여러분이 내가 성경을 읽으면 무슨 말이 나올지 알고 나에게서 풍기는 향기도 이제는 증발했습니다. 이제 나는 재충전이 필요합니다. 혼자 조용히 명상하고 시간이 나면 책을 읽고, 할 수 있다면 글을 쓰겠습니다. 이제 꽉 차 있는 나 자신을 비우고 하나님이 주시는 새로운 영적인 계시를 받아야 하겠습니다. 그러기 위해서는 명상이 필요합니다. 조용하게 하나님과 함께하는 명상이 필요합니다."라고는 그 목사님은 교회를 떠났습니다. 그리고는 소식이 끊어졌습니다. 친했던 친구인 나도 그의 소식을 모릅니다.

나도 그런 명상이 필요합니다. 하루종일 누구와도 대화하지 않고 "하나님, 나는 무엇이고 나를 어찌하시렵니까."라고 하나님께 물어보는 명상의 시간, 남이 보면 멍청하게 앉아 있는 시간이 필요할 것 같습니다.

2

행복이란
무엇일까

행복이란 무엇일까

고등학생 때 친구들과 논쟁하던 기억이 납니다. '행복'은 눈에 보이지도 않고 만져지지도 않는 추상명사입니다. 그러므로 실제로는 존재하지 않는 것을 갑론을박 핏대를 올렸습니다.

"산 너머 저 멀리/ 행복이 있다고/ 사람들은 말한다네/ 나 또한 남따라 찾아갔건만/ 눈물만 머금고 돌아왔다네/ 산 넘어 하늘 저 멀리/ 행복이 있다고 사람들은 말하건만."

칼 부세의 시입니다. 고등학교 교과서에 나온 이 시를 중얼거리며 "행복은 무지개 같은 거야. 비가 온 후 산마루턱에 걸려있는 무지개를 잡는다고 쫓아가 보아야 아무도 무지개를 잡은 사람은 없거든."면서 나는 약간은 허무적인 생각을 피력하며 논쟁의 주도권을 잡기도 했습니다.

교회에서 목사님이 자주 인용하는 예화가 있습니다. 어느 나라 왕이 병에 걸렸습니다. 그런데 의원이 이 병을 고치려면 행복한 사람의 속옷을 얻어다가 입어야 한다고 했습니다. 왕의 사자는 온 나라를 찾아다니며 행복한 사람을 찾았지만 자기가 행복하다고 하는 사람은 없었습니다. 귀족도 부자도 미남자도 장군도 모두 자기는 행복하지 않다고 했습니다. 그러다가 산골에 사는 방앗간을 지나가는데 노랫소리가 들려왔습니다. 방아를 찧는 머슴꾼은 노래를 신나게 부르며 아주 행복한 얼굴을 하고 있었습니다. 왕의 사자가 "지금 너는 행복하냐?"고 물었습니다. 그 머슴은 "그럼. 행복하지요. 오늘 아침 잘 먹었지요. 오늘 날씨가 기가 막히지요. 방아가 잘 돌아가지요. 무어 걱정할 게 없네요." 왕의 사자가 "그럼 속옷을 좀 빌려다오."라고 하니까 "네? 무어라고요. 저 같은 사람에게 속옷이 어디 있습니까?"라고 했습니다. 속옷이 있는 사람은 행복하지 않고, 속옷이 없는 가난한 사람은 행복하다고 합니다.

오늘 아침 묵상 시간에 목사님이 소개한 어거스틴의 참회록에 이런 말이 나온다고 합니다. 밀라노 대학의 교수가 된 어거스틴은 학교의 생활이 만족하지 않았다고 합니다. 할 일은 많고 일은 잘되지 않고 짜증이 났겠지요. 어거스틴이 창밖을 보면 거리에서 방황하는 거지는 참 행복해 보였습니다. 그는 있으면 먹고, 먹고 나면 놀고, 노래를 부르고 거리를 휘젓고 다녔습니다. 어거스틴이 생각했습니다. '그럼 그 행복한 거지와 지금 불행하다고 생각하는 밀라노 대학의 존경받는 수사학 교수와 바꿔버리면 어떨까?' 그런데 가만히 생각해 보면 거리의 거지의 행복과 밀라노 대학의 교수이며 높은 자리에 있는 자기와의 행복과 불행이 같은 값으로 계산이 되는 것이 아니었습니다.

『그리스인 조르바』라는 책이 있습니다. 카잔스키가 일인칭으로 쓴 소설입니다. 카잔스키는 작가인데 유산으로 받은 갈탄 광산을 돌아보려고 크레타섬으로 가는 배를 타려고 하는데 비가 와서 배의 출항이

늦어집니다. 그러다가 조르바라는 사람을 만납니다. 자유분방하고 쾌활하고 춤 잘 추고 '산투르'는 악기를 잘 칩니다. 그는 떠돌이로 한군데 오래 있지 못하는 사람입니다. 그는 카잔스키에게 자기를 고용하라고 합니다. 그러면 손해가 없을 거라고 이야기합니다. 크레타섬에 간 조르바는 갈탄 광산을 어떻게 해야 한다고 카잔스키에게 조언하고 광산에 쓰려고 하는 돈을 가지고 도시에 나가 술집 여자와 다 써버리고 맙니다. 그리고서도 조금도 위축됨이 없이 와서 글이나 쓰는 카잔스키가 무엇을 알겠느냐고 탄광의 방법을 가르치려 듭니다. 카잔스키는 비꼬는 말로 그러면 자네가 책을 쓰면 어떤가 하고 말합니다. 조르바는 "네, 그것 못할 것도 없지요. 그러나 나는 그럴 시간이 없네요. 나는 전쟁을 하고 여자들과 놀고 술을 마시고 산투르를 연주하고 춤을 추다 보면 펜대를 잡고 글을 쓸 시간이 없어요. 글은 그런 짓을 못 하는 당신 같은 사람들이 쓰는 거지요."라고 말합니다.

같은 말입니다. 행복한 사람은 글을 쓸 수 없고 행복하지 못한 사람들이 자기 머릿속에서 그리는 행복을 이야기하는 것입니다. 요새 코로나바이러스 때문에 거의 집에 갇혀 있습니다. 그리고 친구들에게서 카톡이 옵니다. 어떤 친구는 요새 격리의 생활이 마치 감옥에 있는 것과 같다고 불평하고 하소연을 합니다. 그런데 어떤 친구는 요새는 누가 오라고 귀찮게 하는 사람도 없고 아내가 왜 집에 처박혀 있느냐고 나가자고 보채지도 않으니 아주 평화롭고 행복하다고 말합니다. 같은 조건인데 마음먹기에 달려 행복도 되고 불행하게도 됩니다.

며칠 전 미국에서는 Sun light saving time으로 시계를 한 시간 늦추게 되었습니다. 그날 아침 친구에게서 카톡이 왔습니다. "아, 나는 오늘 아침참 행복하다. 잔소리를 듣지 않고도 한 시간 더 자게 되었으니 기분이 좋다." 한 시간 더 자는 것이 행복이라는 것입니다. 결국은 우리가 우리 주위의 환경에 맞게 다른 사람들과 비슷하게 살면서 적응하는 게 행복한 것이 아닐까 생각합니다.

'프로크루스테스 침대'라는 신화가 있습니다. 그리스의 산에 있는 도둑놈인데 여행객이 유숙하려고 오면 자기 집의 침대에 눕게 하고는 침대보다 사람이 크면 침대에 맞게 잘라버리고, 사람이 침대보다 작으면 침대에 맞게 늘려 죽인다는 이야기입니다. 그런데 침대가 고정된 것이라면 대개는 사람의 키가 침대에 맞을 것 아닙니까. 침대에 맞는 사람이라면 아무 걱정도 없이 고단한 여행길에 밤잠을 잘 자고 떠날 것이 아닐까요? 그러니 사회에 나를 맞추고 제도에 나를 맞추고 자기가 속한 단체에 자기를 맞추면 행복하지 않을까요?

많은 사람이 북한의 인권을 이야기합니다. 자기의 고모부를 기관총으로 쏘아 죽이고 이복형을 암살하고 아무리 높은 지위에 있다가도 김정은의 비위에 맞지 않으면 숙청하여 죽여버리는 북한의 인권을 누구나 비난합니다. 그러나 북한에도 2,800만이나 되는 많은 사람이 웃고 먹고 마시면서 살아가지 않습니까? 가끔 유튜브에서 보면 북한의 사람들도 소박한 밥상을 받으며 행복해하고 자기가 사랑하는 사람과 만나 행복하게 살고 있지 않습니까? 그는 김정은의 은혜에 감사하며 그가 등장할 때마다 발을 구르며 환영하고 소리를 지릅니다. 물론 그들이 전부 행복한지 불행한지는 물어보지 않아 모르겠습니다. 아마 그 사람들은 모두 프로크루스테스의 침대에 키가 잘 맞는 사람들일 것입니다.

박정희 대통령이 독재했다고 합니다. 그러나 나는 그 시대에도 조금도 불평 없이 잘 살았습니다. 아니 도리어 깡패가 없어진 사회가 좋았습니다. 미국에서는 트럼프가 독재이고 한국에서는 문재인이 독재라고 합니다. 그런데 아마도 많은 사람이 길이 잘 들여졌는지 별 불만이 없습니다. 그러니 행복이 무엇이냐고 묻는다면 나는 아무 대답도 드릴 수가 없습니다.

나는 아직도 행복이란 추상명사여서 존재하지 않는다고 핏대를 올릴지도 모릅니다.

명절들

일 년은 365일밖에 안 됩니다. 그런데 복잡한 세상에 살다 보니 기념하여야 할 일도 많고 축하할 일도 많습니다. 그래서 달력을 보면 특별한 날이 아닌 날이 별로 없습니다. 그리고 그런 기념일은 한국이 다르고 미국이 다르고 나라마다 다릅니다. 아마 국제적으로 통일이 된 날이라면 정월 초하루와 크리스마스 정도가 아닐까 합니다.

미국에서는 국경일이 신년, 메모리얼 데이, 독립기념일, 노동절, 추수감사절, 크리스마스로 정해져 있지만, 달력을 보면 다른 기념일들이 달력에 까맣게 적혀 있습니다. 대통령 기념일, 마틴 루터 데이, 성 패트릭 데이, 상이군인날, 콜럼버스의 날 등 셀 수 없이 많습니다.

Korean American들은 한국 명절과 미국 명절까지 모두 기념하다가 보니 매일 명절이 아닌 날이 없을 것 같습니다. 며칠 전 친구에게서 전화가 왔습니다. "야, 오늘이 초복이란다. 너 삼계탕 먹었니? 보신탕이야 못 먹어도 삼계탕 정도는 먹어야지."라는 친구의 목소리를 들으면서 '참 기억해야 할 날이 많기도 많구나.' 생각했습니다. 소한·대한·우수·경칩·망종, 춘분·추분·하지·동지 같은 계절을 비롯하여 설·추석 같은 민족의 명절도 있습니다.

아침 TV를 틀면 이상한 날도 있습니다. 도넛 데이, 베이글 데이, 핫도그 데이, 오믈렛 데이, 토마토 데이 등등. 도넛 데이에는 도넛을 먹어야 하는데 도넛 가게에서 특별 세일하고 오믈렛 날에는 오믈렛 식당에서 특별 세일한다고 광고를 합니다. 그래서 메뉴에 궁했던 아내는 잘되었다 하고 그날 점심은 오믈렛을 만들어 줍니다.

오래전 오하이오에 있을 때 무료 진료소를 운영한 일이 있습니다. 무료 진료소 10주년 되는 날 Warren 시장이 감사패를 들고 와서 무료 진료소를 해주어서 감사하다는 인사를 하고는 오늘을 'Dr. Yong Hae Lee Day'로 선포한다고 하고 신문에 대서특필이 된 일도 있습니다. 물론 그런 날은 매년 기념하는 날이 아니니까 달력에 오를 일이 있겠습니까만 하여간 기념일이 넘쳐흘러서 기념일 아닌 날이 별로 없습니다. 3월 15일은 줄리어스 시저가 암살당한 날이고, 11월 22일은 John F Kennedy의 암살당한 날입니다. 4월 15일은 북한사람에게는 제일 중요한 태양절 즉 김일성의 생일이고, 그다음 날인 4월 16일은 대한민국 진보 세력들이 잊지 못하는 세월호가 침몰한 날입니다.

이렇듯 역사를 살펴보자면 하루도 중요하지 않은 날이 없습니다. 오래전 이어령 선생님의 글에는 밸런타인데이가 없는 한국의 젊은이들이 측은하다고 했습니다. 저희가 학생 때는 밸런타인데이가 없었습니다. 가끔 잡지에서 서양의 할 일 없는 젊은이들이 연애할 때 연인에게 선물을 주며 사랑을 고백하는 날 정도로 알았습니다. 그런데 이제는 한국의 젊은이들치고 밸런타인데이를 모르는 사람이 없습니다. 젊은이들이 아니라도 상인들은 그날에 팔리는 초콜릿과 꽃들을 파느라고 야단이고 식당이나 영화관은 젊은 연인들을 맞느라고 바쁩니다. 그러니 할머니들조차도 밸런타인데이를 모르면 살아남을 수가 없습니다. 대학에서 근무할 때 밸런타인데이에 손녀딸 같은 학생에게서 초콜릿을 받고 기뻐했던 일이 있습니다. 이날은 물론 사랑하는 사람에게 초콜릿을 주고 사랑을 고백하는 날이지만, 연인이 아닌 사람 사이에도 선물을 주고받습니다. 11월 11일, 빼빼로 데이도 있습니다. 이날도 사랑하는 사람에게 빨대같이 생긴 초콜릿을 바른 과자를 선물하면서 사랑을 고백하기도 합니다.

이렇게 기념해야 할 날이 많다 보니 이제는 웬만한 기념일은 기념일처럼 생각이 되지도 않습니다. 미국에 살다 보면 설날도 추석도 잊어먹고 설날 떡국도 못 얻어먹고 지날 때가 많이 있습니다. 하기야 미국에서 떡국을 얻어먹기가 쉽지는 않지만…. 그러나 추석이나 설날이라고 하면 고향에서 가족들과 함께 떡국을 먹고 세배를 하고 한복을 입은 여자들을 구경하던 추억이 떠올라 서글퍼지기도 합니다.

지난 몇 년 동안 한국의 대학병원에서 근무했습니다. 한국 사람들은 일을 열심히 하지만 놀기도 잘 놉니다. 한국의 달력에는 공휴일이 많기도 많습니다. 물론 1월 1일이나 삼일절, 광복절, 제헌절, 현충일 등이 있지만 한국의 진짜 명절은 추석과 설날입니다. 그리고 그 두 명절은 연휴가 되어서 3일간 쉽니다. 3일을 달력에 넣자니 자연히 주말과 연결이 되어 5일이나 6일이 연휴가 되기도 합니다. 그래서 많은 사람이 외국에 놀러 나갑니다. 나도 명지병원에 있을 때 원장님이 동기 동창이고 워낙 여행을 좋아하기 때문에 추석이나 설날에는 동남아로 여행을 가곤 했습니다. 그래서 몇 년 동안 중국, 월남, 타일랜드, 캄보디아, 라오스, 미얀마, 스리랑카 등 여러 곳을 여행했습니다. 추석이나 설날에는 시내에 색색의 한복을 입은 사람들이 있고 설날에는 떡국, 추석에는 송편과 부침개를 먹으면서 모여서 북적대는데 정말 명절 같습니다.

오래전 우리 자식들이 학교에 다닐 때는 추수감사절이나 크리스마스 때 가족이 모여 식사했지만, 자식들이 결혼하니까 자기네 가족 챙기느라고 우리에게까지 신경을 쓸 수가 없습니다. 그러니 전화나 한 통 해주면 효자입니다. 그래서 이런 명절 때마다 옛날이 그립고 고향이 그립습니다.

오늘 아침에 아침을 먹는데 TV에서 아이스크림 데이라고 하여 모두 웃었습니다. 아마도 아이스크림 장사가 아이스크림을 좀 많이 팔아보려고 특별세일을 하고 싶었던 모양입니다. 딸은 웃으면서 "그럼 핑곗김에 이따가 아이스크림이나 먹으러 갑시다."라고 해서 다시 한번 웃었습니다.

사실 모든 날이 특별한 날입니다. 60킬로가 넘는 육체가 주먹만 한 심장의 힘으로 아침에 눈을 뜨고 일어나 운동을 하고 그 심장은 연필심만 한 혈관에 의존하여 살고 있다고 생각하면 어느 날인들 특별하지 않은 날이 없습니다.

밸런타인데이가 아니더라도 나를 위하여 나보다 먼저 일어나 아침상을 차리는 아내에게 매일 초콜릿을 선물하지는 못하지만, 초콜릿 같은 미소로 고맙다는 인사를 하며 하루를 시작하고, 매일을 밸런타인데이 같은 날로 사랑을 표시하면서 살아야 하지 않을까 생각을 해봅니다.

이인선 수녀님의 글을 읽고

이인선 수녀가 누구인지 모릅니다. 만나 본 일도 없고, 이야기해 본 일도 없습니다. 그런데 인터넷에 올라온 그녀의 글을 보고 소름이 끼칠 정도로 죄스러웠고 부끄러웠고 가슴이 시원했습니다. 그녀의 글이 좀 길어서 다 옮길 수는 없지만 좀 인용해보려고 합니다.

나는 더 정의를 외면한 사랑을 신뢰할 수 없다. 양들이 사지로 몰리고 있는 처절함 상황 앞에서도 눈 귀 입을 닫은 목자들을 결코 신뢰할 수 없다.

처자식을 먹여 살리기 위하여 직장 상사에게 굴욕을 당해 본 일도 없고 자기 방 청소며 자신의 옷 빨래며 자신이 먹을 밥 한번 끓여 먹으려고 물에 손 한번 담가본 일이 없는 가톨릭의 추기경 주교 사제와 수도사의 고결하고 영성적인 말씀이 가슴에 와닿을 리가 없다. 언제부터인가 우리 교회는 가난한 사람들의 권리 보호를 외면하고 제도 교회의 사리사욕에만 몰두하는 목자가 아닌 관리자 등이 득실거린다. 고급 승용차, 고급음식, 골프, 성지순례(해외여행)에 유유자적하며 부자들의 친구가 되고 그들 자신이 부자가 되고 특권층이 되어버린 그토록 많은 성직자 수도사들이 아름다울 리가 없다 주교문장에 쓰인 멋진 모자와 화려한 가슴 위의 빛나는 십자가가 수난과 처참한 죽음의 예수님의 십자가와 도저히 연결할 재간이 없다. 나날이 늘어가는 뱃살 걱정과 지나치게 기름진 그들의 미소와 생존에 지쳐있는 사람들과 무슨 상관이 있는가? (중략)

어딜 가도 수녀님 수녀님 하면서 콩나물값이라도 깎아주려는 고마운 분들의 고마움을 모르고 덥석덥석 받는 전문가가 되었다. 말만 복음을 쏟아 놓았지 선천적 무신론자가 되어 아기를 낳아보고 남편과 자식 때문에 속을 썩어보고 시댁 친정 식구에 시달리며 인내와 희생을 해본 적이 없는 철딱서니 없는 과년한 유아들이 적지 않다. (중략) 종교계가 소름이 끼치도록 조용하다. 이것은 무엇을 뜻하는 것일까? (하략)

이 수녀님이 하신 말씀은 비단 가톨릭교회에만 해당되는 걸까. 개신교의 목사님들 장로님들은 아무런 할 말이 없는 것일까? 한국의 많은 교회의 목사님들은 나를 위하여 한 말이 아니니 상관이 없는 것일까? 물론 대부분 목사님은 작은 교회에서 교인들과 같이 고생하면서 작은 공동체를 리드하느라고 고생을 한다. 그러나 서울 시내에 우뚝 솟은 큰 교회에 들어가 보면 이인선 수녀님의 말씀이 가톨릭교회에만 한 말이 아니라 온 교회에 하는 말씀이라는 것을 깨닫게 된다.

몇 해 전 대형교회는 아니지만 좀 큰 교회에의 특별 집회에 초대를 받아 간 일이 있다. 예배는 그 지역 선교 위원회에서 초대한 것이어서 선교에 관한 설교를 했다. 그리고 예배가 끝이 났는데 목사님이 집회를 준비하느라고 저녁 식사가 부실했을 테니 저녁 식사를 하라고 하였다. 나는 안내를 따라 준비된 식당인지 회의실인지를 따라 들어갔다. 그리고 내심으로 깜짝 놀랐다. 저녁 9시쯤 되었는데 식사가 마치 호텔의 뷔페 식사처럼 화려하였다. 수많은 음식이 저녁을 잠깐 먹는 것으로서는 너무도 과분하였다.

"저는 저녁을 많이 안 먹는데요."라고 했는데 음식을 차려놓은 교인들에게 죄송하여 좌불안석하였다. 집에 돌아오면서 운전하는 집사님에게 "저를 위하여 너무 과용하신 것 같습니다."라고 했더니 그 집사님은 "아닙니다. 평상적으로 그렇습니다."라고 나를 안심시키려는지 은근히 비난하려는지 알려 주었습니다.

지금 큰 교회 목사님들은 왕처럼 삽니다. 얼마 전 명성교회 원로 김삼환 목사님이 교회를 올 때면 집에서부터 호송 인사가 모니터링을 하는데 "목사님이 지금 집에서 떠나십니다. 지금 목사님이 어디를 통과하십니다. 지금 교회 입구에 도착하셨습니다."라고 실시간 모니터링을 하고 도착할 즈음 부목사님들 교회 유력 인사들이 도열하여 목사님이 차에서 내릴 때 허리를 깊이 숙여 절하는 것을 보았습니다. 명성교회는 목사님이 아파트를 빌려서 시작한 작은 교회가 왕국이 되도록 만든 목사님이 그 많은 재산을 자식에게 물려주기 위하여 아들인 김한나 목사님에게 물려 주었습니다.

삼성의 이건희 회장이 서거하고 난 후 상속세를 둘러싸고 일어났던 많은 문제가 교회에서는 아무 말이 없다는 사실입니다. 사랑의 교회에서 일어났던 오종현 목사님의 학력 위조 문제 등 여러 문제가 재판에서 유죄가 되었어도 오 목사는 교회의 법은 세상의 법보다 상위법이라고 하면서 덮어버렸습니다. 정부도 교회에서의 말썽을 일으키지 않으려고 상관하지 않습니다. 사랑의 교회에는 많은 국회의원과 장관, 권력자들이 교회에 나오고 교회를 건드리면 말썽이 시끄럽다고 하여 교회의 문제를 덮어주고 교회도 정부의 비리에 대하여는 모른 척하기로 묵약을 한 모양입니다.

이 수녀님의 말씀에 '종교계가 소름이 끼치도록 종용하다.'라는 말이 사실입니다. 문재인 대통령의 잘못을 온 국민이 매도하고 국민이 광화문에 모여 성토를 해도 교회는 조용하고 가끔 친정부적인 행위만은 은근히 보여주기만 합니다.

몇 년 전 LA에 휴가를 가서 친구의 인도로 의사회에 간 일이 있습니다. 그곳에 목사님이 초대를 받았는데 50대 초반의 젊은 목사님이었습니다. 그 목사님 옆에 앉은 부 목사님이 그 목사님에게 물을 따라주고 음식을 갖다주었습니다. 에어컨이 좀 신통치 않다고 느꼈던지 목사님의 옆에서 부채질해주고 냅킨으로 목사님의 손을 닦아 주느라고 정신이 없었습니다. 의사들이 대부분이 목사님보다 나이가 훨씬 많은 인사이었는데 목사님은 그 대접을 당연한 듯이 받고 있었습니다. 이런 것이 지금 유행하는 목사님들 신부님들의 행태입니다. 나는 제자들의 발을 닦아주신 예수님을 상기합니다. 그리고 '이것은 아니다, 이것은 아니다.'라고 중얼거렸습니다.

지금 내가 나가는 플로리다의 교회의 서 목사님은 친교 시간이면 노인들에게 음식을 날라오고 음식을 먹으면 빈 접시를 거두어가고 커피를 가져다주는 정말 목자님입니다.

나는 이 수녀님에게 이렇게 위로하고 싶습니다. 그렇습니다. 신부님들 목사님들 중에 목자가 아닌 관리자들이 많이 있습니다. 그러나 작은 교회에서 관리자가 아닌 종으로 봉사하며 교회를 이끌어 나가는 많은 목자님이 아직도 있어서 예수님은 교회를 아직도 봐주시는 거라고요.

미운 사람

며칠 전 양주희 선생의 〈미움이 레드카드로 변하면〉이라는 칼럼을 읽었습니다. 나도 직장에 가면 꼭 한두 명은 싫어하는 사람이 있었습니다. 그 미운 사람이 전혀 나와 라이벌이거나 이해관계가 없는 사람도 많았습니다. 요새 유행하는 말이 있습니다. "너, 왜 그 사람 좋아하니?" 하면 "그저."라는 말입니다. 이유를 설명할 수 없지만, 그저 좋다는 것입니다.

나도 그저 나를 싫어하는 사람이 던지는 말 한마디에 마음이 상하여 잠을 못 이룬 때도 있습니다. '왜? 나를 싫어할까?'를 아무리 생각해도 그 이유를 알 수 없을 때가 많이 있었습니다. '내 얼굴의 생김새가 기분이 나쁠까? 말을 잘못한 일이 있을까, 아니면 키가 작아서일까?' 도통 그 이유를 알 수 없었습니다. 또 내게도 싫은 사람이 있었습니다. 대개는 나에게 나쁘게 대하면 싫어하게 됩니다. 그런데 그저 싫어한 사람은 별로 없었던 것 같습니다. 지금 그때의 상황을 가만히 생각해 보니 그 미움의 저변에는 '교만함'이 제일 많았던 것 같습니다.

아무리 배가 고파도 교만한 사람이 던져 주는 고깃덩어리를 먹는 것보다 겸손한 친구의 국수 한 그릇이 더 맛있고 행복합니다. 미국 사람들이 동남아시아에 많은 도움을 주고 원조하고 선교사를 많이 보냈어도 아시아 사람들로부터 배척받은 원인은 오만함에 있었다고 생각합니다.

몽골에 있을 때 윤항진이라는 마취과 의사가 같은 병원에서 근무했습니다. 같은 병원에서 일하고 같은 숙소에 살아서 우리는 친근하게 지냈습니다. 같이 밥을 먹으러 다니다가 좋은 식당을 만나지 못하면 그는 "아무 데서나 먹읍시다. 무얼 먹는가가 중요하지 않고 누구와 먹느냐가 중요하지요?"라고 말하곤 했습니다. 그의 말처럼 우리가 어디로 여행을 가느냐도 중요하지만 누구와 가는지가 더 중요합니다. 사랑하는 사람이라면 뉴욕의 거리도 좋고 시골길도 좋습니다.

오래전 친구와 눈을 맞으며 삼각지에서 이태원, 보광동 집 근처까지 갔다가 다시 돌아서서 해방촌으로 서울역으로 돌아 다시 보광동으로 온 일도 있습니다. 어디를 걸었느냐는 생각도 나지 않지만, 그 친구와 이야기하면서 걷는 게 행복했습니다.

고등학생 때 친구와 동대문시장에서 큰 빵을 한 덩어리 샀습니다. 둘이서 옆에 끼고서 이야기하면서 장충단을 넘어서 한남동으로 해서 보광동 집까지 걸어온 일이 있습니다. 집이 저만큼 보이는데 옆에 들었던 빵은 다 없어졌습니다. 지금 그때 그와 무슨 이야기를 했는지 모릅니다. 고등학생 때니까 앞으로의 희망. 공부 이야기를 하지 않았을까요.

직장의 분위기가 좋으면 어서 날이 밝아 직장에 나가고 싶어 합니다. 처음 명지병원에 나갔을 때 직원이 몇 명 되지 않았습니다. 나는 우리 성형외과 직원들과 같이 점심도 하고 일이 끝나면 저녁을 먹으려 많이 다녔습니다. 그때 같이 일하던 교수님들을 참 좋아했습니다. 인턴과 전공의와도 같이 다니니 우리 의국이 병원에서 제일 인기 있는 과가 되었습니다. 같이 있던 김 교수가 "아마 우리 과처럼 재미있고 분위기가 좋은 과는 한국에 다시 없을 것입니다."라고 행복해했던 기억이 있습니다. 그곳에서 4년쯤 근무하다가 다른 병원으로 옮겼는데 그때의 친구들은 아직도 가끔 연락하고 지내며 옛이야기를 합니다.

몇 년 전 내가 있던 성형외과에 갑자기 결원이 생겼습니다. 그런데 3개월 이상 교수진의 수가 충족하지 못하면 전공의를 받을 수가 없습니다. 그리고 병원이 지방에 있어서 좋은 사람을 갑자기 구할 수가 없었습니다. 나는 급한 김에 서울에 있는 후배에게 "당장 누구를 좀 소개 해달라."고 하여 마침 놀고 있는 후배를 소개받았습니다. 그는 면접에서 "병원을 위해서 열심히 일하겠습니다."라고 다짐을 했습니다. 나는 총장님께 추천하였고 채용되었습니다. 그가 처음 얼마 동안 일을 잘했습니다. 그래서 나이가 많은 내가 과장직을 차지하고 있는 것보다는 젊은 사람에게 인계해야지 하고 그에게 과장직을 넘겨주었습니다.

그런데 그날부터 그의 태도가 달라지기 시작했습니다. 그는 거만해지고 전공의와 간호사에게 과장 대접을 안 한다고 갑질을 하기 시작을 했습니다. 자기보다 몇 년 위인 선배 교수에게도 무례하고 갑질을 했습니다. 그리고 환자 앞에서 "거, 수술을 잘 못 했군요."라고 음해하는가 하면 자기보다 나이가 많은 교수에게도 "과장이 하라면 해요. 싫으면 나가고요."라고 막말을 하고, 툭하면 간호사를 울렸습니다. 그래서 전공의들은 그를 미워했습니다. 나는 그를 추천한 죄가 있어서 몇 번 식사하면서 좀 부드러워지라고 했더니 도리어 "당신은 과장 경험이 없으니 가만히 있으라."라고 호통을 쳤습니다. 또 과의 운영비를 유용하고 착복까지 했습니다. 그는 원장과 총장에게는 낯 간지러울 정도로 아첨을 하곤 했습니다. 결국 주위의 불만은 많아지고 오래 있지 못하고 다른 병원으로 갔습니다.

나는 그를 미워하지 않으려고 노력했습니다. 그를 미워하지 않게 해 달라고 기도까지 했습니다. 그러나 그가 다른 사람에게 하는 짓을 볼 때마다 화가 나곤 했습니다. 나중에 나는 그를 무시하기로 했습니다. 그를 쳐다보지도 않고 말도 안 했습니다. 그런데 가만히 생각해 보면 그것도 미워하는 방법이 아니겠습니까? 아마도 나는 예수님처럼 원수를 사랑하지는 못하는 모양입니다.

학교를 졸업하고 50년 이상을 환자를 돌보는 일을 했습니다. 그리고 반성해 봅니다. 나는 직장에서 미운 사람이 되지는 않았을까 하고 생각을 합니다.

나는 전공의 3년 차 때 의국장을 했습니다. 선배님들이 있는데 교수님들이 나를 의국장으로 만들어 주었습니다. 그래서 선배님들의 미움을 받은 일도 있습니다.

사람이 사람을 미워하는 가장 큰 요인이 무엇일지 생각해 봅니다. 역시 교만과 우월감, 남을 업신여기는 것입니다. 나도 그런 적은 없었는지 생각해 봅니다. 30세가 되기 전 외과 전문의가 되고 과장이 되었던 내가 교만하지 않았는지 생각해 봅니다. 군의관으로 있을 때 병원의 교육 책임자가 되어 회의 때 공부 안 해 온 전공의를 회의장을 나가라고 내쫓은 일도 있고, 술 마시고 늦게 오면 들어오지 못 하게 한 일도 있습니다.

지금 생각해 봅니다. 그리고 "그에게 사죄합니다. 잘못했습니다. 그때는 내가 철이 없어 그런 행동을 했군요. 용서해 주세요. 그리고 이제는 나를 미워하지 마세요."

아, 가을인가

친구들이 보내주는 카톡이나 이메일을 보면 가을인 모양입니다. 보내오는 카톡 속에 단풍잎과 낙엽, 가을의 시들이 담겨 있습니다. '벌써 그렇구나' 하고 달력을 들여다보니 9월 22일 추분입니다.

여기 상하의 나라인 플로리다에는 겨울은 물론 없지만 봄도 가을도 없습니다. 봄바람 가을비도 없이 그저 매일 똑같이 한여름처럼 덥기만 합니다. 갑자기 떠나온 오하이오가 생각이 간절합니다.

오하이오는 사계절이 분명했습니다. 9월 말쯤엔 모든 잎이 꽃으로 변하는 단풍이 아름다웠습니다. 집 앞의 언덕길은 노랑 빨강 갈색의 잎들이 울긋불긋 꽃동산처럼 채색한 듯 그림처럼 아름다웠습니다. 그런데 좀 지나서 낙엽이 지는 때가 오면 나는 가을 병을 앓곤 했습니다.

아주 오래전 평양에서 살 때입니다. 초등학교 선생님이셨던 어머니는 밤늦게 오실 때가 많았습니다. 깊은 가을 사나운 바람이 나뭇잎들을 할퀴고 지나가며 울어대었습니다. 마치도 그 소리가 짐승이 우는 소리로 들릴 때도 있었습니다. 전기가 넉넉하지 않았던 시절 거리의 가로등도 많지 않아 밖은 캄캄하고 나는 잠든 동생들을 보면서 어머님이 왜 안 오시는가 하고 걱정스러웠습니다. 그렇게 이불을 쓰고 엎드려 있으면 온갖 나쁜 생각이 들면서 무서워지곤 했습니다. 어머니가 사고를 당하신 건 아닐까, 반동분자의 가족이라고 어디로 끌려가신 건 아닐까, 그러면 우리는 어떻게 살지…. 또 서울로 가셔서 소식도 없으신 아버지, 민주화운동을 하다 체포되어 아오지탄광으로 끌려가셨다는 큰형님 생각에 흐르는 눈물을 주먹으로 훔치곤 했습니다. 늦은 밤 불어대는 바람 소리는 소설책에서 읽은 시베리아의 벌판이 생각나서 더더욱 황량해지곤 했습니다. 그때부터 나는 가을이 싫었습니다.

의과대학 일학년 때 벽돌집 이층인 시체 해부실에서 나뭇가지를 뒤흔들고 지나가는 사나운 바람 소리는 나를 더욱 무서움 속으로 몰고 가곤 했습니다.

오래 전 보광동 한남동의 언덕에는 코스모스가 많이 피었습니다. 이 코스모스가 흐드러진 산길을 걸어서 학교에 다녔습니다. 어떨 때는 친구와 같이 이 길을 걷기도 하고 혼자서 생각하면서 걷기도 했습니다. 내가 다니던 교회에 K라는 여인이 있었는데 대학에 다니다가 결핵으로 휴학하고 있었습니다. 코스모스가 만발한 어느 날 그녀가 세브란스 병원에 결핵약을 타러 병원에 왔었는가 봅니다. 병원의 언덕길에서 만나 함께 집으로 걸어오고 있었습니다. 그녀는 자기 집안의 퇴락한 이야기, 결핵 때문에 학교에서 휴학을 시킨 이야기 끝에 자기가 읽은 소설 에밀리 브론테의 〈폭풍의 언덕〉을 이야기했습니다. 둘이는 남대문로로 나와서 동자동 길, 후암동 언덕길로 하여 미8군이 주둔한 이태원 길을 걸어 북한남동을 지나 보광동 길로 들어섰습니다. 언덕에는 코스모스가 만발하여 꽃동산을 이루고 가끔 불어오는 미풍에 꽃들이 춤을 추고 있었습니다. 이야기에 취해서였을까, 우리는 집을 지나 서빙고 언덕을 내려와 기찻길로 접어들었습니다. 그래서 서빙고까지 왔다가 다시 돌아서서 집으로 향했습니다. 아마 석양이 비칠 때였을 것입니다. 우리는 헤어져야 했습니다. 그녀는 손을 내밀어 악수를 청하며 "Dr. Lee 안녕히 가세요. 그리고 행복하세요."라는 말을 하고는 멀어져갔습니다. 코스모스가 질 때쯤 그가 결혼한다는 소문이 교회에 나돌았습니다. 코스모스를 보면 그가 마지막 한 말 "Dr. Lee 안녕히 가세요. 그리고 행복하세요."라던 말이 생각이 나곤 했습니다. 우리는 사랑하던 사이도 아닙니다. 여러 번 만나 데이트한 것도 아닙니다. 그러나 이별은 이별입니다.

가을은 역시 이별의 계절인가 생각이 됩니다. 오하이오의 우리 집은 백여 년이 지난 나무들로 둘러싸여 있었습니다. 숲속에 주택지를 만들어 개발한 곳이어서 이름도 Hunters Trail이었고 큰 나무들도 많이 있었습니다. 그리고 잎이 커다란 나무들이 제법 많이 있어서 그런지 가을이면 나뭇잎을 할퀴고 가는 바람이 거세었습니다. 가을밤 바람이 불고 나뭇잎이 우는 늦은 밤이면 잠을 못 이루고 창밖을 내다보면서 이유 없는 우울증에 빠지곤 했습니다.

가만히 생각해 보면 먹을 것이 없어서도 아니고 집안에 무슨 걱정이 있어서도 아닙니다. 병원도 잘 운영이 되고 먹을 것은 집의 지하실에 일 년을 먹어도 남을 만큼 쌓여있고 애들은 학교에 잘 다니고 있었습니다. 그야말로 쓸데없는 생각에 사로잡혀 잠을 못 이루고 우울해지곤 했습니다. 침대에서는 아내가 아무런 걱정도 없이 잠이 들었고 집안은 조용합니다. 나는 너무 조용한 것이 싫어서 TV를 틉니다, 고생하면서 자란 지난날들, 사귀었던 친구들, 돌아가신 부모님, 내가 무엇 때문에 사는가 회의에 빠집니다. 새벽부터 병원과 사무실에 가서 종일 일을 하고 다람쥐 쳇바퀴 도는 듯한 생활 속에서 나는 무엇을 추구하는가, 어떨 때는 절망스러운 생각을 하곤 했습니다. 더욱이 아들과 딸이 자라서 대학으로 가고 아내마저 뉴욕의 부모님에게로 갔을 때 나 혼자 이 큰집에서 가을밤을 맞는다는 것이 무서웠습니다.

미국에서 은퇴하고 대전에 있는 건양대학에서 일했습니다. 내가 사는 아파트의 주위에도 포플러나무가 많이 있었고 가을에 바람이 불면 나뭇잎을 훑고 가는 바람 소리가 나를 우울하게 했습니다. 그러면 일어나 창문 밖을 내다보면서 공연히 센티멘털리즘에 빠지곤 했습니다. 그리고는 김현승 선생의 시 〈가을에는 기도하게 하소서〉의 마지막 구절 "이 가을에는 홀로 있게 하소서 내 영혼 굽이치는 바다와 백합이 골짜기를 지나 메마른 나뭇가지 위에 앉은 까마귀같이…"를 흥얼거리곤 했습니다. 어느 날은 잠이 오지 않아 밤새도록 TV를 틀어 놓고 앉아 있곤 했습니다.

이제 은퇴하고 플로리다로 왔습니다. 여기는 포플러나무도 없고 나뭇잎을 훑고 가는 가을의 삭풍도 없습니다. 길가에 떨어진 낙엽을 밟으며 감상에 젖어 걸어 다닐 일도 없고 봄이나 여름이나 한결같이 변함없는 열대수들이 미풍에 흔들리고 있습니다. 똑같은 푸른 하늘, 똑같은 색깔의 꽃과 정원을 봅니다.

친구가 보내주는 카톡을 보며 '아, 벌써 가을인가'라고 벌떡 일어나 밖을 내다봅니다. '이제 가을이 되었구나'라고 생각하니 가슴이 무거워지기 시작합니다. 그리고는 '아, 이 해도 저물어가는구나. 얼마 있으면 이 한 해가 또 지나가겠지. 좀 더 늙은 사람이 되겠지.'라고 생각해 봅니다.

김현승 선생님의 시가 생각납니다. 이 가을에는 시를 쓰고 싶다. 낡은 만년필에서 흘러나오는 잉크 빛보다도 진하게 오색 사랑의 밀어를 수놓으며 한 잔의 따뜻한 커피 같은 시를 너에게 밤새도록 쓰고 싶다. 그렇습니다. 낡은 만년필에서 흘러나오는 잉크 빛보다도 진하게 사랑의 밀어를 보낼 수 있는 사람은 역시 행복한 사람일 것입니다. 청마 선생님처럼 "사랑한다는 것은 사랑을 받는 것보다 행복하니라"는 것처럼 편지를 쓸 상대가 있는 사람은 행복할 것입니다.

선생님

내가 중학생 때는 책을 읽으면서 '선생님' 하면 공자님이나 소크라테스를 생각했습니다. 소크라테스는 70세까지 살았으니 그 시대로 보면 꽤 나이가 든 분이었습니다. 공자님은 73세까지 살았고 석가는 80세까지 살았습니다. 그러니 그때의 나이로는 꽤 많은 편이었습니다.

그때 선생님은 점잖고 지식이 많은 사람이었습니다. 내가 북한에서 중학교 일학년 때 선생님은 그 가난한 나라에서도 넥타이를 매고 정장을 한, 학생들에게 권위가 있었습니다. 그리고 어려운 일이 있을 때 인생 상담도 해주시는 스승님이었습니다. 우리는 스승님을 따랐고 스승님댁에 찾아가기도 했습니다.

지금은 세상이 많이 변했습니다. 요새 선생은 선생님인지 학교 미화환경원인지 구분을 못 할 정도로 옷을 입고 다닙니다. 아마 그것은 미국에서 교육을 받고 온 선생님들이 탈권위 풍습을 가르쳐주었기 때문이 아닐까 생각합니다. 그러다 보니까 정말 선생님들의 권위가 추락하고 이제는 우리에게 지식과 인생과 도덕을 가르쳐주는 스승이 아니라 책을 읽어주는 지식 전달인이 된 것 같기도 합니다. 하기는 선생님들 스스로가 스승이기를 포기하고 전국 교사 노동조합을 만들어 지식 전달인으로 타락하고 노동운동을 하기에 이르렀습니다. 선생의 타락이 먼저냐 아니면 교사 알기를 우습게 아는 사회 풍조가 먼저인지는 병아리가 먼저인지 달걀이 먼저인지 구별할 수 없지만….

한국의 초등학교는 좋은 중·고등학교 즉 외고나 특수고를 가기 위한 준비기관입니다. 그리고 중·고등학교는 대학 입학 준비기관에 불과합니다. 그러니 학교에서 배우는 지식으로는 불가능하고 학원을 찾아가야 합니다. 학생들은 아침에 나올 때 도시락을 두 개씩 싸서 학교가 끝이 나자마자 학원으로 달려가야 합니다. 그리고 밤늦게까지 학원이나 도서실에서 공부하고 집에는 밤늦게 들어옵니다. 그러니 피곤이 겹쳐 낮에 정식학교에서는 졸게 마련입니다. 처음에는 선생이 야단도 치고 책벌도 주었으나 이제는 만성이 되어 학교 선생은 그저 대강대강 학부모에게 민원이나 당하지 않고 교감한테 야단을 맞지 않을 정도로 어물어물하는 것이 좋은 선생으로 되었다고 합니다. 공연히 학생들을 책벌하면 소위 세력 있는 학부모들이 쫓아와 선생의 따귀를 때리는 것이 다반사가 되었다고 합니다.

새내기들에게서 요즘 세태를 들어보면 고등학교 선생님들과의 관계가 소원한 것을 알 수 있습니다. 대학에 들어가서 전공을 찾아 공부하는 학생들이 있기는 하지만, 어려운 대학에 들어왔으니 좀 놀자 하는 바람이 분다고 합니다. 미팅이 여기저기 있고 축제가 심심치 않게 있습니다. 그리고 동아리 활동도 있고 남녀 소개팅도 많습니다. 정치단체도 있습니다. 그리고 강의는 들으나 마나입니다. 요새 학생들은 교수의 강의를 스마트폰으로 녹음하여 시간이 있을 때 들으면 그만입니

다. 나는 대학에서 나의 강의를 태블릿으로 녹음하는 것을 보고 처음
에는 아연했으나 얼마 후부터 당연한 것으로 받아들였습니다.

　유튜브에는 교수님의 강의보다도 더 유명한 강사들의 강의가 즐비
합니다. 그러니 교수의 강의를 그다지 신통하게 생각하지 않습니다.
그것이 나쁘다는 이야기가 아닙니다. 학기마다 학생들이 교수를 평가
합니다. 그리고 평가가 좋지 않게 나온 교수는 다음 학기에는 재계약
이 되지 않습니다. 그러니 교수들이 학생들에게 아첨하는 예도 있습니
다. 지금은 석사나 박사 학위를 가지고도 대학의 강사 자리 하나 얻기
가 그야말로 하늘의 별 따기입니다. 그러니 교수들도 학생들을 함부로
대할 수 없습니다. 특히 사립대학의 경우 총장님의 눈에는 학생은 돈
을 갖다주는 사람이고 교수는 자기가 돈을 주어야 하는 사람이니까 학
생들이 더 이뻐 보이는 것은 당연합니다. 학생과 교수 간에 문제가 생
기면 총장님은 당연히 학생 편입니다. 그러니 교수들의 입지는 좁아질
수밖에 없습니다. 물론 다 그렇다는 것은 아닙니다. 그중에는 열심히
공부하는 학생도 있고 교수님 방에 드나들며 논문을 쓰는데 협력하는
학생들도 있지만 많지는 않습니다. 물론 전임강사나 조교수의 목숨은
파리 목숨이지만, 부교수나 교수가 되면 함부로 내쫓지는 못합니다.
교수가 문교부에 제청권이 있기 때문입니다. 물론 총장이 내보내고 싶
으면 별수가 없지만, 학교 측도 골치 아픈 일은 피하고 싶으니 그렇게
함부로 내쫓지는 않습니다.

　지금은 모든 면에서 탈권위 시대입니다. 대통령도 옛날에 비하면 권
위가 많이 없어졌고 의사도 변호사도 많이 없어졌습니다. 아마 아직도
권위를 유지하고 있는 것은 독재자이거나 대형교회 목사님들일 것입

니다. 얼마 전 유튜브에서 보니 명성교회 목사님은 교회에 출석할 때 집에서부터 어디까지 갔는지 경호원인지 는 모르지만, 젊은이들이 모니터링하고 교회 문 앞에 이르니 많은 장로님 부목사님들이 줄을 서서 절하는 것이 영화에서 본 조폭 영화 같았습니다.

그중에서도 가장 권위를 잃은 것이 선생님들입니다. 물론 사회의 변화도 있었지만, 선생님들 스스로가 버린 권위입니다. 교육은 아주 중요한 일입니다. 곡식은 일 년의 계획이고 나무를 심는 것은 10년의 계획이지만 교육은 100년의 계획이라고 합니다. 지금 행복 지수가 가장 높고 국민의 수입도 높은 나라인 덴마크도 몹시 가난하고 어지러운 나라였다고 합니다. 그런데 달가스라는 교육 지도자가 나타나 국민의 참다운 교육을 주장하여 오늘처럼 복지국가를 이루었다고 합니다. 플라톤의 국가론에는 지도자는 현명하고 부하들은 용감하고 국민은 절제하여야 한다고 합니다. 인권은 다른 사람에게 해롭지 않은 행위를 할 때 인권이 보호되어야 하지 유영철처럼 연쇄 토막살인범에게만 인권이 보호되는 것은 아니라고 생각을 합니다.

학교 교실의 평온을 유지하기 위해서는 선생님의 권위와 엄정한 학교 규칙과 절제된 학생들의 행동이 있을 때 올바른 교실이 운영됩니다. 오래전 방영된 영화 시드니 포에티어가 출연한 폭력 교실 같은 분위기에서 모든 학생의 권리를 주장할 수 없습니다. 얼마 전 교실에서 잠을 자고 스마트폰을 보고 저희가 수군거리며 선생을 조롱하는 교실 분위기를 보면서 이제는 지식 전달인이 아니라 선생님이라는 자각을 가지고 선생님들의 권위를 다시 찾는 스승님들이 되어야 하지 않을까 생각합니다.

챔피언의 영광

아주 오래전 재개봉관인 시네마코리아에서 『상처뿐인 영광』이라는 영화를 보았습니다. 흑백 영화인데 폴 뉴만이 뒷골목에서 방황하던 청년이었는데 복싱을 하여 챔피언이 된다는 영화였습니다.

얻어맞아 코피를 흘리고 얼굴이 형편이 없이 부어올라 눈이 거의 안보이고 다운이 되다시피 하다가 상대방을 다운시켜 챔피언이 됩니다. 눈이 부어 간신히 관중석에 서 있는 애인 피어 안젤리를 쳐다보며 손을 흔들어 대는 모습이 기억에 남습니다. 그리고 챔피언 벨트를 들고 무개차를 타고 거리를 행진합니다. 옆에 있는 여자 친구 피어 엔젤리에게 "지금, 이 순간을 마음껏 즐기자. 이제 이 순간이 지나가면 이런 영광스러운 시간이 다시 안 올 거야."라고 속삭입니다.

그 비슷한 영화가 있습니다. 『로키』라는 영화입니다. 실베스터 스탤론이 제작하여 성공한 영화로 『록키』 시리즈(I, II, III, VI)를 만들어 그를 재벌로 만들어 준 영화입니다. 그는 필라델피아의 빈민가에서 방황하던 보잘것없는 건달 복서였습니다. 어쩌다가 선수에 이상이 생기면 대신 나가서 얻어맞고 KO로 패해서는 몇 푼 벌어오는 보잘것없는 선수였습니다. 그러다가 좋은 코치를 만나 챔피언에 도전을 하나 실패합니다.

그런데 그는 거기에서 가능성을 발견합니다. 그는 코치의 지도를 받으면서 혹독한 훈련을 시작합니다. 거리를 뛰면서 필라델피아 군중의 사랑을 받는 선수로 성장합니다. 그는 다시 도전하여 거의 쓰러질 듯하면서도 상대방 선수를 다운시키고 록키 발보아를 외치는 군중들의 환호를 받으며 영웅이 됩니다. 그러나 그 기간은 오래가지 않습니다. 그는 금방 가난해지고 다시 빈민가로 들어갑니다. 그러다가 그는 다시 도전하여 챔피언이 되고 또 전락하고를 반복한다는 영화입니다.

우리는 올림픽경기에서 금메달을 목에 걸고 활짝 웃는 얼굴 눈물을 흘리는 모습 등을 많이 보았습니다. 그런데 그 영광의 순간은 길지 않습니다. 사람들은 지나간 신문을 읽지 않는다는 말이 있습니다. 그리고 챔피언 선수를 오래 기억하지 않습니다. 많은 복싱 챔피언들의 말로가 가난하고 힘들게 살다 갔다는 이야기를 듣습니다. 그것은 한 번의 챔피언이 일생을 보장하지 않는다는 말이기도 합니다.

요새는 운동하는 사람들도 변호사나 재정관리인을 두어 투자하기 때문에 옛날 선수들과는 다르다고 하지만, 군중이 챔피언을 오래 기억하지 않는 것은 옛날이나 지금이나 마찬가지입니다.

나는 테니스를 좋아하여 테니스 채널을 계속 봅니다. 거기에는 많은 챔피언의 영욕이 떴다 사라지곤 합니다. 내가 처음 테니스에 눈을 떴을 때는 부엔 보리와 지미 코너가 정상에 있을 때였습니다. 윔블던에서 트로피에 입을 맞추는 부엔 보리와 US Open에서 컵을 안고 입을 맞추는 장면을 보면서 얼마나 행복할까 생각했습니다. 그러나 그의 영광은 오래가지 않았습니다. 존 매켄로와 이반 랜들이 등장하면서 경기에 지고 고개를 숙이고 코트를 떠나는 챔피언들의 풀이 죽은 모습이 챔피언의 모습 뒤에 숨겨졌습니다.

그들의 영광도 오래가지 않았습니다. 안드레 아가씨와 피트 샘프러스, 보리스 베커의 젊은 시대가 왔습니다. 이반 랜들이 US Open에서 젊은 선수에게 지고 가방을 메고 고개를 숙이고 코트를 떠나는 모습은 슬프기조차 했습니다. 그 후 몇십 년이 지났지만 그를 다시 코트에서 모습을 볼 수 없었습니다. 그는 까다로운 성격이기는 했지만, 신사였고 세계 랭킹을 오래 지킨 선수였습니다. 아주 드물게 그가 테니스 경기를 관람하는 모습을 비춰 주지만 아무도 관심을 갖지 않습니다.

로저 페더러와 피트 샘프러스의 경기에서 젊은 페더러의 공을 잘 받지를 못하고 그의 넷 플레이에 번번이 실점하는 피트 샘프러스를 보면서 차라리 그가 경기에 나오지 않았더라면 하는 측은한 마음마저 생겼습니다.

잠깐 혜성처럼 나타났다가 빛을 잃은 선수도 있습니다. 아마 2012년이었습니다. 영국에서 개최하지만, 영국 선수가 빛을 보지 못하던 윔블던에 앤디 머리가 나타났습니다. 그는 그해 윔블던 대회에서 우승하고 영국인의 영웅이 되었습니다. 60여 년 만의 쾌거라면서 영국의 신문에서 그를 개선장군으로 대접했습니다. 더구나 그 해에 머리 선수는 올림픽에서 우승하고 US Open도 우승하여 영광의 최정상을 달렸습니다. 그런데 내가 보기에도 그는 너무나 영광에 도취했던 것 같습니다. 그는 상당히 오만해 보였고 코트의 매너도 그리 좋지 않았습니다. 이듬해 윔블던에서 첫 라운드에서 패하고 사라졌고 다음 여러 경기에 나왔지만, 빛을 보지 못하고 1회나 2회에 떨어져 나갔습니다. 챔피언의 영광은 잠시입니다. 그리고 2020년에는 프렌치 오픈에 와일드카드로 나왔지만, 첫 회에서 지고 말았습니다. 그는 젊은 선수의 상대가 되지 못했습니다. 오래전 윔블던 챔피언인 매튜 빌란더는 와일드카드를 받고 나온 머리 선수를 비난했습니다. 프렌치 오픈에 나올 실력도 안 되면서 젊은 선수의 출전 기회를 빼앗았다고….

챔피언의 영광을 그래도 좀 오래 지키려면 영광의 기간에 수신을 잘해야 할 것 같습니다. 아마 그런 면에서 로저 페더러와 스웨덴 선수이었던 스테판 에드버리를 들 수 있습니다. 그는 윔블던 대회에서 승리한 후 겸손하고 깨끗한 매너를 유지함으로 아직도 그를 테니스계의 귀족이라고 말합니다.

지금은 라파엘 나달과 노박, 조코비치와 로저 페더러의 시대입니다. 그러나 많은 젊은이가 도전하고 있습니다. 며칠 전 테니스 채널에선 작년의 경기를 재방영하는데 젊은 치치파스와 즈베레프, 템 선수들에게 줄줄이 패하는 챔피언들을 보면서 이들의 시대도 많이 남지 않았구나 하고 생각했습니다.

선수 시절 행동이 단정하고 남들의 모범이 되었던 선수들은 해설가로 활약하고 있습니다. 그 대표적인 선수들이 제프리 맥멘로와 매리 페르난데스, 짐 쿠리어입니다. 물론 존 맥켄로와 크리스 에버트, 나브라틸로바 등도 활약을 합니다.

선수 생활은 짧고 그 후의 삶이 훨씬 더 깁니다. 그런 사람들을 보면서 많은 사람에게 아름다운 모습으로 은퇴를 하는 선수가 더 좋겠다고 생각을 해봅니다.

용감한 사람

나더러 "당신이 무인이냐, 문인이냐?"라고 묻는다면 "나는 무인은 되지 못한다."라고 대답해야 할 것 같습니다.

키는 160cm도 안 되고 요새는 살이 쪘다고 해도 몸무게가 130파운드를 왔다 갔다 하는 주제에 무인을 이야기한다는 것은 김정은 말마따나 '삶은 소대가리가 웃을 일'입니다. 어려서 자주 앓고 누워 있기를 좋아하는 나를 보고 어머님이 "저놈은 오래 살 것 같지 않으니 정을 붙이지 말자."라고 했다는 말에 섭섭했는데 그럴 정도로 나는 병약한 사람이었습니다.

초등학교 중고등학교 대학을 다니면서 키순서대로 하면 항상 1번을 빼앗긴 적이 없습니다. 그리고 일생 주먹싸움을 해본 일이 별로 없습니다. 학교에 들어가기 전부터 형님의 방에 들어가서 형님 책을 몰래 빌려 읽고는 했으니 머리가 조숙했다고 할까요. 그래서 중ㆍ고등학교에 다닐 때도 키가 큰 애들과 운동장에서 뛰어놀지 못하고 교실이나 복도 한구석에 친구들을 모아 놓고 소설이나 옛날이야기를 해주곤 했습니다. 그래서 친구들이 나를 '이야기꾼'이라고도 하고 고등학교 다닐 때는 삼천갑자를 살았다는 '동방삭'이라고 불렀습니다. 어쩌다가 동생들을 모아 놓고 옛날이야기를 해주는 나를 어머님이 "청승맞게 어린놈이 옛날이야기를 한다."라고 꾸중을 하곤 했습니다.

학교의 운동시간이면 열심히 참석했습니다. 초등학교 때 나를 사랑해주시던 선생님의 기대를 만족시켜주기 위해서였을 것입니다. 한국전쟁이 끝나고 고등학교에서는 군사학이 있었습니다. 학교마다 배속장교가 있어서 고등학교에는 대위가, 큰 고등학교에는 소령이, 대학교에는 대령이 배속장교를 했고 우리는 군사훈련을 받았습니다. 그리고 군사학은 학교 성적에 꽤 큰 부분을 차지했습니다. 나는 군사훈련에 열심히 참석했고 군사학의 시험성적도 좋았습니다. 그리고 키가 작은 내가 학생들 앞에서 총검술을 시범한 일도 있습니다. 아마도 나에게는 이중적인 면이 있었는지 모릅니다.

내가 생각해도 놀란 일은 의과대학 4학년 때 일어난 4·19혁명입니다. 광화문 앞에까지 시위를 나갔던 의과대학생들은 경찰의 저지에 밀려 청와대 당시의 경무대에는 못 가고 서울역 전의 세브란스 병원으로 후퇴를 했습니다. 그런데 얼마 있다가 따따따따 하는 총소리와 함께 서울역 광장에 사람들이 쓰러졌습니다. 서울역 앞 경찰서 지붕에서 경찰들이 총을 쏜 것이었습니다. 나는 나도 모르게 흰 가운을 입고 들것을 들고 몇 사람이 서울역 광장으로 뛰어들었습니다. 그리고는 중학생 하나를 들고 병원으로 들어왔습니다. 그는 균명중학교 2학년 학생이었는데 병원에 도착했을 때는 죽어 있었습니다. 나는 그를 시체실에 내려놓고 다시 서울역 광장으로 뛰어들어가 다시 한 사람을 들고 왔지만, 그는 병원에 도착하고 얼마 후 스스로 일어나 나가 버렸습니다.

나는 가끔 '아마 그때 내 정신이 아니었나 보다.'라는 생각을 합니다.

전공의가 끝이 나고 군의관으로 원주병원에 근무할 때입니다. 원주에 하사관 학교가 있었는데 일군에 오는 장병들이 하사관학교에서 유격 훈련을 받아야 했습니다. 그때 하사관학교 교관인 김 대위와 사귀게 되었습니다. 환자도 데려오고 또 하사관학교에 일주일간 파견을 나갔을 때도 나에게 잘해 주었습니다. 그때 우리 나이의 장교들이 거의 대위이거나 진급을 빨리한 사람이 소령이었습니다. 우리는 같이 식사도 하고 이야기를 하다가 군의관 계급이 계급이냐? 나일론 뽕해서 얻은 것이지 군의관에게 그런 높은 계급을 주는 것이 잘못이라고 했습니다. 그리고 어떤 군의관이든지 부사관학교에서 정규 유격 훈련을 패스하면 자기의 한 달 월급을 건다는 것이었습니다.

나는 또 왜 오기를 부렸는지 모릅니다. 하여간 나는 유격 훈련을 신청했고 토요일 오후에 입교하였습니다. 그리고 훈련을 시작했습니다. 제일 힘이 든 것은 오리걸음이었습니다. 나는 '내가 평양서 피난 나올 때 어떤 결심으로 왔는데 이런 훈련쯤 못하겠어?'라고 죽을힘을 다하여 버티었습니다. 오리걸음 토끼뜀과 구보 그리고 행군만 빼놓으면 그 다음은 견딜만합니다. 밤에 행군하고 야영하는 것이 힘이 들었지만 나 혼자 하는 것이 아니니 견딜만했습니다. 글로 쓰고 외는 것은 그야말로 쉰 떡 먹기였습니다. 일주일 마지막 훈련은 줄을 타고 강을 건너는 것이었습니다. 유격하면서 외줄을 타서 이쪽 산꼭대기에서 강을 건너 저쪽 모래밭까지 가는 것이었습니다. 나는 들은 대로 줄을 타고 내려오면서 하늘을 쳐다보고 강 밑은 내려다보지 않았습니다. 그리고 안착했습니다.

졸업하고 나니 김 대위가 찾아와서 쇠로 된 유격 훈련 표식을 달아주면서 "야! 이 대위 굉장하다. 작은 고추가 맵다더니" 하면서 어깨를 쳐주고 웃었습니다. 그 후 육군사관학교 병원에 근무하면서 육사생에게 응급학을 가르쳤습니다. 학생들은 나의 가슴에 있는 유격훈련장을 보고 놀라곤 했습니다.

미국으로 왔습니다. 미국에 이민을 온 사람들이 거의 다 고생했지만 나도 꽤 고생했습니다. 몇 년에 한 번씩 덜덜거리는 차 뒤에 유홀을 달고 오하이오에서 볼티모어로, 다시 디트로이트로, 또 펜실베이니아로, 뉴욕으로 옮겨 다녔습니다. 유홀의 균형이 안 맞아서 차의 뒤꽁무니가 공중으로 치솟기도 했습니다. 친구들은 나더러 독하다고 했습니다. 전공의가 끝이 나고 Fellow를 하면서 공부를 좀 더 하여 학교에 남고 싶었습니다.

그런데 아내가 눈물이 가득한 얼굴로 "여보. 이제는 애들도 있고 하니 공부는 그만하고 돈을 벌어야지요."라고 했습니다. 나는 아내의 말대로 오하이오에 가서 개업했습니다. 그러면서 독한 마음이 없어지고 그저 현실에 안주하고 싶은 생각에 젖어 들었습니다. 선배님이 LA로 와서 같이 개업하자고 했고, 후배는 마이애미로 와서 같이 일을 하자고도 했고, 뉴욕으로 오라는 말도 들었습니다. 그런데 이제는 오하이오의 작은 도시에서 벗어나기가 겁이 났습니다.

은퇴하고 한국에 나갔다가 몽골로 갔습니다. 갈 때는 오래오래 몽골에서 일하고 거기에 뼈를 묻을 생각이었습니다. 그러나 여의지 않아 몽골을 떠났습니다. 그 후 아프리카의 말라위와 우즈베키스탄에서 일하자는 요청을 받았습니다.

그런데 겁이 났습니다. 말라위는 조건이 모두 좋았지만 평균 수명이 42세밖에 안 된다는 이야기이고 대부분이 말라리아와 AID가 사망의 원인이라고 했습니다. 물론 가족의 반대도 심했지만 나는 주저앉고 말았습니다. 그 후 태국에 가자는 사람도 있었으나 용기가 없어 미국의 집으로 돌아오고 말았습니다.

코로나바이러스로 뉴욕에, 대구에 의사가 모자란다는 말을 듣고 가려고 했습니다. 그런데 나이가 많다고 안 된다고 합니다. 나는 속으로 잘되었다고 생각했습니다.

나는 비겁한 사람입니다. 현실에 안주하고 평안하게 먹고 자는 삶을 바라는 비겁한 사람이 되었습니다. 이런 비겁한 사람이 되었구나 하고 아침에 거울을 보면서 한없이 슬퍼집니다.

우크라이나의 키이우

'마사다'는 이스라엘의 동남쪽 사해에 근처 고지입니다. BC 36년부터 BC 4년까지 이스라엘의 분봉왕 헤롯이 혹시 반란이 일어나면 피난하려고 마련해 놓았던 요새라고 합니다.

여기에는 지하수를 저장해 놓을 수 있는 물 저장소와 빗물을 받아 저장할 수 있는 물 저장소가 있고 오랫동안 버틸 수 있는 식량 창고도 있으며 방벽으로 둘러싸여 있는데 방벽의 높이가 3.7m나 되고 방벽의 길이는 1.3km나 된다고 합니다. 높이는 해발 40m 정도 되는데 사해 지대가 약 400m 해변보다 낮은 분지이기 때문에 그 지역의 사해에서의 높이는 440m 정도 된다고 합니다.

마사다에 올라가 보면 마치 높은 산에 오른 것처럼 주위가 저 밑으로 보입니다. 마사다 전쟁은 AD 66년에 시작이 되었다고 합니다. AD 66년은 헤롯이 로마에 불을 지르고 그 불을 유대인들이 일으켰다고 군중을 선동하여 많은 유대인이 죽임을 당한 시기입니다. 사도 바울도 사도 베드로도 이때 순교를 당하였습니다. 유대인들은 로마 정부에 대항하여 반란을 일으키고 이를 로마-유대인의 전쟁이라고 부른다고 합니다. 여기에 주로 가담한 유대인들은 사카리당 또는 열심당이라고 하는 당원들이 중심이었습니다.

그들은 로마군에게 쫓기자 마사다 요새에 농성하며 반항했습니다. 마사다 전쟁이 끝이 나고 에세네파 사람들은 이 근처 동굴에 숨어서 성경을 필사하는 일로 살았다고 합니다.

로마군이 마사다를 포위했으나 쉽게 진압할 수 없었습니다. 로마는 제10군단 전력을 보내어 포위하여 보급로를 끊었지만, 마사다의 사람들은 소문에 자기 자식들의 고기를 먹으면서 항쟁했다고 합니다. 로마군은 마사다의 북쪽으로부터 토산을 쌓아 고지로 올라가 마사다로 진격했고 마사다의 유대인들은 결국 AD 73년 4월 16일 로마군에게 점령이 되었습니다.

점령되기 전 유대인들은 결사대로서 마지막 한 사람까지 항전하다가 장렬하게 죽자고 약속하고 제비를 뽑아 한 사람이 9명을 죽이는 일을 맡았습니다. 자살은 율법에 위반이 되기 때문이었습니다. 그리고 남은 사람 중 한 명이 또 다른 9명을 죽이고 마지막 남은 한 사람은 창 위에 자기 몸을 얹어서 스스로 목숨을 끊었습니다. 요새가 함락되고 로마군이 요새에 들어가 보니 그냥 스스로 죽은 시체가 936구가 있을 뿐이었습니다. 그러나 어찌 바위틈에 숨어 있던 어린애 5명과 여자 2명에 의해 마사다의 마지막 장면이 역사에 남았습니다.

이스라엘 사람들은 이 마사다 요새의 항전을 민족의 항전으로 기록하고 기념하고 있습니다. 그들은 군에 입대하기 전 또 사관학교 졸업식 때 마사다에 올라가 '마사다 오드 파암'이라고 외치는데 'Masada never again'이라는 뜻이라고 합니다. 마사다 같은 민족의 비극을 다시는 겪지 말자. 그러기 위해서는 나라의 부강을 이루어야 한다는 말입니다.

이스라엘을 초대 총리였던 벤구리온과 6일 전쟁의 영웅인 모세 다얀은 이 마사다를 민족의 성지로 만들었습니다. 어느 나라나 전쟁에서 최후의 보루로 삼고 최후의 일인까지 항전하는 일이 있습니다. 역사에서 이런 최후의 1인까지의 항전을 많이 볼 수 있습니다. 세계 제2차 대전 때 일본은 사이판에서 끝까지 버티었습니다. 그래서 사이판에 있던 일본 군인의 최후의 1인까지 싸웠다고 사이판 옥쇄라고 가르쳤습니다. 또 100년을 끌었다는 카르타고와 로마의 전쟁 즉 포에니 전쟁 때 마지막 전쟁터였던 카르타고에서도 난공불락인 카르타고가 점령될 때 카르타고 시민이 모두 죽었다고 기록되어 있습니다.

한국전쟁 때도 낙동강까지 밀려온 북한군을 맞아 최후의 전선, 낙동강 전선을 구축하고 이승만 박사는 내가 동해에 빠져 죽는 한이 있어도 낙동강 전선을 지킨다고 고집을 부렸고, 백선엽 장군은 여기서는 후퇴하면 안 된다. 후퇴하려면 나의 시체를 밟고 가라고 했다고 합니다.

지금 러시아의 서남쪽에서 전쟁이 일어났습니다. 위로는 루마니아 서쪽으로는 러시아와 맞대고 있는 우크라이나입니다. 러시아는 자기네가 적대하고 있는 나토에 우크라이나가 가입하면 적국과 직접 대치하게 되고, 우크라이나의 곡식과 지하자원을 확보하기 위하여 러시아의 속국으로 만들겠다는 야심에서 우크라이나로 쳐들어갔습니다.

그런데 전혀 예상치 못했던 일이 일어났습니다. 우크라이나 국민이 강하게 대항한 것입니다. 러시아의 폭격에 많은 시민이 죽고 건물이 파괴되고 남쪽의 크림지역과 서쪽의 지방들이 점령을 당하는데 러시아의 국경에서 멀지 않은 우크라이나의 수도 키이우가 강하게 항전하는 것입니다. 러시아는 속히 키이우를 점령하여 우크라이나 정부의 대통령 젤린스키와 정부 요원들을 체포하고 러시아 정부에 순종하는 괴뢰정부를 세우면 된다는 작전이었습니다. 그러나 뜻밖에도 우크라이나 국민이 항쟁하고 젤린스키가 세계의 여러 나라에 러시아군의 만행을 호소하면서 세계 여론이 우크라이나로 기울고, 러시아는 경제적 봉쇄를 당하고 많은 나라가 우크라이나에 물자를 보내주는 통에 지상전에서 도리어 열세에 처하기조차 했습니다.

러시아의 푸틴 대통령은 명분이 없는 전쟁이라고 국내외의 여론에 몰리고 러시아 내에서 반전 시위가 일어나고 전쟁 사항을 잘 모르는 러시아 군인들의 전쟁 보이콧까지 나오자 1주일이면 끝이 날 줄 알았던 전쟁은 길어지고 러시아군의 사상자도 많아지고 국제적으로 몰리고 러시아의 위상이 추락하자 핵무기의 카드까지 만지작거리게 되었습니다.

그런데 우크라이나의 북쪽 러시아국경에서 멀지 않은 수도 키이우가 함락되지 않는다는 것입니다. 젤린스키는 마치 유대인이 마사다를 지켰던 것처럼 자기 국민의 최후의 1인까지 키이우를 지키겠다는 결심을 보여 주고 있습니다. 마치 키이우 오드 파암, Kyiv never again의 기치를 내걸고 우크라이나의 대통령 젤린스키는 각국의 국회에 내각에 zoom으로 호소하고 세계에서는 전쟁물자와 의용군을 보내고 있습니다. 21세기의 마사다 인 키이우는 마사다 같은 최후를 볼까요? 아니면 Never again으로 지켜질까요?

Que sera sera

when I was a just little girl/ I asked to mother what shall I be/ Shall I be pretty shall I be rich/ here is what she said to me/que sera sera what ever will be will be/ the future's not ever to see/ que sera sera.

우리가 학생 때 유행하던 노래입니다. 도리스 데이라는 아름다운 여인이 청아한 목소리로 부르던 이 노래는 젊은 우리의 심금을 울렸고, 이 노래를 모르면 대학생이 아니라는 조크까지 있었습니다.

그렇습니다. 어린 소녀가 어머니에게 "내가 장래에 커서 무엇이 될까요?"라고 물을 때 정직한 어머니가 무어라고 할 수 있겠습니까?

"그래, 그때 가봐야 알지. 네가 아름다운 여인이 되어 돈 많고 잘생기고 마음과 성격이 좋은 남자를 만나 행복한 가정을 이룰지, 아니면 너 자신이 노력하여 좋은 직업을 갖고 성공한 커리어 우먼이 될지 그때 가봐야 알지."

어머니는 말해 줄 수 없습니다. 나도 어려서 무엇이 될지는 아무도 몰랐습니다. 처음에는 초등학교나 중학교 국어 선생이 되었으면 하는 것이 소망이었습니다. 그러다가 고등학교 때는 서울대학교 철학과를 나와서 철학 교수가 되는 것이 희망이었습니다. 그러다가 고등학교 2학년 때 의사가 되려고 이과 공부를 시작했습니다. 의과대에 들어가서는 키도 작고 성격도 소심하여 소아과 의사가 되려고 마음먹었습니다. 그런데 인턴 때 성적이 좋은 사람이 외과를 한다고 하고 내가 있는 병원의 외과가 가장 좋은 과여서 일반외과를 지망했습니다. 일반외과를 하다가 컬럼비아대학의 Richard Stark 박사가 한국에 와서 언챙이 수술을 하는 것을 보고 성형외과 의사가 되겠다고 마음을 먹었습니다.

이렇게 나의 인생 행로가 몇 번이나 바뀌었습니다. 사람의 장래는 부모님이 원하는 대로가 아닙니다. 지금 가끔 보고 있는 TV 드라마에서 큰 재벌 회장이 아들에게 경제학 공부를 하여 자기의 뒤를 이으라고 하지만 아들은 식당 셰프가 좋다면서 미국으로 가서는 경제학 MBA 공부하는 것이 아닌 식당의 셰프 공부하여 집안의 난리를 치르는 것을 보면서 웃었습니다.

나도 아들을 의과대학에 보내려다가 실패했습니다. 아내는 딸을 약학대학에 보내려다가 실패했습니다. 그러나 다행히 우리는 자식들을 심하게 압박하지 않았습니다. 그래서 애들과 관계가 잘 유지가 되고 있지만, 내가 아는 사람은 아들을 의과대학에 보내려고 학교에 보냈더니 대학에서 만화만 그려서 아들과 의절했다고 합니다.

지금 한국의 어머니들은 애들을 모두 의사나 변호사, 대학 교수를 만들려고 합니다. 그러나 그것이 자식을 행복하게 하는 길일까요? 사춘기의 청소년들은 자기를 가장 불행하게 만드는 사람이 어머니라는 의견이 가장 많습니다. 모두 의사나 변호사, 교수를 만들려고 어린아이를 새벽부터 학원으로, 개인 교사를 붙이고, 또 밤늦게까지 학원에 보내고 집에서는 잠만 겨우 자게 하고 새벽부터 학원으로 가는 아이들이 참 불쌍합니다. 그런데 그렇게 공부한다고 모두 의과대학에 가고 변호사나 판검사가 다 됩니까? 절대 아닙니다. 전체 학생의 상위 5% 정도밖에 어머니를 만족을 시켜주지 못합니다.

차라리 그 돈을 모아 아들에게 치킨집이라도 차려 주는 것이 낫지 않을까 생각해 봅니다. 요새 뚜쟁이들 사이에 유행하는 말이 있습니다.

"요새 사짜 들어가는 남자들 별 볼 일 없어. 변호사도 몇 사람만 잘 나갈 뿐이지 나머지는 자기 밥벌이도 제대로 못 해. 그리고 의사들도 전문의가 되어 개업해 보았자 자기 밥벌이하기도 힘이 들고 의사들도 몇 사람만 대학병원에 남아 쥐꼬리만 한 월급으로는 먹고살기도 힘들어. 그래서 손자들까지도 조부모가 학비를 보태줘야 해. 제일 좋은 건 강남에 아파트나 빌딩을 가지고 운영하고 돈놀이하는 남자가 최고야. 그런 남자와 결혼해야 강남 좋은 식당에 가서 밥도 먹고 계 놀이도 하고 손자들 학교도 보내지. 대학교수 월급 가지고는 쏘나타도 못 타." 라고 한답니다.

요새는 출산율이 낮아졌다고 난리입니다. 가족당 출산율이 떨어지고 떨어져 0.89라고 합니다. 부부가 한 사람의 자식도 안 낳는다면 인구는 줄게 마련이겠지요. 그래서 아이를 낳으라고 장려하고 혜택을 준다고 하지만, 국가에서 주는 혜택으로는 자식을 키우기에 역부족입니다. 한 어린이의 양육비가 대학교수 월급보다도 많다는 이야기입니다.

한 여자애를 피아노를 가르치려고 한다면 보통 학교에 들어가는 돈 말고도 엄청나게 많이 들어갑니다. 학교가 끝나면 피아노 레슨을 시켜야 하는데 선생님이 좋은 대학을 나온, 경연대회의 심사위원쯤 되어야 합니다. 그런 선생님에게 레슨을 받아야지, 동네 이름 없는 피아노 선생에게 레슨을 받으면 앞날이 밝지 않습니다. 물론 천재적인 재능이 있어 선생님이 없이도 차이콥스키나 쇼팽 경연대회에 나가 수상을 할 만한 실력이 있다면 몰라도 선생님들의 학연과 인맥이 없으면 앞길이 열리질 않습니다. 미술도 그렇고, 문학도 그렇고, 웬만한 예술이 모두 그렇습니다.

이제 제게도 손자들이 생겼습니다. 참 귀엽고 사랑스럽습니다. 그런데 손자가 나의 무릎에 앉아서 "할아버지, 내가 이담에 무엇이 될까요?" 하고 묻는다면 무엇이라고 대답해야 할지 모르겠습니다. "나도 장래는 알 수가 없구나! 될 대로 되라지."라고 해야 할까요?

얼마 전 손녀에게서 연락이 왔습니다. 고등학교를 졸업하면 어느 대학을 갈 거냐고 물으니 영화 예술계로 나가려고 한다고 합니다. 그의 깔깔거리며 웃는 목소리에 나는 할 말이 없습니다. 그저 "그걸 좋아하니? 그러면 한번 해보려무나."라고 대답할 수밖에 없었습니다.

전화를 끊고 나도 이렇게 중얼거렸습니다.

"que sera sera whatever will be will be futures not our to see que sera sera."

그러면서 마음이 왜 이리 공허할까요?

노령화 사회

한국이나 미국의 언론은 사회가 노령화되어 간다고 야단입니다. 또 65세 이상의 노인이 15%가 넘으면 노령화 사회라고 정의하는데, 그렇게 되면 사회적 문제가 발생하는데 노인들이 국민연금을 가져가서 나라의 돈이 부족해진다고 젊은층의 삶이 힘들어진다고 합니다. 지금 미국에서 노인들이 많아지니 사회보장연금의 지불이 많아지고 의료 보험인 메디케어의 돈도 줄어든다고 야단입니다.

노인들은 어디에서나 천대를 받습니다. 지난봄 이탈리아에서 노인들은 거리에 나오지 말라고 길에 나온 노인들을 강제로 경찰차에 태워서 가택연금을 시키는 것을 뉴스에서 보면서 오래전에 읽은 프랑스의 소설이 생각났습니다.

사회보장 연금이 줄어들자 정부에서 노인들을 강제로 수용소에 수용하기로 했습니다. 말로는 요양원처럼 먹여주고 입혀주고 진료도 받게 해준다고 하고는 밤에 몰래 유해 가스를 각방으로 내보냅니다. 그래서 여기에 수용된 노인들이 서서히 죽어갑니다. 노인들도 이를 알아차립니다. 그래서 이 요양원에 들어가지 않으려고 도망을 가고 숨어

버립니다. 그럼 자식들이 경찰에게 자기 부모가 어디에 숨어 있다고 밀고하는데 밤중에 경찰들이 노인을 잡으러 다닙니다. 마치 1930년대 유대인을 잡으려 다니던 게슈타포처럼….

그런데 지금은 인권을 많이 이야기 하는 시대이고 요양원에 강제 수용하여 가스를 보낼 수 있는 사회도 아닙니다. 그러나 젊은이들의 마음에는 노인들이 귀찮은 것은 사실입니다. 금년 이른 봄부터 COVID-19 폐렴이 전 세계를 덮었습니다. 몇 개월간에 전 세계로 몇 천만 명의 환자가 생기고 100만의 사람이 생명을 잃었습니다. 하루에 15~ 20만 명의 환자가 생기고, 6천 명에서 8천 명의 환자가 생명을 잃습니다. 미국에도 어제까지 7천만 명의 환자가 생기고 1백만 명 이상의 사람이 생명을 잃었습니다.

처음에는 세상이 뒤집혔습니다. 정부의 방역 비상이 걸리고 큰 도시를 소독하고 환자가 생긴 건물을 소독했습니다. 학교와 교회는 폐쇄되고 모든 백화점이 문을 닫았습니다. 식당도 문을 닫고 공항도 폐쇄되었습니다. 항공기는 날지 못하고 기차도 운행되지 않았습니다. 국경은 봉쇄되고 모든 국민의 여행은 통제되었습니다. 직장을 잃은 사람들에게 정부에서 돈을 주고 그날 벌어 그날 먹는 사람들을 위해 Free Food를 만들어 공급했습니다.

그런데 이런 날이 한 달에 끝나는 게 아니라 장장 2년이 넘게 계속되었습니다. 정부도 국민도 지쳤고 정부는 재정적으로 파탄이 나게 되었습니다. 한국은 국방비를 빼 썼다고도 합니다. 공장주와 경제학자들은 다른 소리를 내기 시작했습니다. 이 COVID19는 과거 사스보다도 메르스보다 더 심한 병이 아니다. 이 병에 이환된 사람 중 80%는 그저 감기처럼 지나가고, 10%는 병원에 입원해서 치유되고, 5% 정도만이 중환자실에서 호흡기를 달고 치료를 받아야 하고 약 1% 이내에서 사망한다는 것입니다.

사망 환자의 75%는 65세 이상의 노령자이고 기존의 병이 있는 환자, 심장병이 있는 환자, 폐질환이 있는 환자, 당뇨병 환자가 위험하다는 것입니다. 지난 2년간 미국에서 이 병으로 죽은 환자가 100만 명인데 예년의 사망자에 비해 놀랄 만큼 증가한 것도 아니다. 그리고 죽은 환자 100만 명의 75%는 노령자로 그들에게 나가던 의료비가 나가지 않았다는 이야기입니다.

이제 병이 좀 진정세를 보이자 각 주마다 경쟁적으로 제재를 풀었습니다. 집에만 갇혀 있던 젊은이들이 해변으로 클럽으로 몰려들었고, 때마침 George Floyd란 흑인이 경찰의 과잉대응으로 사망하자 젊은이들은 마스크로 하지 않은 채 거리로 뛰쳐나왔습니다. 병은 다시 퍼지기 시작하였고 환자는 증가하기 시작했습니다.

그러면 지난번처럼 다시 공항을 폐쇄하고 모든 상점을 폐쇄할 것인가를 고민하게 되었습니다. 그리고 이견을 주장하는 사람들이 생겨나기 시작을 했습니다.

"이제는 경제적인 파탄을 일으킬 제재를 할 수 없다. 이제는 풀어주자 안토니 파우치가 이야기하는 것처럼 이 병으로 인한 고통은 오래 갈지도 모른다. 그리고 전 세계에서 한 500만 명, 미국에서도 한 200만 명이나 300만 명 죽을는지도 모른다. 14세기 유럽을 휩쓴 페스트는 유럽 인구의 사 분의 일을 죽였고, 20세기 초에 유행한 인플루엔자도 수천 만의 생명을 앗아갔다. 그리고 세계 제1차 대전과 세계 제2차

대전으로 많은 사람이 희생되었다.

　세계 2차 대전 후 큰 전쟁도 없었고 큰 유행병도 없었다. 그래서 인구의 증가는 급속도로 늘어났다. 지금의 재앙은 급속도로 팽창하는 인구의 증가와 그들의 수요를 감당할 수 없다는 자연의 반항이다. 그냥 두면 2년 동안 한 500만 명의 사람들이 죽겠지만, 그 전의 유행병보다는 견딜만하다. 그동안 이 병에 대한 특효약도 발명될 것이고 백신도 나올 것이다. 그리고 병에 대한 자연적인 면역력도 생길 것이다. 그러니 너무 소란 떨지 말자. 사망률이 약 2% 정도 되는 전염병? Not bad하고 고개를 끄떡이는 사람도 생겨났습니다. 면역력이 약한 노인들과 기저질환이 있는 사람은 스스로 조심하여 살아남으라는 말밖에 할 말이 없다. 어차피 세상은 적자생존의 법칙에 따라야 하니까."

　어차피 세상은 모두 자기 집단 이익을 우선으로 하는 세상입니다. 민노총도 전교조도 더불어민주당도 미국의 민주당도 공화당도 자기들의 집단 이익을 우선으로 생각합니다. 그러니 젊은이들은 젊은이들의 처지를 먼저 생각하는 것이 당연합니다.

　이런 주장을 들으면서 나는 그들을 원망하지 않습니다. 그들의 생각이 당연할지도 모릅니다. 물론 자기의 부모가 죽기를 바라겠습니까만 동네의 노인들이 죽어 국민연금과 사회보장연금을 저축할 수 있다면 정책적으로 지지할 수도 있습니다.

　오늘도 CNN에서 COVID 환자가 얼마가 생기고 어떻게 사회적 격리를 해야 한다고 목소리를 높이는 젊은 아나운서를 보면서 이것이 너의 진실한 이야기일 수도 있겠지만, 그의 이야기에 나는 어쩐지 서글퍼지면서 "그럼. 내가 조심해야지 별수 있나."라고 뇌까려 봅니다.

내가 아는 진리

바다에 사는 물고기가 어느 날 용왕을 만났습니다. 그리고 "용왕님, 바다가 뭐예요. 모두 바다 바다라고 하는데 바다가 뭔지 모르겠어요." 용왕은 이 어린 물고기에게 무엇이라고 해야 할지 몰라서 한참 있다가 "그래 한마디로 설명을 할 수 있는 게 아니구나. 네가 살아보면 차츰 깨닫게 될 것이다."라고 대답했다고 합니다.

세상이 무엇이고 우리가 사는 인생이 무엇이라고 설명을 하려는 카톡과 이메일이 하루에도 몇 통씩 날아옵니다. 그중에는 그렇구나 하고 고개를 끄떡거릴만한 글도 있지만, 많이 부족한 글도 있습니다. 인류의 문화가 생긴 이래 인생이 무엇인가 수많은 철학자와 사상가들이 노력하고는 수많은 이론으로 설명하려고 했습니다. 아직도 충분하지 않아서 아직도 많은 사람이 책을 펴내어 설명합니다. 그런데도 이 모든 설명이 우리가 사는 세상, 우리의 삶의 한 조각을 설명하기는 했지만, 전체적으로 우리가 이해하도록 설명해 주지는 못한 것 같습니다.

용왕이 물고기에게 바다를 어떻게 설명해 주어야 할까요? "바다는 지구 표면을 삼 분의 이나 덮고 있는 물인데 소금이 3%에서 4% 정도

되고 바다의 바닥은 지구의 표면처럼 높은 산이 있고 깊은 골짜기가 있으며 그 표면에는 많은 식물이 사는 게 물속의 세계란다. 그리고 너는 이 물속에 사는 생명체로서 바다에서 생산이 되는 플랑크톤이나 작은 생물을 잡아먹고 살며 또 너보다 큰 물고기가 너를 삼켜버리려고 돌아다니는 물속에 세계에 사는 생명체란다."라고 한다면 충분한 설명이 되고 물고기는 납득을 할까요? 그러니 어린 물고기가 바다를 이해하려면 '그래, 좀 두고 봐라. 그러면 스스로 깨우쳐질 것이다.'란 말이 일리가 있다고 생각합니다

서울대학교 철학 교수였던 박종홍 교수님의 강의를 오래전에 들은 일이 있습니다. 그런데 무식해서 그런지 교수님의 강의는 너무 어려워서 알아들을 수가 없었습니다. 매우 어려운 낱말을 적(的)이란 말을 계속 연결하면서 말씀하시는데 그 한 말을 이해하려고 하면 다른 어려운 말이 계속되어 한 시간 동안 강의를 들었는데 무슨 말인지 생각이 나지 않았습니다. 어린 물고기에게 이런 어려운 말로 설명하면 물론 알아들을 수 없을 것입니다.

세상의 모든 사물을 한마디로 정의할 수는 없다고 생각을 합니다. 물론 그 정의가 한 부분을 설명할 수는 있겠으나 거기에는 여러 가지 의미가 복잡하게 구성이 되어있어서 전체를 설명할 수는 없기 때문입니다. 그러니까 우리가 모자이크 벽화를 보는 것처럼 그 조각 하나하나의 의미가 맞지만, 그 조각 하나가 전체를 설명한다고는 할 수 없을 것입니다.

나는 이런 사실을 교회에서 많이 느낍니다. 성경은 66권으로 구성되고 몇천 년 동안 편집이 되었습니다. 구약만 39권 929장 23,214절,

신약 27권 260장 7,959절로 구성되어 있습니다. 전체적으로 31,273절이나 되는 방대한 책이고, 세상에 수많은 문제에 관하여 이야기를 하고 있습니다. 어떤 사람은 전도서의 한 구절을 인용하여 하나님이 없다고 말을 합니다. "어리석은 자는 하나님이 없다고 하도다"라는 구절의 앞뒤를 잘라 버리면 하나님이 없다가 됩니다. 그런데 이런 식으로 성경의 앞뒤를 자르고 자기의 주장만을 실어 설교하는 목사님도 있고, 자기의 주장을 펼치는 신학자도 있고, 또 이를 기초로 이단을 만드는 사람도 있습니다.

이런 사람을 '자기 복음에 취한 사람'이라고 합니다. 오래전 내 조카가 현대 신학자 28명이라는 책을 주었습니다. 그 책에는 칼 바르트, 볼트만, 본회퍼, 리처드 니퍼, 마르틴 부버, 폴 틸리히 등의 주장과 글이 있었습니다. 그 책을 읽으면서 나는 이 신학자들은 도대체 기독교인이 되라는 것인가 반기독교인이 되라는 것인가 헷갈렸습니다. 아마도 자기가 무슨 말을 하고 있는지 무슨 주장을 하고 있는지도 모르는 모양이었습니다. 물론 그들은 모두 성경을 인용하고 있었습니다. 이렇게 책에 기록이 되어있는 성경도 해석이 다른데 우리의 인생을 우리가 사는 세상을 정의하는데 한두 가지 정의로 설명될 수는 정말 없을 것입니다. 단 한 가지 확실한 것이 있습니다. 모든 사람이 생명을 가지고 이 세상에 태어났다는 것과 언제인가는 죽는다는 사실입니다.

요새 친구들에게서 오는 수많은 카톡에 인생이 무엇인지 세상이 무엇인지를 설명하려고 애를 쓰는 말들과 글들이 많이 있습니다. 그런데 읽어보면 가려운 등을 시원하게 긁지 않은 것처럼 '그래. 맞는 말이다. 그러나 미흡하다.'라고 느낄 때가 많습니다.

969년을 살았다는 므두셀라나 26년밖에 살지 못한 모차르트나 태어나고 죽는 것은 사실입니다. 므두셀라가 969년을 살았지만, 그가 살아서 무엇을 했는지는 모릅니다. 모차르트는 26년밖에 살지 못했지만 많은 사람이 즐겨듣는 교향곡을 오페라로 만들어 역사에 무엇을 남겼습니다. 32년밖에 살지 못한 슈베르트도 많은 음악을 작곡하여 그가 남긴 작품이 많은 사람을 감동을 주고 있습니다. 재클린 케네디 여사는 그가 죽었을 때 그의 장례 절차 동안 계속 슈베르트의 아베마리아를 틀어 달라고 했다고 합니다.

나도 나이가 들었습니다. 이제 물고기 같은 어린 제자가 나에게 와서 선생님 이 세상이 무엇입니까? 인생이 무엇입니까? 하고 물으면 무엇이라고 대답을 해야 할까 하고 잠시 생각을 해봅니다. 나는 박종홍 교수님처럼 관념학적으로 고찰을 할 때라는 어려운 말로 설명을 할 수 없습니다. 그리고 여러 철학자가 이야기하는 것처럼 많은 이론을 이용해가며 설명을 할 지식이 없습니다. 만일 손녀 같은 어린이가 나에게 "할아버지, 세상이 무엇이고 인생이 무어예요?"라고 물어 온다면 "그래, 가만히 있자. 너도 나처럼 오래 살고 책을 읽고 생각을 하면 세상이 무엇인지 인생이 무엇인지 스스로 깨달을 때가 있을 것이다."라고 말해 줘야 하지 않을까요.

진리가 무엇일까요? "진리가 너희를 자유케 하리라."고 하였는데 진리를 아직도 깨우치지 못하였으니 속물인 우리가 세상을 고민하여 살아가는지도 모릅니다.

도(道)

노자의 도덕경 1장은 '道可道 不常道 名可名 不常名'이라고 했습니다. 이것만이 도라고 주장하면 도가 아니고 이것만 답이라고 하면 답이 아니라는 말입니다.

모든 것은 변합니다. 코페르니쿠스 전에 땅이 평평하다는 말도 당시에는 보편 타당성을 띤 주장이었습니다. 그러나 사람의 지식이 발전되고 지구가 둥글다는 이론이 증명되니까 땅이 편평하다는 말이 진리가 아닌 것으로 증명이 되었습니다.

기원전 2000년 전에 땅이 둥글다고 주장한 사람이 있었다면 그는 미친놈으로 간주가 되었을 것입니다. 물리학에서 뉴턴의 질량 불변의 법칙이 시험관 내에서 증명이 되었습니다. 그러나 1세기를 못 가서 아인슈타인이 에너지의 이론이 뉴턴의 질량 불변의 법칙이 잘못되었음을 설명했습니다. 이렇듯 과학도 자꾸 변천됩니다. 그래서 지금 우리가 믿고 있는 과학의 증명, 정의는 시대가 흐르면 변할는지도 모릅니다. 철학이나 종교도 마찬가지입니다.

그래서 지금부터 약 2600년 전의 노자는 이런 고백을 했습니다.

"나는 그를 알지 못한다. 그래서 나는 그를 그저 '도'라고 부르기로 했다."라고 이야기를 했습니다. 정말 그렇습니다. 우리는 그 도를 알지 못합니다. 그러나 2000년 전의 예수님은 "내가 길이요 진리이니"라고 갈파하셨습니다. 정말 하나님의 육신화로 오신 하나님은 도를 진리를 설명하실 수 있었을는지 모릅니다. 그러나 그를 따라다니던 무식한 어부들, 세무서 직원, 그리고 막노동으로 살아가던 제자들은 그 말을 이해하지 못하였습니다. 그래서 그들이 쓴 성경에는 아직도 예수님이 정말 우리에게 하시고자 했던 말씀을 충분히 전하지 못한 것으로 알고 있습니다.

얼마 전 목사님들과 저녁 식사를 하면서 이런 이야기가 나왔습니다. 노자는 무엇을 가르쳐 '도'라고 했을까. 그런데 그 자리에 있던 우리는 노자의 고백 "나도 그를 알지 못한다. 그러므로 그를 '도'라고 부를 뿐이다."라는 말을 기억하지 못했던 것 같습니다. 어떤 목사님이 "그건 예수님이 말씀하신 길이요 진리가 아닌가요?"라고 하니까 다른 목사님이 "아니지요, 노자의 '도'라는 말은 그것보다는 훨씬 큰 의미이지요."라고 말씀하는 것이었습니다.

나는 의문을 가졌습니다. 그럼 예수님이 말씀하신 '길이요 진리는 무엇'일까? 아마 이 말씀을 예수님이 그리스의 플라톤의 아카데미에서 말씀하셨든가 아니면 철학자들의 모임에서 말씀하셨다면 지금 훨씬 높은 차원의 철학적인 학설이 태어났을 것이라고 생각합니다. '예수님이 그 말씀을 무식한 제자들에게 하셔서 간단히 복음서에 기록이 되어서 예수님이 가르쳐주신 비유처럼 해석이 되어 목사님들조차 노자의 도가 훨씬 깊은 의미로 해석이 되는구나.' 하고 생각합니다. 큰

산일수록 봉우리도 골짝도 많이 있습니다. 그리고 오르는 길도 흐르는 물도 많이 있습니다. 이런 크나큰 명제에 설명이 하나만 있을 수는 없습니다. 노자가 도를 이야기했을 때 예수님이 길과 진리를 말씀했을 때 수많은 해석과 설명이 당연히 뒤따라야 합니다.

노자는 '無名天地之母 有名萬物之始'라고 하여 도라는 말이 생겨났을 때 새로운 토론과 논의가 생긴다는 것을 이야기했고 요한도 태초에 말씀이 계시니 이 말씀이 하나님과 함께 계심이라 라고 하여 도가 창조의 첫 시작임을 말을 했습니다.

노자는 몇 살까지 살았는지 모릅니다. 그래서 추측으로 100세를 살지 않았을까 생각합니다. 예수님의 제자 중 사도 요한이 가장 철학적인 복음을 쓴 사람인데 그도 정확히는 모르나 100세까지 살았다고 전해지고 있습니다. 요새 102세의 김형석 교수님의 강의가 인기를 끌고 있습니다. 나는 젊어서부터 김형석 교수님을 좋아하여 그의 강의를 많이 들었습니다. 그분은 아무리 심각한 말이라도 미소를 띠면서 힘들지 않게 설명하곤 했습니다.

그렇게 본다면 노자의 도나 예수님의 길이나 진리도 그렇게 힘들게 설명할 필요가 없을 것 같습니다. 아마도 사람이 100세를 살면 그야말로 도가 통하는 모양입니다. 노자도 사도 요한도 인간의 자연스러운 삶으로 설명을 하십니다. 성경에 기록이 된 부활, 낙원에 간 사람들은 그렇게 요란한 삶을 산 사람들이 아닙니다. 그저 평범한 사람으로 이웃을 사랑하고 나쁜 죄를 짓지 않고 하나님을 경외하는 사람들입니다.

노자는 예수님처럼 천국을 설명하지는 않았습니다. 그러나 사람의 안락을 설명했습니다. 물처럼 살라고 했습니다. 정말 맹물처럼 살라는 말입니다. '밑으로만 흐르라'라는 말은 예수님의 '겸손하라'라는 말과 너무나 같고, '막히면 돌아가라'라는 말은 '누가 너를 막으면 싸우지 말고 돌아가라(누가 오리를 가자고 우기면 십 리를 가주고).' 어떤 그릇에 나 들어가는 융통성(이웃을 용서하고 비판하지 말고) 폭포를 이루는 무서운 힘을 가지고(육신을 죽이는 자를 두려워하지 말고 영혼을 죽이는 하나님을 두려워하라)는 가르침들이 너무나 흡사합니다.

정말 '진리'와 '도'는 너무 힘이 든 데 있지 않고 우리의 주위 너무나도 가까운 우리 옆에 있는지도 모릅니다. 요새 교회주의에 젖은 대형 교회 목사님들은 진리를 너무나 힘이 들게 설명하려고 합니다. 교회에 충성해야 하고, 목사님을 섬겨야 하고 교회 집회, 일요일 대예배, 새벽기도, 주일, 수요일 저녁 예배에 참석해야 하고 금요일 기도회에도 참석해야 하고, 주일헌금 주정헌금 월정헌금 각종 감사헌금을 내야하고, 속회에 참석해야 하고 월삭 예배(매월 마지막 날마다 보는 예배)에도 참석을 해야 하고….

이 조건들을 충족시키려면 거의 우리의 사회생활 직장 생활을 집어치워야 합니다. 그러나 사도 요한이나 노자는 이렇게 힘들게 도를 가르치지 않습니다. 자연처럼, 낮고 겸손하게 물처럼 흐르다가 나무가 있으면 먹이고, 사슴과 곰에게도 물을 나누어 주고, 바다를 향하여 흘러가듯이 하늘나라를 향해 흘러가듯 살면서 이웃을 사랑하고 하나님을 경외하며 살면 된다고 하지 않습니까. 노자처럼 나도 '도'가 무엇인지 알지 못하고 설명할 수도 없습니다. 그러나 자연처럼 물처럼 살아가면서 이웃을 사랑하며 융통성 있게 살면 되는 것 아닐까요.

핑계

핑계 없는 무덤이 없다고 합니다. 그것은 일생을 살면서 한 번도 핑계를 대보지 않고 일생을 산 사람이 없다는 말일 것입니다. 핑계는 자기의 책임을 전가하려고 하는 도피적인 인간의 심리에서 나온 책임 전가입니다.

인간의 핑계는 하나님이 인간을 창조하신 후 처음 나타난 인간의 범죄에서도 나타납니다. 선악과를 따먹은 아담에게 하나님의 심문이 시작됩니다. "너는 어찌하여 내가 먹지 말라고 한 선악과를 먹었느냐?" 아담은 핑계를 댑니다. "하나님이 나에게 허락하여주신 여인 하와가 먹으라고 하여 먹었습니다." 핑계에는 '너는 내 살 속의 살이요, 뼛속의 뼈로다.'라고 했던 사랑하는 여인도 상관이 없습니다. 하와는 다시 "뱀이 먹으라고 하여 먹었습니다."라고 핑계를 대었습니다.

핑계는 반박하지 못할 사람에게 전가하는 것이 제일 좋습니다. 뱀은 핑계를 댈 동물이 없었는지 숲속으로 숨어 버리고 말았습니다. 그래서 인간의 성품 속에는 핑계를 대고 다른 사람에게 책임을 전가하려는 성품이 유전되었는지도 모릅니다. 아이들도 싸울 때 원인을 상대방에 전가하려고 합니다. "쟤가 먼저 때렸어요." 다른 아이도 "아니요. 쟤가 먼저 나에게 뭐라고 했어요." 이렇게 싸움의 원인을 상대방에게 전가합니다.

아마도 가장 좋은 핑계는 아프다는 핑계일 것입니다. 어제까지도 쨍쨍하고 직원들에게 큰소리를 치던 재벌이 감옥에 가면 그날부터 당뇨병이 재발하고, 몸을 움직일 수 없어 휠체어를 타고 법원에 출두하고, 병으로 인하여 책임을 지지 않겠다고 핑계를 댑니다. 가끔 법원에서 재판하는 과정이 뉴스나 TV에 나오곤 합니다. 그때에도 어김없이 책임을 다른 사람 또는 다른 사물에 전가하려는 장면이 나옵니다.

요새 말썽이 되는 대장동 사건도 우리의 상식으로 책임을 질 사람은 모르는 일이고, 밑의 사무직원들이 잘못하여 이루어진 일이라고 핑계를 댑니다. 몇 달 전 광주에서 건설 중이던 아파트가 무너졌습니다. 다행히 주민은 없었고 일하던 인부 몇 명이 생명을 잃었습니다. 조사로는 너무 급히 짓는 바람에 시멘트가 굳기 전 그 위에 또 올리고 올리다가 무너졌다고 TV에서는 방송했습니다. 그런데 건설회사에서는 미숙한 외국인 노동자가 일을 잘못하여 그런 사고가 났다고 며칠 전 발표했습니다. 참 웃기는 핑계입니다.

어린애들의 싸움만이 아니라 큰 나라를 다스리는 정치가나 심지어 대통령도 마찬가지입니다. 얼마 전 아프가니스탄 철수작전을 잘못 시행하여 공항을 폭격하고 많은 시민과 미국 병사들이 전사했습니다. 그래서 여론이 나빠지고 기자들이 어찌하여 그런 실수를 했느냐고 묻자 조 바이든 대통령은 "그건 내가 잘못한 것이 아니라 트럼프 대통령이 아프가니스탄 철수를 계획했었고 그대로 시행한 것이다."라고 답변했습니다. 좌파성 언론은 그것도 변명이라고 그대로 발표했고 어리석은 국민은 그러려니 하고 수그러졌습니다. 대통령이 된 지 일 년이 되었는데 트럼프 대통령이 계획한 것이라고 하면 자기는 일 년 동안 무엇을 했단 말입니까? 만일 트럼프 대통령이 잘못 계획한 그것이라고 하면 고칠 시간이 없었습니까? 일 년 동안 아프가니스탄에 대한 계획은 살펴본 일도 없다는 말입니까? 이렇게 정치가들은 흔히 일이 잘못되면 전임자들에게 책임을 전가하려고 합니다. 핑계를 댄다는 말입니다.

지금 한국 정부도 마찬가지입니다. 아파트의 값이 폭등하고 부동산 가격이 폭등하자 관계 장관들은 그것은 박근혜 대통령이 계획을 잘못해서 이루어진 것이라고 발표했습니다. 그러면 자기들은 지나간 4년 동안 무엇을 했단 말입니까? 만일 정책이 잘못되었다면 4년 동안 한 번도 그 잘못된 계획을 고칠 시간이 없었단 말인가요? 정부가 바뀐 후 23번이나 변한 부동산 정책은 누가 세운 것일까요? 그것도 전임 박근혜 대통령이 세운 것입니까? 그럼 자기가 선거전에 공약했던 부동산 정책을 바로 잡겠다고 큰소리를 칠 때는 그런 생각이 없이 했다는 말일까요.

나의 지나온 일을 생각해 봅니다. 젊었을 때 좀 더 노력했더라면, 그때 그 일을 잘했더라면 하고 생각을 해봅니다. 그리고 누구에게 갚아야 할 은혜를 갚지 못하고 살아온 과거를 후회합니다. 그리고 핑계를 찾아봅니다. '그럼, 그때는 그럴 수밖에 없었지. 그때의 형편이 그랬고, 누구 때문에 그렇게 할 수밖에 없었다.'라는 핑계를 찾게 됩니다. 아마 가룟 유다도 왜 예수님을 팔았느냐고 하면 핑계를 댈 수 있을 것입니다. 나는 "예수님이 정말 유대의 왕이 되고 로마제국을 무너

트리고 유대를 독립국으로 만들고 다시 솔로몬 시대의 영광을 가져올 줄 알았는데 그게 아니고 제사장들에게 핍박을 받으며 아무런 저항도 못 하고 또 제사장들이 큰돈을 준다고 하길래 예수님이 한적한 곳에 있는 곳을 알려 준 것뿐이야."라고 핑계를 댈 것입니다.

이제 문재인 대통령의 5년이 끝나 갑니다. 물론 그에게 찬사를 돌리는 사람들도 있겠지만 그에게 많은 비난을 하는 사람들도 있습니다. 작년 초 문재인 대통령이 연두 신문 기자들과의 간담회에서 "이제 내가 대통령을 물러나면 다시는 언론에 오르는 사람이 아니라 국민에게서 잊히는 사람이 되고 싶다."라고 했습니다. 그랬더니 얼마 후 정규재 칼럼에서 "우리는 문재인 대통령을 잊어버릴 수가 없다. 그는 너무나 많은 과오를 범하였고 너무도 많은 사람의 가슴을 아프게 하였기 때문이다."라고 반박을 했습니다.

이제 그는 무슨 핑계를 댈까요? 누구에게 책임을 전가할까요? 자기의 비서실장이었던 임종석에게 책임을 전가할까요? 마음의 빚이 있다던 조국에게 책임을 전가할까요? 아니면 자기를 둘러싸고 있던 주사파 특보들에게 책임을 전가할까요? 그것이 사람들을 불행하게 하고 여러 사람이 극단적인 선택을 하고 사람을 괴롭힌 일들이라면 어떤 핑계를 대고 어떻게 보상할는지 자못 걱정스럽습니다. 성경에는 '너희가 뿌린 그대로 거두리라'라고 말씀했습니다. 하와인 김정숙 부인에게 핑계를 댈까요? 불행하게도 김정숙 여사에게는 핑계를 댈 뱀이 없네요.

여자

최희준이라는 가수가 부른 노래 중에는 "세상에 돈만 있다고 으스대지 마오. 빵끗 웃는 여자 웃음에 녹아나는 사내들…. 여자가 더 좋아 여자가 더 좋아."라는 노래가 있습니다.

나는 '여자가 우세하냐? 남자가 우세하냐?'라는 논쟁에서 백기를 든지가 오래되었습니다. 그래서 여자가 잘났냐 남자가 잘났냐 하는 말싸움을 하려고 하는 것이 아닙니다. 오래전 목사님이 설교 중에 "하나님이 남자는 흙으로 만드셨고 얼마가 흘렀는지는 모르지만, 그 후에 (얼마나 세상이 발전이 되었는지도 모르지만) 하나님이 아담을 잠들게 하시고 그의 갈비뼈로 여자를 만드셨다."라고 하였습니다. 그래서 여자는 '본차이나'여서 토기보다는 훨씬 값도 나가고 단단하다는 말입니다. 그 증거로 남자는 목욕탕에 들어가 오래 있지를 못하는데 여자는 목욕탕에 들어가 하루 종일이라도 앉아 있다는 것입니다.

그러니 여자들이 훨씬 우세하지요. 그래도 남자들은 여자들을 비판하고 놀리기를 좋아합니다. 잘은 모르지만 머리는 좋으나 외모가 별로였던 남자들이 여자들을 혹평하는 경우가 많이 있습니다. 예를 들면 소크라테스나 버나드 쇼, 버트런드 러셀, 서머싯 몸. 에이브러햄 링컨 같은 남자들입니다. 아마 그들은 여자들에게 많은 괄시를 받은 모양입니다. 남자가 이쁜 여자를 좋아한다지만 여자도 남자의 외모를 많이 봅니다. 대학생 때 교회에서 청년회장을 했습니다. 그런데 대학생회에 새 회원이 들어올 때 그 신입회원이 키가 크고 인물이 좀 있으면 여자 회원들의 관심과 태도가 달라지고 새 회원의 인물이 별로이고 다니는 학교도 별로이면 여자 회원들의 관심은 그야말로 냉수처럼 차가웠습니다. 그리고 인물이 있는 남자를 둘러싼 여자 회원들의 경쟁도 대단했습니다.

이렇듯 여자도 남자의 머리나 능력보다는 외모를 우선으로 생각하는 모양입니다. 소크라테스는 외모가 별로였다는 이야기는 널리 알려져 있었는데 물론 소크라테스에게 배운 여자 철학자도 없었는지도 모릅니다. 그래서 소크라테스는 결혼에도 그리 찬성하지 않았던 모양입니다. "결혼은 해도 후회를 하고 안 해도 후회를 한다."라고 했고 "행복한 결혼은 돼지를, 불행한 결혼은 철학자를 만든다."라는 말도 했습니다. ≪달과 6펜스≫라는 작품을 쓴 서머싯 몸도 여자를 그리 좋게 평하지 않았습니다. 그의 최고의 독설 중에는 "하나님이 창조하신 것 중에 가장 실패작은 여성에게도 영혼을 주셨다는 것이다." "현명한 남자는 미인과 결혼하려 하지 않는다. 거짓말쟁이가 아닌 여자가 어디엔가 몇 명이 있을 것이다."라고 했는데 지금 같으면 사회에서 매장당할 발언입니다. 니체의 사진을 보아도 별로 미남은 아닙니다. 그래서 그런지 니체도 여자를 호평하지 않았습니다. "여자란 신의 두 번째 실패작이다." "신이 여자를 창조하였다. 그때부터 이 세상은 복잡해지기 시작을 했다."라고 했습니다. 에이브러햄 링컨은 "나 같은 남자와 결혼하겠다는 여자에게 내가 어찌 만족할 수 있겠는가."라고 하는가 하면 부인과 같이 시장에 갔다가 값을 깎으려는 부인과 상인이 다투는 것을 보고 "선생님, 조금만 참으세요. 나는 저 여자와 20년을 참고 살고 있다오."라고 하여 상인이 웃고 말았다는 이야기입니다. 하이네라는 시인도 "나는 결혼행진곡을 들으면 전쟁터로 나가는 군인의 모습을 생각한다고 하는가 하면 결혼이란 나침판도 가르쳐 줄 수 없는 거친 바다의 항해이다."라고 했습니다.

필딩이라는 중국 사람은 "어느 부부나 하나는 바보이다."라고 했고 "쉰 된장은 일 년 원수, 나쁜 아내는 백 년 원수"라고 하였습니다. 톨스토이도 "부부 사이가 좋지 않은 것으로 알려졌는데 한 여자와 평생 사랑할 수 있다고 생각하는 것은 초 한 자루로 일생 방을 밝히겠다고 생각하는 것과 같다. 남자는 오른 귀로 듣고 왼쪽 귀로 내보내지만, 여자는 두 귀로 듣고 입으로 쏟아낸다."라고 불평했습니다.

그런데 세상이 바뀌었습니다. 이제는 남자 주도의 세상이 아니라 여자 주도의 세상입니다. 누구의 말처럼 여자는 쉽게 포기하고 떨어져 나가는 상대가 아니라는 것입니다. 그것은 SK 대표 최태원 회장과 노소영 씨의 이혼 문제를 보면 알 것입니다. 최태원 회장이 다른 여자와 살면서 아들까지 낳았는데도 노소영 씨는 쉽게 놓아 주지 않습니다. 물론 책임은 최태원 회장에게 있습니다. 그러나 과거의 여자들 같으면 눈물을 흘리며 물러났을 것입니다. "가시는 걸음마다 놓인 그 꽃을 사뿐히 즈려밟고 가시옵소서"라고 하면서. 이제는 모세가 이야기한 것처럼 이혼증서만 써주고 내보내거나 아브라함이 하갈을 내쫓을 때 물한 병만 주고 내보낸 것처럼 쉽게 여자를 내보낼 수 없는 여성의 시대가 왔습니다. 그래서 여성 상위시대가 오고 여자가 다스리는 나라가 말썽이 없이 잘 나가고 있습니다.

영국도 대처 수상이 있을 때 많은 복잡한 문제를 뚫고 나갔으며 메이어 수상 때도 나라는 조용했습니다. 독일도 메르켈 수상이 있을 때 나라가 발전을 했습니다. 우리나라도 박근혜 대통령이 있을 때 많은 문제를 해결했는데 그것을 못 견딘 사회주의자들이 촛불 데모를 일으켜서 대통령을 파면시켰습니다. 하여간 여자 대통령 때 골치 아픈 문제들을 해결했습니다.

내가 젊었을 때는 우리 세대 남자들의 목소리가 여자들보다는 컸습니다. 나라가 가난할 때라 힘든 일을 남자들이 하여 돈을 벌었고 월남으로 중동으로 가서 돈을 벌었습니다. 나도 제대로 하지 못하는 영어를 구사해 가면서 환자를 보고 수술했습니다. 어떤 환자는 나에게 네 말을 잘 알아듣지 못했지만, 수술을 역시 잘했다는 칭찬인지 조롱인지 말을 해주었습니다.

나는 이제 은퇴했습니다. 돈도 벌어오지 못하고 아이덴티티도 잃어버렸습니다. 박사도 아니고 교수도 아닙니다. 그냥 실직한 노인네일 뿐입니다. 선배님 한 분이 있습니다. 젊었을 때는 목소리가 큰 분이었습니다. 학교에서나 동창회에서 그 큰 목소리로 소신을 굽히지 않는 분이었습니다. 그런데 요새는 완전히 달라졌습니다. 부인이 하라는 대로 하고, 식당에서 부인이 먹으라는 대로 먹고 가자는 데로 갑니다. 그분을 보고 깜짝 놀랐습니다. 역시 여자가 남자보다 우수합니다. 역시 흙그릇이 본차이나를 이길 재간이 있나요?

3

예약 사회

시래기찌개

　며칠 전 선배님이 어디서 구했는지 모르지만, 무시래기를 한 봉지 주셨습니다. 깨끗하게 씻어서 투명한 봉지에 싼 고급스러운 선물이었습니다. 아무리 못생긴 사람이라도 옷을 잘 입으면 귀하게 보이듯이 시래기가 고급 포장지에 들어가니 추수하고 밭에 버려지는 시래기가 아니라 마치도 고급 백화점에서 사 온 고급음식이라도 되듯이 돋보였습니다.

　시래기, 사실 시래기는 아주 값싸고 천한 음식이었습니다. 좀 잘사는 집에서는 밥상에 올라서는 안 되는 가난한 사람들의 음식입니다. 가을에 무를 수확하고서 무 꼭대기의 무청을 그냥 잘라버리거나 토끼 먹이로 주는데 그 시래기를 거두어서 말리거나 소죽을 쑤는 큰 가마에 약간 삶아서 담장이나 지붕에 말리면 초겨울의 추운 날씨에 얼었다가 녹았다가 하면서 말려집니다.

　그 시래기는 겨울에 된장국이나 찌개에 넣어서 먹는데 씁쓸하고 질겨서 음식 중에 그리 대접을 받지 못하는 음식이었을 것입니다. 농담에도 빌빌거리는 사람에게 "야, 시래기죽을 먹었냐? 왜 비실비실하냐?"고 퉁을 주기도 하고, 기운이 없는 사람에게 "사흘에 시래기죽도 못 먹었느냐? 왜 기운을 못 쓰냐?"고 했습니다.

이렇듯 시래기는 가난한 사람 중에서도 가장 가난한 사람이 먹는 음식이었습니다. 사실은 소가 먹는 음식을 먹는 것이니까요. 시래기죽이나 시래깃국에 영양가를 따진다는 것은 실없는 일일지도 모릅니다. 유튜브에 상식을 초월하는 강의들이 많으니 시래기기가 건강에 좋은 음식이라고 주장하는 사람들이 있을는지 모릅니다. 시래기에는 섬유질이 많고 비타민 C가 많고 엽록소가 많으며 먹으면 섬유질이 많아 변비가 낫는다고 합니다.

한국전쟁 때 시래기죽을 많이 먹었습니다. 쌀 배급은 끊어지고 쌀 구경도 잘 못 하던 시절 시래기죽을 많이 먹었습니다. 시래기 된장국에 쌀을 약간 넣어 끓인 죽인데 거무튀튀한 것이 정이 가지 않는 음식이었고, 식으면 약간 씁쓸한 맛이 나서 맛으로 먹고 싶지 않았습니다. 그런데 한 그릇 먹고 나면 한두 시간 있으면 다시 배가 고파지는 음식이고 화장실에 가도 대변이 노란 색깔이 없이 검고 시퍼런 대변이 나오곤 했습니다.

아버님이 퇴직하시고 정말 가난할 때였습니다. 11월 하순쯤에 한남동 나룻배를 타고 잠실의 무밭에 가서서 일하셨습니다. 무를 뽑아주고 다듬어주고는 무에 달렸던 무청을 얻어 오는 일이었습니다. 며칠을 가셔서 일하시면 마당에 무시래기가 무더기로 쌓이고 어머님은 그것을 다듬어서 말리기도 하고 무청 김치를 담그기도 했습니다. 그리고 그것이 우리의 겨울 양식이었습니다. 이 무청 김치는 웬만한 집의 김장 김치보다도 맛이 있었습니다. 그리고 시래기를 볶아 먹기도 하고 쪄서

무쳐 먹기도 했지만 역시 시래깃국이나 시래기찌개를 제일 많이 해 먹었습니다. 잘 익은 시래기를 구호물자로 타온 버터를 한 숟가락 넣고 멸치를 볶다가 시래기 김치를 넣고 끓이면 배가 고프던 그 시절에 한 그릇씩 먹고 공부를 하곤 했습니다.

대학을 졸업하고는 시래기를 먹어볼 기회가 거의 없었습니다. 시래기와의 인연이 없던 것처럼 까맣게 잊어버렸습니다. 간혹 식당에 가면 반찬으로 내놓는 시래기찌개가 있었지만 별로 맛있게 먹는 음식은 아니어서 젓가락이 가지 않았습니다.

그리고 미국으로 왔습니다. 미국에서는 무를 사기도 쉽지 않은데 시래기를 먹는다는 것은 생각해 보지도 않았습니다. 시래기를 본 일도 없습니다. 그리고 시래기라는 존재를 까맣게 잊었습니다. 아마 시래기를 본 지도 몇십 년 되었을 것입니다.

그런데 며칠 전 선배님이 깨끗하게 씻어서 말려 고급스럽게 포장한 시래기를 한 봉지 주신 것입니다. 참 오래간만에 가난할 때 같이 놀던 친구를 만난 것처럼 신기하기도 하고 반갑기도 하여 고맙게 받아 왔습니다. 집에 돌아와서 시래기 봉지를 한참 들여다보았습니다. 오래전 헤어진 여자 친구를 보는 듯 이상야릇한 감정이 솟아올랐습니다. 마치 호랑이가 토끼를 잡아다 놓고 요놈을 어떻게 요리를 할까 하는 심정으로 한참 들여다보다가 그래도 눈에 익은 된장찌개를 만들기로 의논을 정했습니다.

이런 귀한 식자재를 아내에게만 맡겨 둘 수 없어 나도 팔을 걷어붙이고 나섰습니다. 이것을 흐르는 물에 잘 씻어 물에 담가 놓았다가 한 번 삶아 냈습니다. 그리고 다른 냄비에 중간치 멸치를 기름에 좀 볶다가 쌀뜨물을 좀 넣고 시래기를 넣었습니다. 거기에 토종 된장과 일본 미소 된장을 섞어서 풀어 넣고 끓였습니다. 물론 마늘도 다져 넣고 파와 양파도 좀 썰어 넣고 풋고추를 다져 약간 뿌렸습니다. 그리고는 손 맛이라고 아내를 속이려고 땅콩을 한주먹 절구에 갈아 넣었습니다. 나중에 한창 끓을 때 미원을 약간 넣었더니 역시 맛이 달라졌습니다. 물론 미국에서 자란 딸은 '약키'하고 냄새도 싫다고 했으나 아내와 나는 밥 위에 얹어가면서 맛있게 먹었습니다.

아주 오래전에 헤어졌던 친구를 만난 것 같은 느낌, 그리고 갑자기 어머님이 생각이 나면서 목구멍이 조여 왔습니다. 아내는 "소고기보다 귀한 시래기네요. 소고기는 얼마든지 살 수 있지만, 시래기를 어디서 구하겠어요. 참 오래간만에 먹는 별미예요."라고 좋아했습니다. 나도 오래간만에 밥 한 그릇을 다 비웠습니다. 그리고 아내에게 웃으면서 "그저 역시 사람은 출신 성분은 못 속인다니까. 그러니 우리는 어디 가서 양반 출신이라고 거짓말은 못 한다니까."라면서 웃었습니다.

아내 머리 깎기

2020년 1월 말부터 시작된 코로나 전염병이 우리를 공포 속에 살게 하더니 2021에도 계속되고 있습니다. 2020년에는 모든 집회가 취소되고 학교도 문을 닫고 우리는 집 안에 감금이 되었습니다. 2021년 백신이 나오면서 약간은 풀렸으나 마스크를 하고 집회를 하지 못하는 것은 계속이 되었습니다.

코로나 전염병은 우리 사회의 문화를 바꾸어 놓았습니다. 많은 사람이 직장에 나가지 못하고 재택근무를 하게 되었고, 교회도 모이지 못하고 영상 예배라는 것을 봅니다. 마스크를 하고 얼굴을 가리고 다니니 나 같이 못생긴 사람이야 별 불만이 없지만 몇 시간을 공들여 화장하고 아름다움을 자랑하려는 미녀들에게는 억울하고 속이 상하는 사회가 되었습니다.

식당도 문을 닫고 영화관 등 문화센터가 문을 닫고 파산했습니다. 내가 한국에 아직 있었으면 영화관도 못 가고 어찌 살았을까 생각하고 피식 웃습니다. 그리고 이발관 미용실들이 아주 위험한 곳이라고 알려져서 이발소와 미용실이 큰 타격을 받았습니다. 생각해 보니 정말 그렇습니다. 얼굴 가까이 들이대고 머리를 깎고 면도하고 머리를 다듬어 주는 이발소와 미용실이 방역상 위험한 곳이 아닐 수 없습니다.

이발소에 몇 달을 가지 못해 이제 나는 장발족이 되었습니다. 아내도 머리가 길다고 집에서 이를 해결할 방법을 찾아야 한다는 결론에 이르렀습니다. 그래서 코스코에서 이발 기계를 49불을 주고 하나 사왔습니다. 그런데 이 이발 기계는 사용하기가 아주 편하게 디자인이 되어있고 아주 성능도 좋았습니다. 이렇듯 싸고 성능 좋은 이발 기계가 코스코에 산처럼 쌓여있으니 사람들이 기계를 사다가 집에서 머리를 깎으면 이발사들은 어떻게 사나 하는 쓸데없는 걱정까지 했습니다.

나는 기계를 풀어 놓고 어떻게 깎는지 익히느라 한참을 궁리했습니다. 나의 이발 경험은 중고등학교 다닐 때 친구끼리 까까중머리를 서로 번갈아 가면서 바리깡으로 밀어주던 경험과 수술실에서 수술 부위인 머리를 깎은 것이 고작입니다. 그래서 이발소에서 이발사들이 손을 어떻게 놀리더라 하고 기억을 떠올려 보았으나 정작 여자 미용실은 가본 일이 없기에 정말 막막했습니다. 그저 기계를 어떻게 만지는가를 연습했습니다.

아내가 거울을 보면서 여길 이렇게 깎으라고 하면 그대로 따라가는 신기한 아내의 머리 깎기가 시작되었습니다. 처음에는 만일 잘못 깎아서 아내에게 두고두고 말을 들으면 어찌하나 하고 걱정이 되어 머리를 깎았는지 말았는지 할 정도로 별로 표시가 나지 않게 잘랐습니다.

그러니 두 주일도 안 되어 다시 머리를 깎으라는 아내의 요구가 들어 왔습니다. 아내의 머리 스타일은 파마하지 않은 채 그저 짧게 잘라주기만 하면 됩니다. 옛날 내가 좋아했던 오드리 헵번처럼 스타일이면 좋을 것 같아 인터넷으로 오드리 헵번의 머리 모양을 찬찬히 들여다보 았습니다. 그런데 오드리 헵번의 머리는 상당히 기술이 필요한 머리여 서 나로서는 흉내도 못 내겠고 그냥 짧은 머리로 하자고 아내와 합의 하고 머리를 자르기 시작했습니다.

얇고 긴 빗으로 머리카락을 약간 빗어 올린 후 기계로 살짝 머리카 락을 치는 방법으로 한참을 걸려 잘랐습니다. 잘못하여 머리가 풍덩 들어가면 어쩌나 조심, 조심했습니다. 이래 봬도 내가 왕년에 날리던 성형외과 의사가 아닙니까. 그러니 그런 실수는 하지 않겠지요. 아무 튼 아내의 머리를 잘라주고 다음 주일에 교회에 갔습니다. 코로나가 약간 주춤하여 마스크를 끼고 교회에서 예배를 시작했기 때문입니다.

그런데 참 여자들의 보는 눈이 이상합니다. 아내가 집에서 머리를 잘랐다고 하니까 여자들이 둘러서서 보고는 "야 그거 잘 깎았네요."라 더라는 것입니다. 이것은 칭찬이 아니고 나를 아내의 이발사로 옭아매 려는 작전이 아니겠습니까. 아내는 "그럼 잘 되었네요. 비싼 돈을 들 여 커트하러 갈 게 아니라 이제 당신이 잘라주면 되겠네."라고 선고하 는 것이 아닙니까. 나는 "그 말을 믿어요. 그저 당신을 놀리노라고 하 는 말이고 내 체면을 보아서 하는 인사로 하는 말이지요."라고 했더 니, 아내는 "아녀요. 내가 봐도 그런대로 괜찮아요. 미용실에서 커트 하는 데 20~30불은 줘야 하는데 돈도 절약할 겸 잘 되었지요."라고 탕 탕 탕 결정을 해버리는 것 아닙니까. 더욱이 좀 잠잠 하려던 코로 나가 다시 기승을 부려 밖으로 나가기가 무서워지지 않습니까. 그러니 핑계도 댈 수 없고 나는 아내의 전용 이발사가 되어버리는 게 아닌가 싶습니다.

이 달갑지 않은 자리를 모면하려고 "남들이 들으면 남사스럽지 않겠소. 그러니 이제 코로나가 좀 잠잠해지면 다시 미용원에 가서 머리를 깎읍시다."라고 했더니 "아니에요. 요즘은 남자가 부인의 머리를 잘라주는 사람이 많아요. ××도 남편이 머리를 잘라주고 ××도 남편이 머리를 깎아준대요. 물론 돈도 절약이 되겠지만 예약하고 미용실에 가고 가서 기다리고 마음에 안 들어도 잔소리도 못 하고 오는 것보다는 훨씬 좋겠지요."라고 반박도 못 하게 합니다.

며칠 전입니다. 다시 아내의 머리를 깎는데 빗을 떨어트리면서 기계가 흔들려서 한쪽 머리가 흠뻑 들어갔지 뭡니다. 순간 '아이코, 야단났네. 이를 어쩌면 좋을까.' 하고 한참 서서 들여다보다가 이를 카모프라지 해야지 이대로 둘 수는 없구나 싶어 아주 짧게 잘라버렸습니다. 아내에게 보여 주고 잘못한 소년처럼 하회를 기다리다가 허락을 얻어 주위의 머리를 전부 짧게 잘랐습니다. 파란 머리가 나타나도록 말입니다.

그렇게 마무리해 놓고는 무슨 원망이 날아올까 불안했는데 아내는 도리어 시원해서 좋다는 것입니다. 나는 아내가 다른 일에도 이렇듯 쉽게 동의해 주면 얼마나 좋을까 하고 생각했습니다. 내가 '동'을 가리키면 '서'가 좋다고 하고, 여기에 주차하려면 저기가 좋은데 왜 여기에 주차하느냐고 타박을 하는 사람이, 머리를 자르는 데는 이렇듯 너그러운지 모르겠습니다.

이래서 나는 내가 그렇게 바라지 않은 직업이 갖게 된 것이 사실입니다. 이왕 하는 것 잘한다는 칭찬을 듣도록 좀 더 연구해야겠지요.

예약 사회

오하이오에서 일을 끝낸 후 한국의 대학병원에서 한 12년 일했습니다. 그리고 병원에서 주는 사택에 살게 되었습니다. 이렇게 살림을 하다 보면 냉장고가 고장이 날 때도 있고 보일러가 고장이 날 때도 있고 또 전자식 자물통이 고장이 날 때도 있습니다.

그런데 한국의 소위 A/S 제도는 참 잘 되어있습니다. 언젠가는 주말 오후에 스토브가 고장 났습니다. 미국 같으면 예약하고 며칠이 지나야 할 일이었습니다. '저녁해 먹기는 틀렸지' 생각하고 전화를 했는데 "지금 댁에 계십니까?" 하더니 그야말로 30분도 못 되어 기술자가 와서 고쳐 주고는 갔습니다.

나는 너무도 고마워서 만원을 팁으로 주었더니 너무도 감사하다고 인사를 몇 번이나 하고 갔습니다. 한번은 아파트에 들어가려고 문에 비밀번호를 찍었는데 작동하지 않았습니다. 몇 번을 시도해도 요지부동입니다. 할 수 없이 열쇠수선 집에 전화를 걸었습니다. 전화를 받은 사람은 "죄송합니다. 제가 지금 출장을 나와 있어서 두 시간 전에는 못 갈 것 같습니다. 그러니 이 번호로 전화하셔서 내가 연락하라고 했다고 하면 금방 갈 것입니다."라고 소개해 주었습니다. 그래서 전화를 하니 "네. 주소를 주십시오." 하고는 10분도 안 되어 기술자가 와서 고쳐 주었습니다.

대전에 살면서 주말이면 서울에 가곤 했습니다. KTX를 타면 한 시간이면 서울역에 갈 수 있는 평안한 교통수단입니다. 그런데 예약하고 기차를 탄 일은 별로 없습니다. 역에 나가면 서울행 기차는 한 시간에 4~5회가 있고 30분 안에 가는 기차표를 살 수 있었습니다. 2년 전에 뉴욕에서 워싱턴으로 가는 기차를 타게 되었습니다. 예약을 안 하면 차표를 구할 수 없다고 하여서 한 달 전에 인터넷으로 표를 샀습니다. 기차역에는 정말 당일 기차표는 살 수 없었습니다.

한국에서는 아프면 병원에 예약이 없어도 진료를 받을 수 있습니다. 물론 한국의 최고의 의사에게 진료를 받으려면 예약을 해야겠지만…. 그런데 선진국이라는 미국에서는 예약하지 않고 진료도 아무것도 할 수 없는 구조입니다.

작년 1월에 보일러가 고장이 나서 전화를 했습니다. 아내가 회사에 전화를 걸어 이렇게 추운데 더운물이 안 나오면 안 되니 응급조치로 빨리 사람을 보내 달라고 했습니다. 회사에서는 제일 이른 날짜가 5일 후이니까 그날로 예약하든지 말든지 마음대로 하라고 했습니다. 우리는 5일 동안 스토브에 물을 데워서 샤워하는 미개발국과의 생활을 해야만 했습니다.

지난달 냉장고의 손잡이가 떨어졌습니다. 그래서 홈택이라는 회사에 전화했습니다. 이 회사는 일 년에 얼마씩 돈을 내고 멤버십으로 서비스를 받는 회사입니다. 물론 예약은 5일 후에 잡아주었지요. 그리고는 5일 후에 기술자가 와서 이 손잡이를 오더해야 하고 물건이 온 후 우리가 다시 예약을 잡아서 오겠다고 하고는 가버렸습니다. 그리고는 명령하는데 약 2주일, 다시 예약을 잡는데 5~6일 하여 거의 한 달 후에야 고쳐 주었습니다.

재작년에는 아내가 해준 갈비를 뜯다가 이가 부러졌습니다. 얼마나 아픈지 밥을 먹을 수가 없습니다. Sensodyne을 사서 바르고 아스피린 가루를 발라도 통증이 심해 하룻밤을 거의 새웠습니다. 치과에 전화하니 예약했느냐는 것입니다. 응급이 되어서 예약을 못 했다고 했더니 그럼 1달 후에 예약을 주겠다면서 많이 아프면 응급실로 가라는 친절하면서도 차가운 여자 목소리로 전화가 끊겨버렸습니다.

참 이 미국이라는 나라에서는 예약(Reservation)해야 하고 또 가기 전에 확인(confirm)하지 않고서는 아무 일도 할 수가 없습니다. 몇 달 전 일입니다. 우리 동네에 새로운 목사님이 오셔서 우리 집에 방문 오셨습니다. 갑자기 오신 목사님에게 저녁 식사를 대접하려고 식당에 모시고 갔습니다. 평소에 자주 가서 얼굴을 잘 아는 곳이었습니다. 문에 들어가니 예약이 있는가고 물었습니다. 나는 예약을 안 했다니까 예약이 없으면 곤란하다면서 자리의 여유가 있으면 안내를 해주겠다고 기다리라고 했습니다. 나는 목사님에게 체면도 있고 하여 "네. 조금만 기다리면 되겠지요. 기다립시다." 하고 앉아 기다리기 시작했습니다. 식당 종업원은 나중에 오는 손님들을 먼저 안내하고 또 다른 손님들을 안내하면서 우리는 본 척도 안 했습니다. 나가자니 이때까지 기다린 공이 아깝고 목사님에게 미안하고 엉거주춤한 채 한 시간이 넘게 기다려서 들어가 식사를 할 수 있었습니다.

한국 식당은 웬만하면 기다리지 않고 들어가고 오래 기다릴 것 같으면 바로 옆 식당에라도 갈 수 있지만, 여기는 다른 식당으로 가려고 해도 차를 타야 하고 거기서도 얼마나 기다릴지 알 수 없습니다. 나는 '한국이 정말 살기 좋은 나라이구나.'라고 생각했습니다.

얼마 전에 휴대전화가 말을 잘 안 들었습니다. 그래서 아침에 Verizon 점포에 들렀습니다. 들어가자마자 직원이 태블릿을 들고 오더니, 예약했느냐고 물었습니다. 그래서 전화가 오늘 아침에 고장이 나서 예약을 못 했다는 말에 예약이 없으면 오늘은 도와줄 수가 없다고 했습니다. 그럼 언제 도와줄 수 있느냐고 물었더니 3일 후로 예약을 주는 것이었습니다. 나는 3일 동안 아내의 전화를 빌려 쓸 수밖에 도리가 없었습니다.

이어령 선생님의 『바람이 불어오는 곳』이라는 책을 읽으면서 프랑스에 가서 예약이 없어 고생한 이야기가 생각이 납니다. 소위 문명국이라고 하는 서구 사회는 예약이 없으면 아마 변소에도 마음대로 못 갈지도 모릅니다. 친구의 집에 들르려고 해도 미리 전화하고 시간을 약속해야 합니다. 옛날 시에 나오는 '행운유수(行雲流水)'라고 지나가다가 들렀다고 웃으며 오는 친구도 있을 수 있고, 지나가다가 들렀다는 친구를 위해 주안상을 차려 내오는 일은 서구 문명사회에는 없습니다. 하기는 누가 우리 집을 방문하려면 동네의 게이트를 통과해야 하는데 나에게 전화로 이런 사람이 왔는데 들여보내도 되느냐고 묻고 방문객의 신분증까지 보여 주어야 하는 세상입니다.

옛날 대학 시절 친구가 내 방문을 벌컥 열고 "야! 지금 뭐하니?" 하고 들어오던 그 시절이 아름다운 추억으로 생각나기도 합니다.

플로리다의 응급실에서

사람이 은퇴하면 신분이랄까 정체성이 없어지는 것이 가장 큰 문제라고 하겠습니다. 현직 의사로 있을 때는 병원에서 환자를 진료하고 오더하고, 간호사들을 리드하면서 진료했습니다. 그런데 은퇴하고 나니 병원에 발을 들여놓을 수조차 없습니다.

지난주일 우리 막내딸이 설사하기 시작했습니다. 건강하지 못한 딸이라서 항상 마음을 놓지 못하고 사는 처지입니다. 딸은 어디가 아프면 식음을 전폐하고 누워 있습니다. 설사를 몇 번 하고 나니 탈수가 되었을 텐데도 마실 것조차 있는 힘을 다하여 항거합니다. 하루가 지나니 탈수 현상이 꽤 심합니다.

나는 병원에 가서 수액을 맞춰야겠다고 생각하고 병원에 전화했습니다. 여기에서는 예약하지 않고는 의사를 만날 수가 없습니다. 나는 오하이오에서 하던 것처럼 수액을 처방받아 집에 와서 내가 놓아 줄 것을 생각하고는 응급실에 갔더니 내 생각은 어림도 없는 생각이었습니다. 등록하고는 환자를 응급실 안으로 데리고 가는데 보호자는 들어오지 못한다는 것입니다. 나는 환자의 아버지요 또 나 자신이 의사라는 것을 밝혔는데 응급실의 직원은 눈도 깜짝하지 않습니다. 아마 한시간이 지나서 가족의 명찰을 주길래 달고 들어갔더니 의사가 와서 진찰했다고 하고 검사한다고 피를 뽑고 하더니 수액을 연결했습니다.

나는 의사에게 탈수 현상 때문에 수액을 처방받으러 왔다고 하고는 의사인 내가 집에서 수액을 놔주면 안 되겠느냐 하니까 수액은 병원 밖으로는 못 나간다고 했습니다. 검사 결과로는 응급실 Observation Unit에 입원해야 할 것 같다고 했습니다. 그리고는 말도 붙이지 못하도록 돌아서서 나가버렸습니다. 내가 의사를 본 것이 그것이 처음이자 마지막입니다.

나는 그저 초라하게 침대 옆에서 기다릴 수밖에 없었습니다. 내가 할 수 있는 건 수액이 너무 빨리 들어가니까 혹시 폐부종이 생길지 몰라서 수액의 속도를 조절하는 것뿐이었습니다. 아마 한 시간쯤 있으니까 검사 결과가 나왔는데 탈수 현상이 심하다는 것이었습니다. 탈수 현상은 병원에 데리고 올 때 내가 진단하여 데리고 온 것이고 검사 결과를 좀 볼 수 없느냐고 하니까 안 된다고 했습니다. "나도 의사이니까 검사 결과를 보면 나도 짐작을 할 수가 있다."라고 하니까 간호사가 나를 똑바로 바라보면서 "오늘 당신은 의사가 아닙니다. 다만 환자 가족일 뿐입니다. 이 병원에서는 가족이 검사 결과를 볼 수 없게 되어 있습니다."라고 잘라 말했습니다.

환자 가족이 검사 결과를 볼 수 없다는 말에 동의할 수 없었지만 내가 갑이 아니니 무엇이라고 말할 처지가 아니었습니다. 나는 하루 종일 환자의 옆에서 수액이 들어가는 것만 지켜볼 수밖에 없었습니다. 오후 5시쯤 다시 피를 뽑아 검사를 보냈습니다. 그리고 6시쯤 간호사가 아직도 탈수 현상이 있으니 오늘 밤은 입원하여 수액을 맞아야 한다고 했습니다.

병원에서 해주는 것은 설사약과 수액뿐입니다. 그리고는 의사는 입원해 있는 동안 한 번도 나타나지 않았습니다. 나는 저녁에 Nurse Practioner가 오길래 검사 결과를 물어보았더니 Na이 150으로 높다고 했습니다. Na의 수치가 144로 되지 않는 한 퇴원을 못 한다는 것이었습니다. 나는 "그럼 지금 맞고 있는 수액이 5% Glucose in Saline이니 수액을 바꾸어 주어야 하지 않겠느냐?"라고 하니 좀 못마땅하다는 듯이 쳐다보고서 나가서는 수액을 바꿔 가지고 왔습니다.

그 수액은 5% Glucose in 1/2 Saline이었습니다. 나는 가만히 있을 수밖에 없었습니다. 간호사가 수액을 확 틀어 놓고 나가버리니 수액의 속도를 내가 조절하고 폐의 부종이 안 생기도록 조절하였습니다. 수액이 다하면 내가 나가서 수약을 타다가 연결하곤 했습니다. 이렇게 밤을 지새웠습니다. 아침에 딸의 증세는 많이 나아졌지만, 병실을 들여다보는 것은 담당 간호사가 몇 시간에 한 번 얼굴을 들여다보는 것 외에는 아무것도 오지 않았습니다.

딸애의 손목에 맨 띠 바코드에 계산 칩이 있는데 한 가지 하고 찍고 한 가지 하고 찍고 정신없이 찍어댑니다. 간호사가 수액을 잘못 가져와서 다시 가져오면서도 찍고 수액을 주는 줄을 만지다가 잘못되어 간호사가 다시 가져오면서도 찍고 그야말로 하나도 빠짐없이 찍어대는 것이었습니다.

이 병원은 보통 내 병원이나 내가 근무하던 병원의 간호사들과는 달리 얼마나 불친절한지 모르겠습니다. 잠시 수액이 떨어졌다고 알려 주러 간호사 데스크에 가면 금방 경비원이 어슬렁거리며 나에게 무엇이 필요하냐고 묻곤 했습니다. 물론 응급실이니 별별 환자들이 모두 오니 경비를 해야겠지만 이건 마치 범죄자의 소굴에 와있는 느낌이었습니다. 나는 가능한 한 밖에 나오지 않고 방의 의자에 꼼짝하지 않고 앉아서 책만 읽고 있었습니다. 정말 비행기를 탄 것보다 더 괴로웠습니다. 밤을 이렇게 새우고 아침 10시쯤 되니까 다시 피를 뽑아 갔습니다. 그리고는 오정쯤 되어 간호사가 와서는 아직도 Na이 148이어서 퇴원은 안 된다는 것이었습니다.

나는 딸에게 사정했습니다. 자, 이제 물을 좀 마시자고 그리고 온갖 사정을 다 한 끝에 딸이 주스와 물을 마셨습니다.

오후 4시에 다시 피를 뽑아 갔습니다. 그리고 5시쯤 되어 간호사가 와서 이제 Na이 140으로 내려왔으니 퇴원을 시킬 거라고 했습니다. 그리고 5시 반이 되어 Nurse Practitioner가 와서 퇴원 수속을 하라고 했습니다. 담당 간호사가 가서 퇴원 수속을 한 시간이 더 걸린 후에야 퇴원이 되었다고 가라고 했습니다. 제게 의무기록을 달라고 했더니 아주 냉랭하게 기다리라고 하고는 다시 한 시간을 기다려야 했습니다. 그리고 7시가 넘어서 의무기록을 갖다주었습니다. 나는 치료해준 간호사에게 고맙다고 인사를 하고 나왔습니다.

병원에 들어온 지 36시간밖에 안 되었는데 나에게는 마치 몇 달이 되는 듯 지루하고 긴장되고 힘든 시간이었습니다.

집에 와서 가만히 생각해 봅니다. '한국의 의료 시스템이 미국의 의료 시스템보다 훨씬 잘되어 있고 의료인들이 친절하고 잘 되어있구나.'라고 생각했습니다.

반강제 크루즈여행

지난 2월 초 크루즈여행을 했습니다. 한국에서 같은 병원에 근무하던 친구들과 여행하기로 2년 전에 약속하고 예약까지 했는데 코로나로 연기하고 또 연기를 했습니다.

아직도 코로나가 극성을 부리고 있으니 겁이 나서 선뜻 나설 수가 없었습니다. 그래서 다시 연기하려고 했더니 Celebrity회사에서 "우리 회사는 모든 크루즈여행이 진행되고 있는데 안 가겠다는 것은 당신들의 사정입니다. 그러니 우리 회사에서는 더 이상 연기를 해줄 수도 없고 2년이 지났으니 환불도 해줄 수 없습니다. 그러니 여행을 가든지 아니면 지불한 금액을 포기하든지 신중히 생각하여 처리해주시기 바랍니다."라는 아주 정중하면서도 냉정한 연락을 해왔습니다.

같이 여행을 가기로 했던 친구들은 "부부가 합하여 5천 불이 넘는 돈을 포기할 수 없고 회사에서 방역을 철저히 한다고 하니 갑시다."라는 쪽으로 의논되었습니다. 그래도 나는 포기하고 싶었으나 멀리 캘리포니아와 조지아에서 오는 친구들의 집합소가 우리 집이어서 나 혼자 빠진다고 하기가 어렵게 되었습니다.

'그래. 가자. 요새는 코로나가 독감 정도밖에 안 된다고 하더라.'라고 생각하고 여행을 떠나기로 결심했습니다. 주위의 친구들과 교우들은 잘못 생각하는 것이 아니냐고 만류하고 친구 하나는 완전히 미쳤구나라고 했지만, 우리 집이 집합소여서 친구들이 모이는데 "나는 안 가겠으니 당신들만 가시오."라는 건 사람으로서 할 수 있는 일이 아니었습니다. 해서 출항 48시간 전에 코로나 검사를 하여 음성으로 나와야 할 것이라고 조건을 달았습니다. 선박의 직원은 아침마다 검사하여 코로나에 음성이 되어야만 일을 하게 되었다고 하였습니다.

출항 전 이틀 전에 일행이 우리 집에 집합하여 하루 전에 코로나 검사했는데 모두 음성으로 나왔습니다. 일행은 내 차에 모두 짐을 싣고 Fort Lauderdale로 갔습니다.

과연 회사에서는 검사를 철저히 했습니다. 시간대로 사람을 많이 모이지 않게 분류하고 백신을 맞았다는 증명서, 코로나 검사에서 음성이라는 서류를 3곳에서 조사를 했습니다. 곳곳에 마스크와 손 세척제가 비치되어 있었고, 방에도 마스크가 놓여있었습니다. 3,000명이 정원인데 여행객은 천여 명밖에 안 되었고, 도리어 직원이 더 많은 것 같아서 그리 북적이지 않은 여행이 되었습니다. 쇼핑 구역이나 카지노에도 사람들이 별로 없고 식당에도 자리가 많이 남았습니다.

이렇게 12일 동안의 장정이 시작되었습니다. 잔걱정이 많은 나는 뷔페식당에는 산처럼 음식이 쌓여있는데 남은 음식을 어쩌나 걱정했습니다. 처음 2일은 그저 해상에서 지냈는데 수영장에서 선탠을 하는 노인들, 수영장에는 젊은이들의 천국이었는데 직원이 많이 남아서 그런지 벤치에 누워서 마실 것과 먹을 것을 주문하여도 금방 갖다주는 등 서비스가 아주 좋았습니다.

2일이 지나고 St. Croix US Virgin Island에 도착했습니다. 나는 하고 싶지 않은 여행이어서 Land Excursion을 별로 계획을 하지 않았습니다. 그냥 섬에 닿으면 내려서 해변가를 산책하고 주위에서 shopping이나 하다 들어오려고 생각했는데 그게 아니었습니다. 관광사업이 주산업이라는 섬에서도 코로나바이러스 걱정 때문인지 세관문 밖으로 나가지 않고 다만 회사에서 운영하는 관광버스만을 이용하는 excursion만을 허락되었습니다. 그래서 미리 Land excursion표를 사지 않은 사람은 섬 안으로 들어갈 수조차 없었습니다. 우리는 배에서 내렸으나 정작 섬에는 들어가 보지도 못하고 세관에 붙어 있는 쇼핑센터에서 기념품만 몇 개 사서 들어올 수밖에 없었습니다.

다음날도 마찬가지입니다. 다음날은 St Kitts. 다음날은 Barbados 동쪽의 칼리비안 섬들을 돌고 돌았는데도 섬에 상륙은 거절당했습니다.

우리는 다음날 Grenada에 갈 때는 Land Excursion 표를 하나 샀습니다. 코로나 때문에 2시간 시내를 구경하는데 1인당 80불을 요구했습니다. 버스를 타고 시내를 지나가면서 이곳은 무엇이고, 이곳은 무엇이라면서 다시 해변가에 내려주고는 바다를 구경하라는 것이었습니다. 바다는 배에서도 실컷 구경했는데 굳이 섬에서 내려서까지 다시 바다를 구경한다는 게 좀 싱거웠습니다.

그래서 다음부터는 아예 섬에 상륙하지 않기로 했습니다. 배에 있는 식당에서는 영업이 안 되어서 그런지 직원들이 우리의 식사하는 곳에 찾아와서 식당 선전을 하고 인하된 가격으로 모신다고 유혹했습니다.

우리는 1인당 50불이면 고급 식당에서 두 번 식사한다는 프로그램을 샀습니다. 그리고 저녁에 그야말로 고급 식당으로 갔습니다. 여기서는 Surf and Turf를 서브했는데 랍스터는 우리 동네의 큰 새우만 한 것이고 접시에 데코레이션을 정말 아름답게 그려 놓았을 뿐 스테이크는 맛이 있다는데 나 같은 촌놈은 그저 그런 것 같았습니다. 그러나 접시 위에 레이저로 아름답게 그림을 그려주고 테이블에서 불놀이를 하는 등 우리를 즐겁게 해주려고 노력했습니다.

그런데 나는 뷔페식당에서 내가 먹고 싶은 것을 골라 먹는 것이 더 좋을 것 같았습니다. 뷔페식당에는 인도, 중국, 타이랜드, 이탈리아 음식과 샌드위치, 각종 과일과 아이스크림이 산처럼 쌓여있어서 매끼 배가 아프도록 먹을 수 있었습니다. 사람이 간사해서 그런지 이런 음식을 한 3일 먹었더니 시원한 냉면이 한 그릇 먹고 싶어졌습니다. 여기서는 안 먹으면 왠지 손해를 보는 것 같아서 잘 안 먹던 고기와 아이스크림, 과일 등을 계속 먹으니 소화가 안 되어 며칠 고생했습니다.

그렇게 가고 싶지 않았던 12일간의 크루즈도 결국 끝이 났습니다. 배에서 하선하면서 하고 싶은 사람은 코로나 검사를 다시 하라고 하는데 검사하려면 한 시간을 기다려야 하고 또 45분을 서류를 만들기 위해 기다려야 한다고 하여 그냥 집으로 왔습니다. 친구들을 그들의 집으로 보내고 우리도 3일 있다가 다시 코로나 검사를 하니 모두 음성으로 나왔습니다.

3년을 끌면서 가느니 안 가느니 하던 크루즈여행을 끝을 냈습니다. 그래도 즐거운 여행이었고 친구들과 매일 수다를 떨며 재미있게 지내고 맛있는 음식을 체하도록 먹은 여행이었습니다.

개의 분비물

    지난 십여 년 사이로 개의 견구(犬口)가 부쩍 늘어났습니다. 아침에 운동을 나가면 개를 끌고 나오는 사람이 많습니다. 어떤 사람은 개를 두 마리씩이나 끌고 나와서 길을 휘졌습니다. 사람이 걸어 다니는 보도에서 사람이 비켜야지 개가 사람을 비켜주는 법이 거의 없습니다.

    요새 법은 여자가 오면 남자가 길을 비켜주는 것이 도리이겠지만 결과는 개에게 사람이 길을 양보하는 셈입니다. 요새 개의 위력은 대단합니다. 얼마 전 친구가 보낸 카톡에는 어떤 여자가 어린애의 허리에 끈을 매어서 끌고 가고 등에는 강아지를 업고 가는 사진이었습니다.

    지금은 개새끼가 애완견이 되고 반려견이 되어서 개의 치료비가 사람의 치료비보다도 비싸고 개의 옷이 사람의 옷보다 비싼 시대가 되었습니다. 수의사가 되겠다는 아이들도 늘어났습니다. TV에는 버려진 가난한 개를 돕자는 캠페인으로 시끄럽고 돈을 내라는 편지가 심심치 않게 옵니다. 옛날에도 부잣집 개가 가난한 종놈보다는 호강하고 힘이 강했지만, 지금은 그 현상이 더욱 두드러졌습니다.

    우리 집에서 한 15분 거리에 개의 공원이 있습니다. 그곳에서 개를 산책시키고 개들끼리 교제도 하게 하고 앉아서 간식도 먹는 공원입니다. 개에게 유산을 물려준다는 일은 이제 해외 토픽에 나오는 진귀한 이야기가 아니라 우리 주위에서 흔히 볼 수 있는 세상입니다.

그 저변에는 늙은 부모를 동네 개보다도 못하게 생각하는 젊은 자녀에게 부모가 주는 보복이기도 하겠지만, 아는 변호사 한 분의 말씀이 이제 Trust를 만들어 개에게 유산을 준다는 사람들이 꽤 생겼다고 합니다. 반려견이 죽으면 장례식을 지내주는데 개의 장의사가 생겨서 개를 비싼 관에 넣어 무덤을 만들고 비석을 세우는데 만 불이 더 든다고 합니다.

오하이오에 사는 딸의 집에도 개가 한 마리 있습니다. 그 개의 나이가 20년이 거의 되었습니다. 개의 일 년은 사람의 7~8년에 해당한다고 합니다. 사람으로 치면 100세를 훨씬 넘겼습니다. 이제는 너무 늙어 자꾸 집안에다 똥을 싸고 음식도 잘 못 먹고 누워 있다고 합니다. 그래서 가족들 의논 끝에 가축병원에 데려다가 안락사를 시키기로 결정을 보았다고 합니다. 그런데 문제는 손자들이 울고불고 난리를 치고 대학의 기숙사에 있는 손자들이 개들의 환송 예배에 참석하러 온다고 합니다. 그리고 안락사를 시키는 가축병원에 데리고 가고 안락사를 시킨 후 화장하여 집 뒷산에 묻어 줄 거라고 합니다. 그 이야기에 나는 할 말이 없습니다. 그들의 부모에게 그렇게 하면 효자 소리를 들으련만….

아침 운동을 하러 나가면 개를 끌고 나오는 아저씨와 아주머니들 때문에 골치가 아픕니다. 대개 개들은 사람들이 사는 지역에서 훈련을 받아 조용히 지나가지만 어떤 개들은 사람들을 보고 짖기도 합니다.

그러면 어떤 아주머니는 사람을 보고 짖는 개가 신기한 듯이 개에게 잘한다라는 듯 머리를 쓰다듬으며 웃는 사람도 있습니다.

토끼만 한 푸들이 있는가 하면 털이 매끈한 작은 개도 있고 곰 새끼만 한 시꺼먼 큰 개도 있습니다. 얼마나 개가 많은지 개 동네인가 할 정도입니다. 보도의 양쪽의 풀밭에는 개똥이 여기저기 눈에 띕니다. 개가 똥을 누면 봉지에 담아서 집에 가서 버려야 하는 것이 법이지만 그 법을 지키지 않는 사람이 많습니다.

우리가 어려서 한국에 살 때 미국인은 누가 보든 안 보든 법을 잘 지키는 사람들이라고 배웠는데 꼭 그렇지만도 않습니다. 50대 중반인 듯한 여자를 매일 만납니다. 그 여자는 아주 큰 검은 개를 데리고 다니는데 이발을 하지 않아서 털이 푸석하고 더러워서 보기에도 흉합니다.

얼마 전 아침 산책을 하는데 그 여자가 개와 저 앞을 걸어가고 있었습니다. 아마 그 여자는 우리가 떨어진 거리에서 뒤를 따르는 줄 몰랐던 모양입니다. 그 큰 개가 보도 옆의 잔디에다 큰일을 보는데 가만히 서 있다가 개가 큰일이 끝나자 아무 일도 없었다는 듯이 그냥 가버리는 것입니다. 개도 소변과 대변 볼 때의 자세는 다릅니다. 그래서 아무리 멀리서라도 개가 소변을 보는지 대변을 보는지는 알 수 있습니다. 그 여자가 가고 내가 그곳을 지나가면서 보니까 아주 시커먼 대변이 한 무더기 쌓여있었습니다. 그러다가 그 여자가 우리가 뒤로 따라가고 있다는 것을 안 모양입니다. 다음 날 아침에는 약간 멋쩍은 표정으로 하이 하고 지나갔습니다. 요새도 거의 매일 그 여자를 만납니다. 물론 아무 말 하지는 않지만, 그 여자를 볼 때마다 개똥 생각이 나서 좋게 보이지 않습니다. 그 여자도 이제는 플라스틱 봉지를 들고 다닙니다. 그러나 사람들이 안 보면 그냥 지나갑니다. 우리는 멀리서 그 여자의 그런 모습을 몇 번이나 보았습니다.

우리 집 건너편에 캐티라는 여자 노인이 있습니다. 모습도 깨끗하고 참으로 교양이 있는 노인입니다. 그도 개를 끌고 아침마다 나옵니다. 그녀의 개도 여기저기에서 큰일을 봅니다. 캐디는 꼭 플라스틱 봉지에 담아서 집으로 가져갑니다. 아내는 그것을 보고서 "나는 그 미지근하고 물컹하는 것을 기분이 나빠 어떻게 손으로 집을까. 난 개가 아무리 좋아도 그 짓은 못 할 것 같아. 아이 징그럽고 기분 나빠. 정말, 사람이 개의 노예가 된 것 같아."라면서 몸서리를 칩니다.

나도 가만히 생각하면 아무리 플라스틱 봉지라고 하지만 매번 그 똥을 어찌 손으로 만질까요? 아마도 자기 애들이 자랄 때는 그렇게는 안 했겠지요. 그냥 기저귀에 싸서 버렸을 테니까요. 정말 개를 사랑하는 그 마음이 자기 자식이나 부모를 사랑하는 마음보다 더 지극한 것 같습니다. 부모님이 요양원에서 변을 못 가릴 때 그것을 손으로 치워주는 자식들이 몇 명이나 되겠습니까.

지금은 옛날의 상식이 통하는 시대가 아닙니다. 부모님이나 자식들의 변은 만지지 못하면서 개의 변은 아무렇지도 않게 만지는 세상. 미지근하고 물컹한 느낌. 그리고 고약한 냄새 그것을 조금도 마다하지 않고 하루에도 몇 번씩 개를 끌고 나오는 아저씨들과 아주머니들, 아가씨들을 보면서 참말로 세상이 어떻게 변해가는가 하고 쓸데없는 번민에 빠집니다.

변덕

친구들이 자식과 손자들이 왔다 갔다고 하면 은근히 부러워지고 '우리 자식들은 왜 안 오나.'라는 생각을 합니다.

지난달 딸의 식구가 Spring break에 온다는 소식이 왔습니다. 그런데 평소 허리가 아프고 무릎이 아프다던 아내가 그때부터 '내가 언제 아프다고 그랬느냐'는 듯이 바빠지기 시작했습니다. 딸이 좋아하는 음식을 만들기 시작했습니다. 게 찌개를 해달란다면 알래스카 게를 한 상자를 사 오고, 제육볶음도 좋아한다면서 제육을 재고, 오이소박이도 담갔습니다. '우리가 사는 게 애들을 보는 것보다 더 좋은 낙이 어디 있겠느냐'고 신나서 며칠을 준비했습니다. 내 방에서 책을 보고 있는 나를 불러서 간이 맞느냐, 또 맛이 어떠냐고 시간마다 불러냈습니다.

일주일을 머물다 간다는데 그 기간에는 아무런 약속을 만들지 않고 기다렸습니다. 오후 4시 40분에 비행기라고 했는데도 혹시 일찍 도착할 수도 있지 않겠느냐면서 한 시간 일찍 공항에 나가서 기다렸습니다. 그런데 비행기가 일찍 도착하는 수도 있지만 대부분 늦게 도착하지 않습니까? 그래서 공항에서 2시간이나 기다린 끝에 아내는 멀리서 딸네 식구가 보이니 뛰어가고 야단이 났습니다.

그날부터 집안이 떠들썩했습니다. 저녁을 먹고 딸네 식구와 오랜만의 그동안 이야기로 떠들썩하고, 나의 서재는 임시로 손자 녀석에게 접수당했습니다. 나는 초저녁 9시면 자고 아침 3시 반에 일어나 4시면 운동을 나가는데 이날은 12시가 다 되도록 잠을 못 자게 했습니다.

다음 날 아침 4시에 운동을 나갔는데 많이 피곤했습니다. 그리고 애들은 아침 9시가 되어야 일어납니다. 나는 9시면 한낮의 시간입니다. 그때 일어나 씻고 뭘 하고 아침을 10시나 되어서 먹습니다. 그리고 12시부터는 수영과 쇼핑을 하고 플로리다 관광을 한다는 그들을 따라다니느라고 정신이 없습니다. 아내는 굼뜬 나한테 왜 좀 더 적극적으로 딸네를 안내하지 않느냐면서 침을 주지만 내가 어떻게 젊은 사람들의 뜻을 알아서 척 척 미리 대령을 합니까?

큰 밴에 모두를 태우고 비치로 갔습니다. 물론 가기 전 마실 것과 간식을 사서 얇은 지갑이 더 얇아졌습니다. 비치에 가서 그들은 신나게 물에서 놀고 나는 그냥 우산 밑에서 책이나 읽으려고 했는데 색안경 속에서 책이 잘 읽히지 않았습니다. 그래서 애꿎은 스마트폰만 들여다보다가 그것도 그만두고 사람들이나 구경했는데 뚱뚱한 노인네들이 바닷가를 어정어정 걷는 모습이 그다지 아름다운 것은 아닙니다.

3시간쯤 있다가 집에 돌아와서 다시 몸을 닦고 애들이 점 찍어둔 식당으로 갔습니다. Flipper라는 해변의 식당인데 집에서 약 30분 이상을 거리의 해변가에 있었습니다. 인터넷을 보고 결정했는데 전화를 해보니 지금 기다리고 있는 사람이 23번이 있으니 빨리 오면 2시간 안에 들어갈 수 있다는 이야기입니다. 딸은 이왕 왔으니 그걸 먹어야겠다고 하여 식당에서 2시간 반을 앉아 기다리다가 들어갔습니다. Seafood 식당인데 얼마나 소란스러운지 동대문 광장시장은 거기다 대면 숲속의 산사(山寺) 같을 것입니다. 다가온 종업원에게 악을 쓰는 것처럼 음식을 주문하고 다시 30분을 기다리다가 음식이 왔는데 벌써 시간은 9시가 지났습니다. 내가 자는 시간이 벌써 지난 것입니다. 별로 맛도 없이 비싸기만 한 음식을 먹고 집에 오니 11시 반이 되었습니다. 3시간을 자고 아침 운동을 나가니 무슨 큰일이나 한 듯이 피곤합니다.

다음날 또 어디 어디를 가자고 하는데 피곤하여 "야, 우리 차를 빌려서 너희가 운전하고 다닐래?"라고 유혹을 해보았으나 "아니, 할아버지가 운전하고 다니는 것이 더 좋아요."라고 합니다. 물론 좋겠지요. 온갖 비용이 나의 지갑에서 나가니 나와 함께 하는 게 편리할 것 아닙니까? 할 수 없이 아침에 식당에서 아침을 먹이고 지도에서 가리키는 대로 일당을 모시고 Naple로 Allegator Farm으로 모시고 다녔습니다. 작은 배를 타고 나가서 악어들을 보고 '야, 저기 봐라.' 하면서 신이 났는데 나는 피곤하여 하나도 신이 나지 않으니 아내의 말마따나 나는 할아버지의 자격 미달입니다.

또 저녁을 먹으러 나가자는 걸 사정하여 중국 음식을 사다 먹기로 합의를 보았습니다. 그리고 그날은 특별 허락을 받고 9시에 잠자리에 들었습니다. 다음날은 애들은 클럽하우스에 있는 수영장으로 내보내고 오래간만에 TV를 보면서 낮잠도 잤습니다.

다음 날 아침을 느지막하게 먹고 Florida에서 유명한 Flea Market으로 가자고 했습니다. 우리 집에서 한 30마일 떨어진 Flea Market으로 모시고 갔습니다. 손자들에게 얼마씩의 군자금을 나누어 주고는

2시간 동안 너희 마음대로 돌아다니다가 여기에서 오후 1시에 만나자고 약속하고 우리 부부는 식당 옆 의자에 앉아 기다렸습니다. 애들은 신이 나서 자기들끼리 돌아다니기 시작했습니다. 한참 후 무엇을 샀는지 한 보따리씩 안고 나타났습니다. 그리고는 배가 고프다고 하여 그곳에서 햄버거, 핫도그, 피자를 사서 먹는데 젊은 친구들이 되어서 그런지 참 많이도 먹습니다. 햄버거, 프렌치프라이를 게눈감추듯 하고는 다시 핫도그를 한 개씩 더 먹어댑니다. 나도 젊었을 때 그랬을까 하고 부럽기도 하고 기가 막히기도 합니다. 그러고도 집에 돌아와서도 금방 배가 고프다고 하여 스테이크를 구웠는데 내 손바닥보다도 큰 스테이크를 두 개씩 꿀떡합니다.

이렇게 한 주일이 지나갔습니다. 이제 돌아갈 시간입니다. 아침을 식당에서 먹고 나서 모두를 싣고 공항으로 갔습니다. 공항에서 할아버지, 아버지인 나를 포옹하더니 "일주일 동안 너무도 고마웠어요, 사랑해요."라고 하는데 공연히 눈물이 납니다. 있을 때는 마치 도깨비들이 온 것 같아서 힘이 들더니 간다고 하니까 섭섭한 겁니다. 아내와 딸은 눈물을 찔끔거리며 손을 흔듭니다.

내가 "아니, 뭘 야단이야. 이제 몇 개월 있으면 다시 만날 텐데…." 아내는 "그래도… 당신은 참 매정한 사람이에요."라고 핀잔을 줍니다. 그들이 게이트 쪽으로 사라지고 나서 우리는 집으로 왔습니다. 집안은 공허하고 조용합니다. 그리고 내 서재를 다시 찾아 TV를 틀어 놓고 컴퓨터를 켜니 다시 정상으로 돌아왔습니다.

나는 사람들이 왜 손자들이 오면 교회에 감사헌금을 100불하고 손자들이 가면 200불을 헌금하는지 알 것 같았습니다.

Doggy Bag

오래전 제가 한국에서 살 때는 음식점에서 먹다가 남은 것을 싸가지고 간 일이 기억이 나지 않습니다. 물론 그때는 음식을 싸갈 그릇도 없었고 음식을 싸갈 준비도 안 되었기 때문이기도 했을 것입니다. 그리고 우리 아버지 세대에서는 남자가 남은 음식을 싸 오는 것을 수치로 알고 있었습니다.

우리 한국 음식은 집으로 싸가기에는 불편한 점도 있습니다. 국물이나 채소, 고추장, 간장 같은 것은 들고 가기에는 불편한 점이 많습니다. 또 옛날에는 음식을 싸갈 용기가 없기도 했습니다. 양식은 스테이크도 프렌치프라이도 싸가기가 편리하고 피자나 샐러드도 싸가기가 편리하지만, 우리 음식은 좀 다르지 않습니까.

미국에 처음 왔을 때 여럿이 식당에 갔는데 상당히 깔끔한 선배님이 먹다 남은 스테이크를 싸 달라고 하면서 "Doggy bag, please."라고 하는 것을 듣고 참 이상하게 생각을 했습니다. 그러면서 그 선배님은 "미국에서는 남은 음식을 싸달라고 할 때 'doggy bag'이라고 하면서 집의 개에게 갖다준다고 하지만 집에 가서 내가 먹는 거야. 잠시 내가 개가 되는 거지. 저 사람들도 다 알아." 하면서 웃으셨습니다. 그때 나는 선배님이 좀 이상하게 보였습니다. 그러나 스테이크는 곽에 그저 담아 가지고 오면 국물이 흐르는 것이 아니라서 그러려니 했습니다.

그 후 식당에 가는 일이 많아지면서 'doggy bag'에 싸가는 것이 그리 이상하게 보이지 않았습니다. 상당히 신사로 보이는 손님들이 소위 'doggy bag'에 담아 가지고 가는 것을 볼 수 있었습니다. 그래도 눈치가 빠르지 못한 나는 '미국 음식이야 싸간다지만 국물이 많은 한국 음식이야 싸갈 수 있으랴.' 하고 생각했습니다. 그런데 세월이 흘러 오하이오 촌에서 뉴저지로 이사를 오고 한국 음식점에 다니다가 보니까 '한국 음식도 싸갈 수 있는 거로구나' 하고 생각하게 되었습니다. 또 젊어서는 많이 먹었지만, 나이 들어 먹는 양이 적어지자 나에게도 'doggy Bag'이 아주 필요한 존재가 되어버렸습니다.

비싼 음식을 반도 못 먹고 나오니 아깝고 다 먹고 나오자니 위에 많은 부담이 됩니다. 그래서 다 먹고 오는 날보다 남은 음식을 싸가지고 오는 날이 많아졌고, 집에 가지고 와서 저녁에 먹으니 한 끼 값을 내고 두 끼를 먹어서 경제적이기도 했습니다. 그러나 솔직히 집으로 가져온 음식은 식당에서 먹는 것보다 많이 변해서 맛이 없습니다. 처음에는 쑥스럽고 미안하여 망설였지만, 점점 배짱이 생기는지 아니면 얼굴 가죽이 두꺼워지는지 싸달라고 하는 날이 많아졌습니다. 그래도 아직 남은 음식을 싸달라고 할 때는 매우 쑥스럽습니다.

이제 음식점에서도 으레 싸줄 준비가 되어있습니다. 그러니 여럿이 모여 식사하고 끝날 때쯤에는 남은 음식을 싸가느라고 식탁이 분주하게 되었고, 식사가 끝나고 갈 때쯤 되면 종업원이 싸갈 용기를 갖다주느라고 바쁘게 되었습니다. 이제는 'doggy bag'이라고 부르지 않고 'carried out bag'이 되어버리고 말았습니다.

사실 먹는 양이 줄어든 요즈음 식당의 음식은 양이 많습니다. 그래서 주는 음식을 다 먹을 수 없을 때가 많습니다. 물론 싸갈 수 없는 음식들 냉면이나 국밥 같은 것은 집으로 싸 올 수는 없지만 웬만한 음식은 거의 가져올 수 있도록 변했습니다.

나는 손에 들고 다니는 걸 싫어해서 가능한 한 남은 음식을 가지고 오는 것에 거부감이 있습니다. 그래서 가끔 아내와 갈등을 빚을 때도 있습니다. 하기는 코로나 사태 이후로는 식당에서 음식을 먹는 사람도 있지만, 그냥 싸가지고 가는 Carry Out 손님들도 많이 있기 때문에 종업원 중에는 남은 음식을 싸는데 아주 숙달된 것을 볼 수 있습니다. 남은 음식을 싸갈 용기를 애피타이저로 주문한 해물파전. 빈대떡 갈비들은 싸갈 수 있고 요새는 갈비탕도 담아주는 용기가 있어서 조금도 불편하지 않게 담아줍니다.

우리 부부 둘만 식당에 갈 때는 아내는 미리 한 사람분을 나누어 먹고 한 사람분은 싸달라고 합니다. 항상 여자의 머리가 남자들보다 잘 돌아가고 똑똑합니다. 또 여성 상위시대에 살다 보니 웬만한 일에는 여자가 지시하는 대로 살 수밖에 없습니다. 그래서 요새는 아내가 으레 싸달라고 하고 나는 딴청하고 못 본 체하기 일쑤입니다. 그날 저녁은 아내는 요리에서 해방되고, 저녁은 남은 음식을 소화해야지요.

그런데 요새는 주객이 전도된 느낌을 가질 때가 있습니다. 어떤 식당은 식사를 주문하면 샐러드 바에 가서 실컷 먹으라는 식당이 있습니다. 우리는 그저 애피타이저로 조금 먹고는 본 식사를 하는데 여럿이 식당에 가면 여자들은 애피타이저로 배를 채우고 본 식사는 집으로 가져온다고 합니다. 이런 일은 하지 않았으면 합니다만 잘못 목소리를 냈다가는 여자들의 총공격을 받고 창피만 당할 수 있어 아무 말도 못하고 구석에 앉았습니다. 나는 수줍음이 많아서 그러지 말자고 하고 본 음식을 먹고 나오지만, 그럴 때마다 아내는 나를 마치도 바보로 취급하는 것 같아 기분이 나쁩니다.

오래전 한국에서 아주 돈이 많은 친구와 쌈밥집에 갔습니다. 그런데 나오는 음식이 얼마나 많은지 나온 음식의 삼 분의 일도 먹을 수가 없었습니다. 우리를 데리고 간 친구는 그야말로 억만장자였습니다. 그런데 부인이 가방에서 플라스틱 봉지를 꺼내더니 쌈, 마늘, 고추를 모두 담는 것이 아니겠습니까. 나는 공연히 얼굴이 뜨뜻해지고 그것을 어찌 해석해야 하는지 한참 고민했습니다. 종업원에게 그의 부인이 "남는 것 없이 처분해주니 고맙지요."라면서 오히려 공치사하는 게 아닙니까. 물론 잔반을 처리해주니 식당으로서는 고마울지 모르겠습니다만.

오래전 이천 어느 쌀밥 집에 갔습니다. 정말 인상에 남는 맛있는 집이었습니다. 그런데 나오는 반찬이 어찌나 많은지 나온 음식의 오 분의 일도 먹을 수가 없었습니다. 그날은 남은 음식을 싸갈 수 없는 남자들만의 식사였기 때문에 'doggy bag'이 필요 없었지만 만일 남은 음식을 싸가겠다는 여자분들과 왔으면 어찌했을까 생각하니 웃음이 나왔습니다. 그러나 주객이 전도될 정도로 싸 가지고 오는 것을 볼 때 이제는 'doggy bag'이 아니라 'human bag'이라고 이름을 고쳐야 하지 않을까 생각을 해봅니다. 요새 지위가 상승된 견공(犬公)들이 그런 남은 음식을 먹을 리가 있겠습니까.

Roach Motel

새로 집을 짓고 몇 년 살다 보면 바퀴벌레가 생깁니다.

우리가 사는 Highland Wood에서는 곤충을 진멸하여 주는 회사 (insectcidal company)에서 1년에 두 번 약을 뿌려 줍니다.

회사에서 약을 뿌리고 간 2~3일은 냄새 때문에 방에 들어가기 싫습니다. 그리고 이 독한 약이 우리의 건강에 좋지 않을 거라는 꺼림직한 생각에 한동안 온 집안의 문을 열어두기도 합니다. 그런데 한두 달 있으면 다시 바퀴벌레들이 마치 월남전에 베트콩처럼 출몰합니다. 제일 많이 나오는 곳이 저장공간이고 다음이 싱크대 주변입니다.

이놈들의 동작이 어찌나 빠른지 잡기가 쉽지 않습니다. 눈에 띄었는가 하면 어느새 바닥으로, 가구의 틈새로 사라지고 맙니다. 더욱이 아침에 일어나 양치하려고 칫솔을 입에 물고 있을 때 나타나면 칫솔을 문 채 이들과 싸움하는데 상대가 되지 않습니다. 아차 할 새에 어느 구멍으로 도망을 갔는지 찾을 수가 없고, 잘못 여기저기 치다 보면 손바닥만 아프고 칫솔들이 튀어 나가고 싱크대는 물에 젖습니다. 그러면 애꿎게 싱크대를 청소하느라고 아침 시간만 소비합니다.

어떤 학자가 인간의 전성시대가 끝이 나면 다음에는 개미나 바퀴벌레의 세상이 온다더니 정말 그런 시대가 오지 않을까 생각을 해봅니다. 새가 살아 있을 때는 벌레를 먹지만 새가 죽으면 벌레가 새를 먹는다고 하지 않습니까. 마치 만화 영화처럼 개미와 바퀴벌레가 엠파이어 스테이트 빌딩을 점령하고 인간의 지나간 역사를 이야기할 때가 오지 않을까도 생각을 해봅니다. 하여간 바퀴벌레를 잡는다고 소란을 피우고 나면 아까 그놈인지 아니면 딴 놈인지 다시 나타나서 나의 성질을 사납게 합니다. 나도 쥐띠라서 동작이 빠른 편이지만 바퀴벌레만큼 날쌔지는 못합니다.

언젠가는 아침을 먹는데 식탁에 다갈색의 바퀴벌레가 올라왔습니다. 나는 '야, 이놈!'하고 옆에 있던 책으로 식탁 위의 바퀴벌레를 내려쳤습니다. 나는 바퀴벌레의 비참한 최후를 볼 줄 알았는데 바퀴벌레는 어디로 사라지고 식탁 위의 물컵이 넘어져서 식탁이 물바다가 되었습니다. 아침 밥상은 엉망이 되고 행주를 갖다가 식탁을 훔치고 바지가 흠뻑 젖어서 옷을 갈아입어야 했습니다. 그리고 예상했던 대로 아내에게 핀잔만 들었습니다.

"아니! 바퀴벌레를 손가락으로 잡아야지, 그 두꺼운 책으로 치면 되겠어요. 미련하게스리…. 장비가 이를 잡는다고 이를 바위에 올려놓고 장팔사모로 치면 이가 죽겠어요. 바위만 깨어지고 장팔사모만 망가지지요." 식탁에 물을 쏟았다고 삼국지까지 동원해 가면서 나의 무능함을 나무라는 아내가 원망스럽기까지 합니다. 나는 '또 잘못했구나.' 하고 아무 말도 못 하고 바퀴벌레에 대한 원한은 더 깊어졌습니다.

그래서 전문가를 불렀는데 그의 이름도 무시무시하게 'Terminator'

라고 했습니다. 아널드 슈워제네거 같은 남자인 줄 알았더니 멕시코 사람인지 자그마한 친구가 가스통을 들고 찾아왔습니다. 그리고는 부엌의 싱크대, 욕실 등을 찾아다니며 냄새나는 약을 뿌렸습니다. 아내는 따라다니면서 여기서도 보았다 저기서도 보았다고 손짓을 하면 약을 정말 많이 뿌리고 갔습니다. 나는 마치 핵무기라도 뿌린 것처럼 향후 20년 동안은 다시 안 보게 되었다면서 며칠 동안의 불편을 참아내었습니다. 그리고 일금 350불을 지급했습니다.

그런데 웬일입니까? 3개월이 좀 더 지났을까. 세수하려고 서 있는데 나의 세면대 옆으로 다갈색의 베트콩이 나타난 것입니다. 나는 놀라기도 하고 분개하기도 했습니다. 그래서 할 수 없이 Google을 찾아보았습니다. 바퀴벌레는 약 4,000종이 있다는 것과 인가에 사는 것이 20여 종이 된다는 것이었습니다. 그리고 몇 종류는 병균을 전파하는 매체가 된다고 합니다. 그리고 퇴치법을 10가지나 가르쳐 주었는데 모두 탁상공론이었습니다. 월계수 잎을 바퀴벌레가 나오는 것에 뿌리면 된다고 했는데 월계수 잎을 집 전체에 뿌리라는 것인지 도대체 실현성이 없었습니다. 테이프를 늘어놓고 그 위에 치즈 조각을 놓아두라는 둥, 또 마늘을 갈아서 뿌려 놓으라니 집안을 마늘로 도배를 하란 말입니까. 레몬즙을 구석구석에 뿌리라느니 설탕과 베이킹소다를 섞어 뿌리라느니 도무지 말이 안 되는 이야기를 마치도 와룡선생의 전법처럼 이야기하고 있습니다. 실현성이 전혀 없는 강의를 위한 말이었습니다.

친구가 우리 집에 왔습니다. 그러다가 바퀴벌레 이야기를 하니까 이건 지구전을 써야 한다고 했습니다. 한 번에 없앨 수는 없어서 친구는

Home Depot에 가면 roach Hotel이라는 것이 있는데 그걸 사다가 여기저기 놓아두면 바퀴벌레가 들어가서 죽어버린답니다. 작은 곽이 어서 놓아두기도 쉽고 모양도 그리 흉하지 않다고 했습니다.

나는 곧바로 Lowe에 가서 Roach Hotel이라는 것을 찾았습니다. Roach Hotel은 없다고 하고 roach motel이 있다고 합니다. 바퀴벌레가 호텔과 모텔을 구분하겠습니까. 호텔이 없으면 모텔에서라도 자겠지요 하고 한 아름 샀습니다. 한 곽에 2불 75전, 10박스를 사다가 베트콩이 나올만한 곳에 마치 지뢰를 매설하는 기분으로 여기저기 장치를 했습니다. 작은 곽이라서 부엌 구석, 화장실 구석 바닥, 저장공간 구석에 놓으니 미관상으로도 별로 나쁘지 않습니다.

그런데 roach motel을 장치한 지 한 이틀쯤 후에 곽 안을 들여다보니까 어떤 곽에는 십여 마리 어떤 곽에는 한두 마리가 들어가 있었습니다. 그리고 신기하게도 바닥에 기어 다니는 바퀴벌레가 보이지 않습니다. 참 신기합니다. 곽 바닥에는 약간 끈적끈적한 끈적이가 있고 약간 냄새가 나는 것을 보니 바퀴벌레를 죽이는 약이 뿌려져 있는 것 같습니다. 아마 이 모텔은 한 달 정도 효능이 있을 것 같습니다. 끈적이가 마르고 냄새가 없어지면 다시 바퀴벌레 게릴라가 출현하겠지요. 그래도 10불어치면 한 달을 유지할 수 있으니 100불이면 일 년 동안 바퀴벌레를 저지할 수 있겠구나 싶습니다. 무시무시한 terminator 회사보다도 효과가 있는 것 같습니다.

요새는 바퀴벌레를 볼 수 없습니다. 모두 Love Motel로 들어간 것을 보니 바퀴벌레도 생활이 난잡한 모양입니다.

세금

어느 선비가 산을 넘고 있었습니다. 그런데 한 여인이 채 마르지도 않은 묘에 엎드려서 통곡하고 있었습니다. 선비가 이 여인에게 무슨 사연이냐고 물었습니다. 여인은 남편과 아들 형제가 모두 호랑이에게 해를 당해 죽었다고 했습니다. "왜 사람들이 사는 도시에 들어가 살지 산골짝에 홀로 사느냐."라는 선비의 물음에 "나라의 가렴주구가 호랑이보다도 더 무서워 그런다."라면서 울었습니다.

"어떤 왕이 가장 선군이냐?"는 물음에 첫째로 왕이 있는지 없는지 모르는 왕이 제일 성군이고 다음이 백성을 사랑하고 백성을 위해서 좋은 정치를 만들어 주는 왕이라고 했다고 합니다. 그러니까 있는지 없는지 모르는 왕이 제일 훌륭한 왕입니다.

있는지 없는지 모르는 왕은 어떤 왕일까요? 내 생각에는 '세금이 없는 왕'입니다. 구약성경에는 '십일조'를 강조했습니다. 그것은 수입의 십 분의 일을 나라를 다스리는 사사에게 바치는 것인데 위정자는 그것을 모아 수입이 없는 레위 족과 하나님의 일을 하는 성직자들과 성막을 위해 썼습니다. 요새 수입의 10%만 바치라는 나라가 있다면 그곳을 천국이라고 할 수 있을 것입니다. 세금에 관해서 이야기하자면 어떤 사람들은 미국의 세금이 그리 비싸지 않다고 말합니다. 스위스나 스웨덴 같은 나라는 수입의 65%에서 75%를 세금으로 빼앗아 간다고 합니다. 그래서 수입이 많은 테니스선수나 영화배우는 세금이 없는 모로코로 간다고 합니다. 오래전 뷰엔 보리도 그랬다고 합니다.

한국에서는 월급에서 떼어가니까 얼마를 내는지도 모르고 그저 월급이 적으려니 했습니다.

미국에서 개업하면서 수입이 좀 있으니까 세금을 내는 것이 얼마나 엄청나게 힘든 일인가를 알게 되었습니다. 내가 버는 돈의 가장 많은 부분을 세금이라는 명목으로 내야 하는가 하면, 내 수입의 반 이상을 빼앗아 간다는 걸 알게 되었습니다. 그러니까 내가 버는 돈의 26%를 연방정부의 세금으로 가져갑니다. 그리고 수입의 6%를 오하이오주 정부에서, 우리가 사는 시에서 2%를 가져갑니다. 또 우리가 사는 Howland county에서 1%를 달라고 합니다. 이렇듯 벌써 내 수입의 35%를 세금으로 내야 했습니다. 그것도 Social Security Tax는 제하고 말입니다.

그런데도 무엇을 살려면 Sales Tax를 내야 합니다. 도시마다 다르지만 오하이오에는 6.5%의 판매세를 내야 하니 남은 돈의 6.5%를 다시 내야 합니다. 그리고 연말에는 집에 대한 재산세를 내야 합니다. 대개 집값의 1내지 2%의 세금을 내야 하니 내 수입의 4~6%가 넘는 돈입니다. 전부 따져보면 내가 번 돈의 반 이상을 세금으로 뜯어가는 것입니다.

이건 착취입니다. 내가 온갖 위험을 무릅쓰고 새벽에 출근하여 저녁

때까지 허리가 휘도록 번 돈의 반 이상을 세금으로 빼앗아 가다니…. 어떤 친구들은 펑펑 놀면서 정부에서 돈을 받아 그 돈으로 고기 사 먹고 맥주를 마시면서 대대손손이 일 안 하고도 사는데…. 그뿐이 아닙니다. 바이든 정부는 세계에서 밀려오는 불법 이민자들을 받아들이고 그들은 미국에 발을 들여놓기만 하면 일을 안 해도 미국 정부가 평생 먹여 살려준다고 하니 우리가 번 돈의 반 이상을 세금으로 내는 우리 시민들의 마음이 평안하지 않습니다.

오늘도 TV에서는 미국 국경에 구름처럼 몰려드는 불법 이민자를 보고 부통령 Kamala Harris가 어서 국회에서 이들을 정식으로 받아들일 법을 통과시키라는 발언을 했습니다. 땀 흘려 버는 돈의 반을 세금으로 빼앗아 그들을 먹여 살리는데 우리의 돈을 마구 쓰는 정부를 비판하고 싶어집니다.

아마도 내가 일생 낸 세금을 합친다면 지금은 부자가 되어 큰집에서 살고 있을 것입니다. 그렇다고 내가 세금을 내기를 아까워하고 내기 싫다는 건 아닙니다. 물론 이 세금으로 국방을 튼튼히 하여 마음 놓고 살 수 있고, 길을 닦고 경찰도 운영합니다. 고속도로를 달리면서 산기슭을 닦아 넓은 길을 내고 강에 다리를 놓은 것에 감사하면서 나의 세금이 이런 곳에 쓰였구나 생각합니다.

나는 지금 은퇴하였습니다. 그래서 수입이라곤 사회복지 연금과 나의 연금밖에는 없습니다. 그런데 매년 내는 세금이 내가 타보지 못한 고급 자동차 한 대 값입니다. 나는 지금까지 내가 세금보고서를 꾸민 일이 없습니다. 항상 Accountant에게 가서 세금보고서를 작성하곤 했습니다. 그런데 해마다 세금이 들쑥날쑥합니다. 수입은 일정한데 왜 계산이 해마다 틀리는지 모르겠습니다. 작년에는 세금을 많이 냈다고 하여 3,000여 불을 돌려받았습니다.

우리는 신이 나서 그날 외식을 했습니다. 금년에도 그러려니 하고 보고했는데 어찌 된 일인지 6,000여 불을 세금을 더 내야 한다고 합니다. 나는 혈압이 올라 어찌 되어 그러냐고 계리사에게 따졌습니다. 계리사는 작년에 세금을 낸 계산으로 적립해둔 세금이 많지 않아 부족했고, 또 연금이 올라 수입이 많았다는 것입니다. 사실 수입이 는 것이 아닌데…. 나는 할 수 없이 앙앙불락한 마음으로 세금을 내고 돌아왔습니다. 내가 무슨 힘으로 IRS(연방 세무서)와 싸우겠습니까? 미국에서 가장 강력한 힘을 가진 곳이 IRS이고 누구도 무서워하는 기관이 IRS가 아닙니까? 누가 우리가 죽는 날까지 우리를 따라다니는 IRS라고 하니까 아니야 죽으면 지옥까지 따라와서 네가 남긴 돈을 탈탈 털어가는 것이 IRS라고 해서 웃었습니다. 하기는 그렇게 강하다는 Trump 대통령도 세금을 다 내지 않았다고 시달리지 않습니까.

나는 어떤 정부가 가장 좋은 정부냐고 물으면 세금을 적게 받는 정부, 국민에게서 받은 세금을 자기 돈처럼 아껴 쓰는 정부가 가장 좋은 정부라고 하겠습니다. 우리가 낸 세금으로 매주 워싱턴에서 캘리포니아까지 개인 비행기로 출퇴근하는 국회의원이 없는 정부가 좋은 정부라고 하겠습니다. 대통령 전용기를 타고 하와이로 휴가를 가는 대통령 부인이 없는 정부가 좋은 정부라고 하겠습니다. 은퇴하고 나서 가장 많이 지출되는 돈이 세금이고 내가 즐길 수 있는 돈의 몇 배가 되는 현실을 보면서 가끔은 세금이 아깝다고 생각하게 되는 게 죄일까요?

Silent Majority(침묵하는 민중)

아마 초등학교 5학년 때였나 봅니다. 서울에서는 단독 선거가 이루어지고 대한민국 정부가 수립되었습니다.

평양에서는 서울의 선거와 정부 수립이 나라를 영원히 분단시키는 것이라고 매도했습니다. 소년단원이던 나도 집회에 나가서 토론에 나섰습니다. 선생님이 적어주는 대로 외워서 나가서 열띤 토론을 했습니다. "매국노 김구, 이승만을 인민의 이름으로 처단하자" 하는 내용이었습니다. 초등학교 5학년 어린애가 인민(국민)이 무엇이고 정치가 무엇인지 알겠습니까만, 그 후부터 '국민의 이름으로'라는 말이 사용됐습니다.

정치인들은 툭하면 국민이 용서하지 않을 것, 국민의 이름으로 처단할 것이라고 합니다. 1789년 자유 평등 박애라는 기치를 내걸고 프랑스혁명을 일으켰습니다. 그리고 농부와 노동자들이 완장을 차고 재판정에 들어가서 인민재판의 한몫을 했습니다. 많은 지주 자본가 귀족들이 단두대의 이슬로 사라졌습니다. 그런데 그 후 세워진 정부가 정말 국민의 정부였을까요? 프랑스혁명을 이끈 로베스피에르 같은 몇몇 사람이 주도하고 그들은 국민의 이름을 이용한 것뿐입니다. 자신이 국민의 대표이고 자신의 말이 국민의 말이었습니다. 그들은 오래가지 못하고 보나파르트 나폴레옹의 지배를 받아야 했습니다.

1919년 러시아에는 볼셰비키 혁명이 일어났습니다. 레닌과 트로츠키, 스탈린 등 세 사람이 혁명의 주도자였습니다. 그러나 트로츠키는 숙청되고 레닌은 암살을 당하고 스탈린이 집권하였습니다. 러시아의 지주와 왕족은 사라졌지만 새로운 지배계급이 태어났습니다. 소위 공산당원이라는 완장을 찬 사람들이 나타난 것입니다. 그들이 지주나 귀족보다도 더 가혹하게 국민을 착취하고 압박했다는 것은 역사가 그대로 말해 주고 있습니다.

1839년 아프리카에서 노예들을 싣고 미국으로 항해하던 아미스타트라는 배가 있었습니다. 노예들은 배에서 반란을 일으켰습니다. 그래서 백인을 모두 잡아 가두었습니다. 그러나 노예들은 배를 운전할 줄 몰랐습니다. 노예들은 배를 운전할 줄 아는 백인 몇 사람을 꺼내어 배를 운전하라고 했습니다. 그들은 배를 다시 아프리카로 가겠다고 하고는 배를 미국으로 몰았습니다. 밤에 항해하고 새벽에 일어나보니 배는 미국 항구에 도착해 있었습니다. 물론 그들은 다시 노예가 되었습니다.

그렇습니다. 혁명해도 정부에는 언제나 새로운 지배계급이 생긴다는 말입니다. 2016년 한국에도 촛불혁명이 일어났습니다. 광화문 광장에 100만이 넘는다는 군중이 몰려들었고 박근혜 대통령은 탄핵이 되고 촛불혁명의 지도자였던 문재인 대통령이 탄생했습니다. 그는 촛불혁명으로 대통령이 되었다고 자랑하고 다녔고, 미국에 가서도 UN

총회에 가서도 촛불혁명으로 대통령이 되었다고 자랑했습니다. 사실 그는 선거에서 42%의 지지밖에 받지 못했습니다. 그런데 그가 대통령이 되고 나니 새로운 지배계급이 생긴 것이었습니다. 즉 586세대라는 주사파 운동권 인사들이 새로운 지배계급이 된 것입니다. 그들이 과거에 비판하던 보수세력보다도 더 부패했고 탐욕스러웠습니다. 세상 사람들이 모두 개울의 용이 되는 것은 아니다. 그냥 개울에 살면서 가제나 미꾸라지로도 행복을 느끼는 사회를 만들어야 한다면서 자기 자녀들은 용을 만들었습니다. 문재인 대통령은 기회가 있을 때마다 자기는 촛불혁명으로 탄생한 국민의 대표라면서 기회는 평등하고 과정은 공정하고 결과는 정의롭게 하겠다고 했습니다.

그런데 5년 후에 과연 국민이 그렇다고 인정을 했을까요? 그가 조정하는 여론조사조차도 그의 국정운영을 지지하는 사람은 40%가 되지 못합니다. 그는 여론을 많이 이용했습니다. 그런데 여론조사가 정말 국민을 대변할까요? 여론기관에서 5천 명에게 전화했는데 응답률은 20%가 안 되고, 또 신빙성 있는 대답은 1,200명 정도라고 합니다. 그러면 1,200명이 국민을 대변할 수 있는 건가요? 아니 5,100만 국민 중에 1,200명이 국민의 의사를 반영할 수 있는 건가요?

응답하지 않는 3,800명은 국민이 아닌가요? 나는 그런 사람들을 'Silent Majority(침묵하는 국민)'라고 생각합니다.

내가 14년을 한국에 사는 동안 2번 여론조사의 전화를 받았습니다. 첫 번째 나이를 물어 70대라고 하니까 그대로 전화를 끊어 버렸습니다. 두 번째 전화를 받았을 때는 50대라고 했더니 질문을 했습니다. '박근혜 대통령을 지지하느냐?'는 물음에 그렇다고 하니까 전화를 끊어 버렸습니다. 보수라고 하는 사람은 국민이 아닌 모양이었습니다.

오래전 김대중 대통령이 평양을 방문했을 때의 일입니다. 김정일 위원장이 비행장에 나와서 김대중 대통령을 맞았습니다. 그리고 발을 동동 구르면서 환영하는 군중을 보면서 김대중 대통령에게 "저게 모두 진심으로 하는 건가요?"라면서 웃더라는 말입니다. 그러니 밖에 나와서 아우성을 치는 국민의 마음속은 진달래꽃을 들고 아우성을 치는 것이 아니라는 것입니다. 그러니까 국민은 국회의원이 국회의사당에서 국민이 용서하지 않을 것이라고 아우성을 치는 국민이 아니고, 문재인 대통령이 미국에 가서 촛불혁명으로 대통령이 되었다고 국민이 그렇게 지지해 주었다고 하는 국민도 아닙니다.

나폴레옹은 "70%의 사람은 사는 것이 아니라 생존하고 있는 것이다."라고 했다고 했습니다. 그들에게 정치는 관심이 없습니다. 왕이 루이 14세가 되든 루이 16세가 되든 나폴레옹이 되든 상관이 없습니다. 그저 배부르고 등이 따뜻하면 누구든 상관이 없습니다. 이들이 '침묵하는 대중'입니다. 이번 한국의 대통령 선거는 정말 많은 사람의 관심이 아니라 필사적이라고 할 만큼 뜨거웠습니다. 그런데 투표율은 76% 정도밖에 안 되었습니다. 나머지 23%는 어떤 생각이었을까요? 관심이 없었을까요? '케쎄라 쎄라'였을까요? 나는 그들이 'Silent Majority'에 속하는 사람들이라고 생각합니다. 이들이 모두 투표장에 나와서 투표했을 때 '침묵하는 잠자는 국민'이 깨어난다고 생각합니다. 북한처럼 99.9%가 투표하고 100%의 지지를 받는 선거를 바랄 수는 없지만, Silent Majority를 줄이는 것이 진정한 민주주의를 이룰 수 있는 길이라고 생각합니다.

무기의 범람

오늘 아침 CNN 뉴스에서 또 캘리포니아의 한 도시에서 총격 사건이 나서 7명이 죽고 10여 명이 중상을 입었다고 합니다. 어제 아침에도 뉴욕의 베이사이드에서 총격 사건이 일어나 몇 명이 죽고 여러 사람이 다쳤다는 뉴스입니다. 이것은 여러 명이 죽었다는 뉴스이고 총상으로 한 명이 죽는 건 이제 사건도 아닙니다. 거의 날마다 미국의 도시에서 일어나는 사건입니다.

나는 총에 맞아 죽는 사람의 수를 통계로 본 일은 없지만 사망 원인 중 아주 높은 수치가 아닐까 합니다. 미국에서는 잡화를 파는 상점인데 총을 파는 부서가 있는데 장사가 제일 잘되는 곳입니다. 나도 이곳에 지나가면서 살펴보았는데 50불짜리 작은 총을 비롯하여 1,000불이 넘는 큰 총에 이르기까지 총의 종류도 다양하고 양도 많이 쌓여있습니다. 여기서 총을 사면 특별한 조사나 수속 없이 돈만 주면 운전면허증을 달라고 하여 등록하고 총을 그 자리에서 건네줍니다. 물론 총알도 살 수 있으니 누가 어떤 사람을 꼭 죽여야 한다고 생각하면 금방 총을 사서 쏠 수 있는 사회입니다.

이렇게 미국에서는 간편하게 총을 살 수 있고, 총을 산 젊은이가 쏘고 싶은 것이 당연한 이치입니다. 그러니 총을 가지고 다니다가 마음에 안 맞는 일이 있으면 총을 난사하는 것 아닙니까? 총뿐만이 아닙니다. 우리 동네에 Flea Market(벼룩시장)이 있습니다. 여기는 별의별 물건들이 많은데 한두 곳에서는 일본 사무라이들이 쓰던 일본도, 두마의 소설에 나오는 삼총사가 썼던 것 같은 칼, 영화 람보가 쓰던 칼 등 무시무시한 칼들이 진열되어 있었습니다. 값도 30불에서 300~400불 정도이면 살 수 있고 여기서는 운전면허증조차 보자고 하지 않습니다. 한데 이 칼은 총을 보는 것보다도 무시무시하여 전등불에 비치어 보면 살기가 저절로 풍깁니다.

이렇게 미국에서는 무기를 아주 쉽게 살 수 있습니다. 그런데 집에 와서 TV를 틀면 AMC, Me TV, TNT, USA에서는 온종일 범죄영화 살인 영화만을 방영하고 있습니다. 마치 범죄영화 시사회 같습니다. 그러니 총은 주머니에 있겠다, 온종일 보는 영화가 총을 쏘는 영화이니 사고가 나지 않을 수 없고, 오히려 사고가 나지 않는 게 이상할 정도입니다. 마치 청소년들에게 총질하라고 교육하고 부추기는 식입니다. 그래서 이제는 총기 사건이 터지면 "이 정도라면 그래도 괜찮은 일"이라고 말하고 싶을 지경입니다. 게다가 군대에 갔다가 제대하면 갈 곳이 없습니다.

미국의 군인은 의무제가 아니라 모병제도인데 군대를 갔다 와도 직장도 없고 아무런 특혜도 없으니 미국의 젊은이들이 군에 지원하지 않습니다. 그러니 정부에서는 군인모집을 하면서 특혜를 준다고 광고합니다. 그 특혜라는 것이 미국 시민권이 없는 젊은이가 군에 가면 금방 시민권을 준다는 특혜이고, 이는 불법 입국을 한 외국인들에게 좋은 피신처가 됩니다. 그런데 그런 사람들이 제대하고 마땅한 직장이 없으면 군에서 배운 기술 그리고 손쉽게 구할 수 있는 무기들로 사고를 일으키는 것입니다.

오래전 오하이오에 있을 때 Gun Show라는 행사를 본 일이 있습니다. 내가 살던 도시에 아주 큰 건물이 있는데 건물에서 한 10일간씩 일 년에 두 번 'Gun Show'라는 것이 열리곤 했습니다. 나는 그런 행사가 있는 줄도 몰랐는데 친구가 재미있으니 한번 가보자고 간 적이 있습니다.

그곳에는 총들이 산처럼 쌓여있었는데 자그마한 여자용 권총으로부터 제임스 본드가 사용하던 PTK 권총, 클린트 이스트우드가 샌프란시스코 형사로 사용하던 권총 카빈총, 한국전쟁 때 사용하던 M1 소총 소련군들이 사용하던 뚜루레기, 케리 쿠퍼나 존 웨인이 사용하던 윈체스터, 그리고 전쟁터에나 나가 봐야 볼 수 있는 기관총들이 즐비했습니다. 그리고 총을 파는 판매부에서는 사람들이 우글거리며 총을 사고 있었습니다. 탄환도 크기에 따라 자루에 넣고 팔고 있었고 총알을 만드는 장치도 팔고 있었습니다.

나는 생애에 처음 보는 광경에 놀라고 당황했습니다. 나를 데리고 간 친구가 "미국의 가정에 개인 소유하고 있는 총이 약 3억 개가 넘는데 그러니 만일 전쟁이 나서 외국 군인이 침입해 오면 그 총이 모두 쏟아져 나올 테니 어느 나라도 미국을 침범할 수 없을 거란 말이야."라고 이야기했습니다.

미국에서 총격 사건이 발생할 때마다 국회의원들은 Gun control을 해야 한다고 야단합니다. 한국이나 미국이나 국회의원이란 사람들은 특권층으로 살아서 그런지 현실을 알지 못합니다. 그럼 지금 3억 정이나 가정에 파묻혀 있는 총기들을 모두 회수해야 한단 말입니까? 나가서 돈만 내면 얼마든지 살 수 있는 총기 상점들을 모두 폐쇄하겠단 말입니까? 여자들의 백 속에 들어 있는 보신용 권총들을 모두 조사하여 압수하겠단 말입니까? 정치하는 사람들은 밀실에서 온갖 음모는 할 줄 알아도 현실성이 없는 소리만 하고 있으니 미국이나 한국의 국회를 모두 해산하고 국민의당 이준석이 말하는 것처럼 시험을 보고 입후보해야 하지 않을까 생각합니다.

우선 총기사고를 낼 때 일벌백계의 법으로 엄중히 다스려야 하고 학교에서 사회에서 총기에 관한 교육해야 합니다. 지금 미국이나 한국에서는 자유다 인권이라고 하여 범죄자에게는 끝없는 관용을 베풀어서 일반 시민에게 무서운 세상을 만들어 주고 있습니다.

자신의 말을 듣지 않는다고 딸 앞에서 농약을 먹으라고 윽박지르고 말을 듣지 않자 칼로 20여 차례 난자하여 죽인 범인을 데이트 폭력 정신미약자라 하여 15년 징역을 살렸다고 하고, 돈 한 푼 받은 일 없는 박근혜 대통령에게 35년 징역을 선고한 법정이 공정한 판정을 했다고 할 수 있습니까? 그리고 학교에서도 인권이라고 하여 폭력 학생들을 쉬쉬하면서 덮어 두고 선량한 학생들에게는 가혹한 처벌을 하고 있지 않습니까. 그리고 윤리와 도덕을 가르치는 것이 아니라 악독한 김정은을 찬양하는 정치구호를 외치는 전교조 출신들만이 승승장구하는 교육계가 한탄스럽습니다.

학교에서 종교에 관하여 이야기를 했다고 선생을 징계하고 파면을 하는 사회가 올바른 사회라고 할 수 있습니까. 거의 날마다 방송과 기사에 나오는 총기 살인. 마약이 뒤끓는 사회. 그리고 방송마다 나오는 정치인들의 비리와 썩은 정치들을 보면서 우리의 앞날이 캄캄해져 가고 있구나 생각합니다.

4

무책임한 기억력

무책임한 기억력

인간의 기억력은 무책임합니다.

아침에 교회에서 예배를 마치고 나왔습니다. 그런데 한 시간 동안 목사님의 설교를 같이 듣고도 모인 사람들의 반응은 모두 달랐습니다. 어떤 사람은 목사님의 예화만 기억했고, 어떤 사람은 마지막 결론의 일부분만 기억했습니다. 목사님이 어떤 옷을 입었는지 어떤 타이를 맸는지조차 의견이 분분했습니다. 또 설교 내용도 사람들에 따라 달랐습니다. 예배를 보고 나온 지 20분도 안 되었는데….

나는 사람의 이름을 잘 기억하지 못합니다. 어제저녁 모임에서 만나서 악수하고 서로 이름을 주고받았는데 다음날 만나면 이름이 기억나지 않습니다. 그것도 깜깜하게…. 그래서 가끔 아내에게 물어봅니다. "저 사람 이름이 뭐였지?" 아내는 "자기가 어제저녁에 같이 이야기를 하고선, 왜 나에게 물어요?"라고 핀잔을 주기도 합니다. 그래서 여행 중에 만난 사람이나 미팅에 만난 사람을 다음날 만날 때 실수하지 않으려고 이름을 몰래 적어 놓고 다시 살피기도 합니다.

외과 의사는 수술하기 전날 수술동의서를 받습니다. 수술동의서는 아주 작은 글씨로 두세 쪽에 자세하게 설명하고 이런저런 합병증이 생길 수 있다는 내용을 붙입니다. 그런데 그 동의서에 적힌 내용을 환자가 다 읽고 이해하고 기억하기는 어렵겠지요. 마치 우리가 보험을 들 때 보험회사의 약관을 다 읽고 이해하고 서명하는 것은 아닌 것처럼.

수술동의서에는 교과서에 나오는 합병증 부작용을 자세하게 나열하고 있습니다. 물론 성형외과에서는 수술 자리에는 흉터가 생긴다는 내용이 반드시 들어 있습니다. 그런데 수술 후에 환자들은 "어마 흉터가 생겼네요!"라고 불평하는 사람이 있습니다. "네, 이 상처는 좀 있다가 보이지 않을 정도로 희미해질 것입니다."라고 설명해도 환자들은 잘 받아들이려고 하지 않습니다.

성형외과 의사가 흉터가 남지 않도록 섬세하게 봉합하고 상처가 잘 보이지 않게 절개하지만, 성형외과 의사도 사람이고 칼을 가지고 수술을 하지 우리가 무슨 마술이나 성령의 힘으로 수술을 하겠습니까. 그래도 환자는 "아니 성형외과 의사가 수술했는데 상처가 나면 어떻게 해요?"라고 반격합니다. 그러니까 수술 전날 열심히 설명했는데도 자기가 기억하고 싶은 것만 기억하고 자기가 듣고 싶은 것만 들은 것입니다. 수술 후에 의료사고로 분쟁이 났을 때 의사가 아무리 수술 전 설명했다고 하고 수술동의서에 명시가 되어있고, 환자의 서명까지 들어 있어도 나는 그런 이야기를 들은 적이 없다고 고집하는 일이 많습니다. 물론 수술동의서에는 증인이 있습니다. 그러나 증인의 기억력도 완전하지 않고 환자의 편을 들 때는 의사는 곤경에 빠지고 맙니다.

우리는 가끔 영화를 보면서 검사나 변호사들이 증인을 압박하는 장면을 보게 됩니다. "당신은 15년 전 몇 월 며칠 어디에 있었습니까?"

하고 다그칩니다. 사실 나는 한 달 전 어느 날 몇 시에 어디에 있었느냐고 물으면 정확히 대답할 수가 없을 것입니다. 그리고 "15년 전 어느 날 몇 시에 저 사람을 본 일이 있습니까? 저 사람이 어떤 옷을 입었었습니까? 저 사람이 정확하게 어떤 짓을 하고 있었습니까?"라고 한다면 나는 대답할 수 없을 것입니다. 만일 대답했더라도 내 기억력은 무책임할 것이고 대답 또한 무책임할 것입니다. 만일 그것이 살인 현장의 증인이어서 나의 증언에 그의 생명이 달려 있다면 어떨 것인가를 생각해 보면 정말 아찔합니다. 글쎄요. 그 장면이 너무 충격적이어서 기억하고 있었다고 하더라도 그가 입었던 옷, 신었던 신발, 주위의 환경들을 모두 기억할 수 없을 것이고, 반대 심문에서 "그것도 기억 못하면서 어떻게 너의 진술이 정확하다고 하느냐?"고 한다면 나는 아무 대답도 못 할 것입니다.

얼마 전 윤석열 대통령의 부인 김건희 여사가 '줄리'라는 이름으로 호텔 술집에서 호스티스로 있었다는 말이 있었습니다. 김건희 여사의 어머니가 돈이 많은 사람이라는데 술집에 나갔다면 돈이 필요해서가 아니라 그런 일을 좋아하는 여자였을 텐데 아무리 보아도 그런 건 아닙니다. 그런데 더 이상한 것은 10여 년 전에 딱 한 번 그 술집에서 '줄리'라는 여자에게 술 접대를 받은 일이 있다는 사람이 나타난 것입니다. 그런데 10여 년 전에 딱 한 번 간 술집에서 대접을 받은 여성이 '줄리'이고 김건희 여사라고 단언하는 그 사람의 기억력에 경이로움을 느낍니다. 그런데 지금 김건희 여사의 사진을 보여 주고 이 여자였느냐고 물으니까 그건 자세하지 않다는 것입니다. 간혹 그것이 사실이었다고 하더라도 10년 전에 그 여자와 지금의 여자는 많이 변했을 텐데… '아, 이 여자'라고 한다면 그것은 위증이겠지요. 또 술집에 줄리가 한두 사람이겠습니까? 술집에는 흔한 이름 '줄리'라는 여자는 여럿 있을 테니까요. 나는 그 사람의 기억력을 믿을 수 없고 그의 말을 신뢰할 수가 없지 않겠습니까. 얼마 전 본 영화에서 25년 전 자동차 사고로 죽은 사장님의 범인을 밝히는데 그때 사장이 무슨 옷을 입고 있었다는 증인의 증언이 거짓이었다고 그때 찍은 사진을 가지고 추궁하는 장면이 나왔습니다. 25년 전의 일인데…. 참 세상 사람들이 모두 똑똑한데 나만 멍청이가 아닌가 생각이 됩니다.

나는 친구에게 돈을 꾸어 주었다가 사기를 당한 일도 있습니다. 그러나 내가 돈을 준 날이 어느 날 몇 시였고 어디에서 돈을 주었고 당시 그 돈을 줄 때 그가 어떤 옷을 입고 있었는지 기억할 수가 없습니다. 그러니 증거 불충분으로 소송에서 이기지 못할지도 모릅니다. 나는 가끔 영화나 TV에서 재판 과정을 보면서, 증인의 이야기를 들으면서 '참 희한하다'라고 생각할 때가 많이 있습니다. 만일 엊그제 우리 집 앞에서 어떤 사고가 일어났다고 하더라도 나는 그가 무슨 옷을 입고 있었는지 소상히 기억을 못 할 것이고, 나더러 증인이 되라고 한다면 정확한 증언을 하지 못할 것입니다.

그런데 나만 그럴까요? 오늘 설교를 듣고 나와서 딴소리를 하는 장로님들 집사님들도 모두 기억력에 한계가 있을 것입니다. 지금 사회에서는 누군가 거짓말을 했다고 야단이고, 그를 공직에서 끌어내라고 야단이기도 합니다. 물론 그가 거짓말을 하고 있을지도 모릅니다. 그러나 그가 모든 것을 정확하게 기억하지 못할지도 모릅니다. 우리의 기억력은 무책임하니까요.

한국 언론에 걸리면

옛날 한국의 기자는 '펜은 총칼보다 강하다.'라고 부르짖으면서 언론의 정의를 강조했습니다. 국민도 정도를 걷는 언론인들을 존경했고 많은 언론인이 국민의 지도자가 되기도 했습니다. 그리고 깡패에게 얻어맞으면서도 옳은 말을 하는 기자들을 존경했습니다. 군사정권 때 백지로 신문을 내면서도 정권에 굴하지 않는 그 펜을 존경했습니다.

그런데 언제부터인지 한국의 언론이 타락하고 언론은 왜곡되고 비틀어지고 오염이 된 것 같습니다. 그것은 주사파들이 노조를 만들어 언론사를 장악하고 나서부터라고 생각합니다. 지금은 많은 사람이 기자를 ×을 따라다니는 파리처럼 생각하는 사람들이 생겼습니다. 물론 대부분 언론인은 아직도 정론을 펴고 공정한 기사를 쓰려고 노력하지만 나도는 신문들을 보면 내로남불 정치의 기수라고 할 수밖에 없을 만큼 타락한 것도 사실입니다.

어떻게 왜곡된 기사를 쓸 수 있는지, 언어를 생선회를 뜨듯이 자기 마음대로 잘라 버리고 요리를 할까요? 그러면 흉측스럽게 생긴 망둥이도 예쁜 스시로 보일 수 있습니다. 가령 누가 성경에도 '하나님이 없다. 라고 했다고 주장합니다. 정말 그 구절이 있습니다만, 그 구절에는 '어리석은 자는 하나님이 없다'에서 '어리석은 자는' 구절을 잘라 버리면 '하나님이 없다'라는 말로 둔갑해 버립니다. 한국의 언론이 이런 짓을 많이 하고 아주 잘합니다. 말과 글이 직업인 사람들이니 무슨 말도 귀가 솔깃하게 편집할 수 있습니다.

1970년대에 당시 한국 라면의 선두를 달리던 삼양라면이 있었습니다. 그런데 어느 날 한국의 신문이 삼양라면에서 "좋은 고기를 쓰는 것이 아니라 쓰고 남은 공업용으로 쓰는 수구레를 원료화한다."라는 기사를 냈습니다. 언론은 삼양라면을 매도했고 정부도 놀라 철저한 조사를 했습니다. 그래서 삼양라면은 망했습니다. 삼양 회사는 회생 불능의 처지에서 결백을 증명하느라고 고생했습니다. 회사는 파산했고 회장님의 가족도 망했습니다. 몇 년 동안의 투쟁한 끝에 삼양라면의 결백이 증명되었습니다. 그러나 회사는 망하고 후발 주자들의 라면이 시장에 깔려있었습니다. 삼양라면은 정정 기사를 요구했습니다. 물론 정정 기사를 쓴다고 하여 죽어버린 삼양라면이 다시 살아날 수는 없었습니다. 그랬더니 신문의 구석에 우표딱지만 하게 정정 기사를 썼습니다. 아무도 읽어보지 않을 정도로….

삼양라면은 이기고도 졌습니다. 이것이 언론사의 횡포입니다. 그러면서도 신문은 '무관의 왕'이라고 합니다. 신문과 적이 된 정치인은 살아남지 못합니다. 신문 기자들과 적이 되었던 트럼프는 재직 중 두 번이나 탄핵에 올랐으며 결국 지고 말았습니다. 신문 기자와 친하지 않았던 닉슨은 명예를 실추하고 탄핵 직전까지 가더니 스스로 물러났습니다. 닉슨 대통령의 외교가 많은 성과를 거두었어도 신문은 묻어버리고 말았습니다. 신문이 미워하여 이 사람을 망하게 하겠다고 생각하면 삼양라면처럼 쉽게 망할 수도 있습니다. 그래서 횡포를 저지르는지도 모릅니다. 간혹 나쁜 신문 기자는 사업하는 사람들을 찾아다니면서 이런 힘을 과시하며 금품을 갈취하는 일도 있다고 들었습니다.

지금도 언론사 중에는 미워하는 정치인을 골라서 그야말로 융단 폭격하는 일이 많습니다. 며칠 전 친구가 카톡을 보냈는데 재미가 있고 그럴듯합니다. 성경에 사람들이 간음한 여인을 데리고 와서 예수님께 와서 예수님을 시험합니다. "우리가 간음한 여자를 잡아 왔습니다. 모세의 율법에 의하면 이 여자를 돌로 치라고 했는데 어쩔까요?"라고 합니다. 한참 침묵을 지킨 예수님이 "죄가 없는 자가 먼저 돌로 치라."고 말씀합니다. 그런데 한국의 여론이라면 이랬을 것입니다. "예수가 창녀를 옹호하다"라거나 "예수, 간음한 여자를 돌로 치라고 선동하다."라고 했을 것이라고 합니다.

예수님이 바리새 교인에게 "이 독사의 자식들아."라고 하셨는데 한국의 언론이라면 "예수, 국민을 악마라고 저주하다."라고 했을 것입니다. 클라크가 "소년들이여, 야망을 품어라."라고 한 말을 한국의 언론은 "클라크가 남자들에게만 야망을 품으라 하고 성차별적 발언을 했다."라고 할 것이고, 스피노자가 "내일 지구가 멸망한다 해도 나는 오늘 사과나무를 심겠다."를 한국의 언론이라면 "스피노자, 내일 지구가 멸망할 것이라고 악담했다."라고 했을 것이라 합니다. 또 링컨 대통령의 "국민을 위한 국민의 국민으로 된 정부"를 한국의 언론은 "국민을 볼모로 잡은 피곤한 대통령"이라고 비난할 것입니다.

기자가 좋아하는 사람에겐 로맨스로 만들고, 자기들과 반대편에 있는 사람을 불륜자로 만드는 선동합니다. 세월호 사건 때 언론은 박근혜 대통령의 7시간을 그렇게도 다그쳤습니다. 그런데 한국의 한 공무원이 서해에서 북한으로부터 총으로 죽임을 당하고 시신마저 불에 태워졌다는 날 밤 대통령의 잠을 깨울 수 없다고 보고조차 하지 않았고, 하루가 지났다고 하는데도 한국의 언론은 잠잠했습니다.

오래전 한국의 해안에 태풍이 불어 닥쳤습니다. 통영시와 울진군에 태풍이 불어 집이 무너지고 배들이 파괴되는 그 시간에 대통령은 저녁 식사를 하고 〈인당수의 눈물〉이라는 공연을 보고는 청와대로 돌아가 평안하게 잠을 잤습니다. 아마 박근혜 대통령이 그랬다면 탄핵의 한 사유가 되었을 것입니다. 그러나 한국의 언론은 잠잠했습니다.

얼마 전 청와대에서는 문재인 대통령의 5년간 성적표가 80점이라고 자평에 언론은 잠잠했고 그저 당연하다는 태도였습니다. 유튜브로 보면 문 대통령의 내로남불이 외국에까지 알려졌는데도 신문사와 여론조사에서는 문 대통령의 긍정적 평가가 40%나 됩니다.

지금 한국에서는 김정숙 여사의 명품 옷 문제로 난리를 치고 있습니다. 그런데 유튜브에서의 난리이고 언론에서는 잠잠합니다. 언론에서는 '여자의 옷 문제로 왜 이렇게 떠들고 있지. 그게 무슨 문제라고?' 별로 다루지 않습니다. 이렇게 언론사는 자기들이 뭉개고 싶은 문제는 뭉개고 김건희 여사의 옷 문제는 아주 신랄하게 다룹니다.

많은 사람이 이런 한국의 언론계를 개혁해야 한다고 말합니다. 언론 노조가 기사를 검열하여 내보내는 신문들을 비판하고 있습니다. 한마디로 말장난하는 한국의 신문들을 정리하여 다시 '총칼보다도 무서운 펜, 정의와 정론을 펴는 언론'이 되어야 할 것입니다.

우크라이나 여인들의 비극

오래전 한국의 어떤 글에서 "우크라이나에 가면 김태희가 밭을 갈고 송혜교가 파출부를 한다."라는 농담 뉴스가 있었습니다. 좋게 말하면 우크라이나에 미녀들이 많다는 말이었지요.

전쟁이 나면 남자들이 전쟁에 나가 생명을 걸고 전쟁을 하지만 전쟁에 나가지 않는 여성들은 남자들보다도 더 비참할 수가 있습니다. 성경에 보아도 전쟁에 패전하면 남자들은 그대로 죽어버리면 그만이지만 여자들을 포로로 잡혀가서 노예로 되거나 남자들의 노리개 상대가되거나 했습니다.

우리나라도 병자호란 때 남자들이 많이 죽었지만, 여자들도 노예로 잡혀가서 창녀가 되거나 성 노리개로 전락하여 사는 것보다 못한 비참한 고생을 했습니다. 조선 시대 명나라의 속국으로 사니까 조정에서는 매해 몇백 명씩 이쁜 처녀들을 명나라에 보내서 부자들이나 명나라 관리들의 시녀로 또 첩으로 상납해야 했습니다. 그래서 15살도 안 되는 딸을 일찍 결혼시켜서 명나라로 보내지 않는 풍습이 생겼다고 합니다.

이차대전 때 한국의 젊은 여자들을 강제로 데려다가 일본 군인들의 위안부로 공창의 창녀로 삼고 마음에 안 들면 죽여 버리곤 했습니다. 이차대전 때 프랑스에서도 젊은 여자들이 독일군에게 강간을 당하고 많은 여자가 창녀로 떨어졌습니다. 레마르크의 소설에는 미군의 낙하산 천 하나면 프랑스 미녀들을 살 수가 있었다고 하는 군인들의 대화가 나옵니다. 게오르규의 ≪25시≫에는 전쟁에 끌려 나간 요한 모리츠의 삶도 비참하지만 남아 있던 수잔나의 삶도 비참했고 결국은 러시아군에 강간을 당하고 임신하여 낳은 어린애를 요한은 착잡한 심정으로 바라봅니다.

지난 2월부터 푸틴의 러시아 군인들이 우크라이나를 침공하기 시작을 했습니다. 그리고 우크라이나의 각 도시에 폭격과 포격을 가하고 민간인이 사는 건물을 파괴합니다. 우크라이나 군인들도 나라를 지키려 목숨을 걸고 항전하고 있습니다. 오늘 나온 뉴스에는 우크라이나 여성들이 러시아 군인들에게 집단 강간을 당하고 많은 여자가 성폭행을 당했다고 울면서 호소하는 장면이 나왔습니다. 그리고 강간을 당한 후 살해를 당한 흔적도 여기저기 보였습니다. 우크라이나 여성들은 강간은 당해도 러시아 어린애는 낳지 않겠다고 피임약을 들고 다닌다고 합니다.

그 뉴스를 보면서 오래전 우리나라가 해방되고 북한에 러시아군이 점령했을 때를 생각했습니다. 그때도 러시아군은 한국 여자들을 집단 강간하고 여자들을 보기만 하면 덮쳤습니다. 우리의 어머니들은 얼굴에 숯검정을 바르고 집집마다 빨랫줄로 연결을 하고 깡통들을 매달아 한 집에 러시아군이 들어오면 그 줄을 잡아당겨서 요란스러운 소리를 내게 하고 용감한 평양 젊은이들이 몽둥이를 들고 러시아군을 내쫓았습니다. 물론 러시아군이 총을 쏘아 희생된 사람도 있지만, 평양 남자들에 의해 희생이 된 러시아 군인들도 있다고 들었습니다. 어려서 본 일이라 잘은 모르지만, 그때 평양에서는 러시아군들을 위한 창녀들은 없었던 것 같습니다. 러시아군은 그저 도적질하고 강제로 강간했지 돈을 주고 여자를 사지는 않았던 것 같습니다. 그렇게 러시아군에게 강간을 당한 북한의 여자들이 그 후 어떻게 되었는지 모릅니다. 전쟁소설이나 영화를 보면 전쟁 때 러시아군들이 유독 강간을 많이 하는 것 같습니다. 심지어 톨스토이도 크림 전쟁 때 출정하여 성적인 죄를 지었다고 하는 말이 있지 않습니까?

그런데 대구로 피난 오니 소위 양공주라고 하는 사람들이 무척 많았습니다. 미군 부대가 있는 대구 대봉동의 8군 동촌비행장 주변에는 양공주들이 수백 명씩 진을 치고 있었었습니다. 서울 근처도 마찬가지입니다. 동두천 파주 의정부 근처에는 미군들을 상대로 한 창녀촌이 형성되어 있었습니다. 미군들도 마찬가지로 한국 여자들을 범했지만, 돈을 주고 샀습니다. 물론 그중에는 한국 여자와 결혼하여 미국에 데리고 와서 행복하게 사는 사람도 많습니다.

나라가 잘 살고 전쟁이 없으면 창녀가 되려고 하는 사람들이 어디 있겠습니까. 나라가 전쟁에 휘말리고 남자가 여자를 보호해 주지 못하고 먹을 것이 없으니까 여자가 가지고 있는 마지막 재산을 헐값에 파는 것이 아니겠습니까.

보스니아 전쟁 때의 이야기입니다. 크로아티아와 유고는 회교국인 슬로바키아를 침공했습니다. 앞으로 회교분자들이 나오지 못하게 인간을 개종해야 한다고 슬로바키아 여자들을 강간했다고 합니다. 이처럼 전쟁에서 가장 잔인하게 희생당한 것은 여자들입니다. 월남 전쟁 때 월남에 파병이 되었던 병사들이나 친구들의 이야기를 들으면 월남도 마찬가지였습니다. 다낭에 주둔했던 친구들이나 전선에 있던 병사들이나 시간만 나면 사이공이나 근처의 마을로 나갔고 월남 여자들을 돈으로 샀다고 합니다. 그뿐이 아닙니다. 한국에 버젓이 가정이 있는 친구들이 월남 여자와 살림을 차리고 어린애를 낳고는 한국으로 귀국하면서 알리지도 않고 도망 온 남자도 많이 있었습니다.

그 후 아버지를 찾아 한국으로 오는 월남 어린이들, 월남에서 결혼한 한국 남자를 찾아오는 월남 여자들이 있지 않습니까? 월남 여자들 또한 전쟁 희생자들입니다. 우리나라 역사 중 우리는 항상 피해자인 줄만 알았는데 우리나라 남자들이 가해자가 될 줄은 몰랐습니다. 이 모두 전쟁이라는 불행한 사태 때문입니다.

전쟁이 나면 여자들과 애들이 가장 큰 희생자가 될 것입니다. 그래서 성경에도 환란 때는 여자들과 어린애들이 고통을 당하리라고 하셨는지도 모릅니다. 전쟁은 남자들의 행사입니다. 히틀러도 스탈린도 김일성도 전쟁을 일으켰고 남자들을 전쟁에 동원했습니다. 그런데 후방에서 희생을 당하는 것은 여자들과 어린애들입니다. 아마 전쟁을 일으킨 장본인들이 생각하지 않은 부작용일지도 모릅니다.

아무튼 전쟁은 없어야 합니다. 전쟁은 남자들도 희생을 당하지만 그에 못지않게 우리가 사랑하는 가족들 여자들의 희생이 따릅니다. 우리는 전쟁을 막아야 합니다. 그래서 우리의 어머니와 누나, 동생과 딸들을 보호해야 합니다.

컴퓨터 칩의 발전

며칠 전 친지들과 점심을 먹으면서 AI의 발전에 관한 이야기를 했습니다. 사실 Wireless 전화가 유통된 것이 30년 정도밖에 안 되었는데 그동안 상상을 초월하여 발전되었습니다.

30년 전에는 페이지라고 하는 신호기를 달고 다녔습니다. 의사들은 이 페이지가 울리면 그곳에 나타난 전화번호에 전화하여 무슨 일인가 알아보곤 했습니다. 외출했다가 페이지가 울리면 공중전화를 찾아가서 연락해야 했고 차를 타고 가다가 페이지가 울리면 전화를 찾아다니느라고 고생했습니다.

그러다가 무선 전화가 처음 나왔는데 마치 야전군인이 사용하는 그것처럼 묵직한 상자에 담겨 있는 전화였는데 Battery도 크지만 오래 가지도 않았고 값도 비쌌습니다. 그리고 전화가 연결되지 않는 곳이 많았습니다. 그러나 병원에서 찾을 때마다 공중전화를 찾지 않는 것만 해도 고마워서 비싼 전화를 샀습니다. 아마 한 3,000불 준 것 같습니다.

그 후 전화기가 조금씩 작아지더니 10년 안에 소위 스마트폰이라는 것이 나왔습니다. 처음에는 작기는 하지만 기능이 별로 없었고, 주머니에 들어가는 작은 전화기라서 많은 사랑을 받았습니다. 미국에서도 그런 전화기를 가진 사람은 좀 특수하다고 생각했는데 한국에 나갔더니 휴대전화를 안 가진 사람이 없고 어디서나 통화가 되었습니다. 미국에서는 어느 지역에는 전화가 불통이었는데…. 그래서 전화회사에 문의했더니 한국은 작은 나라여서 인공위성 하나면 되지만 미국은 너무나 넓어서 네트워크가 연결되지 않는 곳이 너무 많다는 것이었습니다.

그때는 휴대전화기를 가진 사람이 그리 많지 않았지만, 지금은 휴대전화기가 없는 이상한 사람이 될 정도입니다. 초등학교까지도 갖고 있으니까요. 어떤 이는 전화를 두 개나 가지고 다녀서 이유를 물으니 영업용과 개인용이 있고, 정치인들은 정치인들끼리만 사용하는 전화기까지 3개를 가지고 다닌다는 말도 있습니다. 불륜을 저지르는 남녀는 둘이서만 사용하는 전화기를 따로 있다고도 합니다.

그런데 해마다 새로운 전화기가 나오면서 기능도 향상됩니다. 전화로 음악을 들을 수 있더니 이제는 영화도 볼 수 있고 게임도 할 수 있고 이제는 카톡이나 페북을 통하여 여러 사람과 연락할 수도 있고 zoom이라고 하여 미팅도 할 수 있습니다. 용량도 커져서 64기가라고 하니 웬만한 도서관이 들어갈 수 있는 용량이고 녹음도 할 수 있어서 이제는 웬만한 사람과 이야기를 잘못하면 녹음이 되어 증거를 만들기도 합니다.

학생들이 강의 시간에 전화기로 녹음하고 환자가 진찰실에 들어오면서 의사의 이야기를 녹음하여 나중에 문제로 삼는다고도 합니다. 그래서 강의할 때도 진찰실에서도 조심해야지 나의 음성이 녹음되어 나를 곤경에 빠트릴지 모릅니다. 한번은 강의실에서 학생이 태블릿으로 녹음을 하길래 신기해서 물어보았더니 나의 강의를 첫 시간부터 지난 시간까지 녹음이 되어있는 것을 보고 등골이 서늘했습니다.

얼마 전까지만 해도 이런 기능을 손가락으로 자판을 두들겼는데 이제는 음성으로 명령할 수도 있고 카톡할 때도 자판을 치는 것이 아니라 그저 명령만 하면 그대로 타자가 되어 나오기도 합니다. 얼마 전 친구가 이야기한 바로는 음성으로만이 아니라 눈빛을 보고 커서를 이동하여 지시할 수 있다고 하니 이제는 간첩 놀이도 하기 쉽게 된 세상입니다. 또 주인의 음성을 인식하여 주인만이 명령할 수 있는 음성인식이 나왔다고 합니다.

이제는 경찰이나 검찰이 수사할 때 무엇보다도 휴대전화를 압수하여 이 사람이 누구와 연락하였고 무슨 이야기를 했고 어떤 정보를 저장하고 있는가를 조사하는 것이 수사의 기본이라고 합니다. 이것이 모두 마이크로 칩의 발달 덕입니다. 오래전에 룸바 로버트라는 청소기가 나왔습니다. 충전하여 일을 시키면 청소기가 도달하지 못하는 구석까지 청소해 줍니다. 그리고 청소가 끝이 나면 제자리로 가며 멈추어 섭니다. 며칠에 한 번씩 아내는 룸바 로버트에 청소를 시키고 책상에 앉아 자기의 일을 보고 있습니다. 그런데 그 룸바는 아직도 원시적이라 자기가 가는 길을 알지 못하고 어디에 부딪히면 돌아가는 기능밖에는 없습니다. 그런데 요새 나오는 것은 룸바에게 거실만 청소하라고 음성으로 명령만 하면 거실만 청소한다고 합니다. 그것이 모두 손톱만 한 칩의 기능이라고 하니 앞으로 어떤 칩이 나올지 알 수 없습니다.

한 2~3년 전 한국 바둑의 최정상 이세돌 기사가 AI와 대결하여 3 : 1로 무참하게 참패한 일이 있습니다. 그때의 AI의 크기는 다른 방에서 작동했기 때문에 알 수가 없지만, 요새는 크기가 점점 작아져서 주머니에 넣고 다닐만한 크기가 되었을는지 모릅니다.

얼마 전 무인 자동차가 나온다고 했습니다. 자동차에 앉아 컴퓨터의 키만 누르거나 명령만 하면 자동차가 목적지까지 데려다주고 다른 차가 오면 멈추거나 방어적인 동작을 하고 아무리 좁고 어려운 곳에라도 안전하게 주차해 준다고 했습니다. 더 나아가서 내가 A라는 차를 사면 리모트 컨트롤을 주는데 자동차가 나의 지시대로 쇼핑을 끝낸 아내를 데리고 오고, 돌아오면서 원하는 음악을 듣게 해준다는 이야기입니다. 집에서도 로버트를 사는데 값에 따라 모양도 달라지고 로버트의 기능도 달라지는데 내가 명령하는 일만 하는 것이 아니라 나의 안색을 보고 내가 원하는 일도 해준다고 합니다.

그러니 얼마 전에는 마이크로 칩의 공장에서 파업이 생겨 칩을 생산을 못 하니 자동차 공장도, 항공기 공장도 작업을 할 수 없다는 뉴스가 나왔습니다. 앞으로의 세계는 칩의 전쟁일지도 모릅니다. 좋은 칩을 가진 나라가 최강의 국가이고 군인이 백만 명 정도는 로봇 몇 개로 패퇴시킬 수 있을 거로 생각합니다. 비행기가 가서 폭격하는 것이 아니라 드론을 보내서 폭격할 테니 전투기나 폭격기가 문제가 아니라 우수한 드론을 많이 만든 나라가 최강국이 될 수 있습니다.

이제 나라의 크기나 군대의 조직이 문제가 아니라 스마트폰의 칩 같은 우수하고 강력한 칩을 만드는 나라가 세계를 지배할 것입니다.

근주자적(近朱自赤)

'근주자적 근묵자흑(近朱自赤 近墨者黑)'이란 말이 있습니다. 붉은 것과 가까이하는 사람은 붉은색이 들고 먹물과 가까이하는 사람은 검게 되다는 이야기입니다. 고려 말 포은 정몽주에게 그의 어머니가 "까마귀 싸우는 골에 백로야 가지 마라/ 성낸 까마귀 흰빛을 새우나니/ 청강에 고이 씻은 몸 더럽힐까 하노라."라고 했습니다. 이 가르침도 검은 먹물에 가까이 가면 검게 된다는 말입니다. 우리는 사람을 보려면 그가 가까이하는 사람들, 즉 친구를 보라고 합니다. 그 사람의 친구들을 보면 그 사람이 어떤 종류의 사람인가를 알게 된다는 말입니다.

사기꾼 친구와 가까이하다 보면 자기도 모르게 사기꾼이 되고, 도둑놈 친구가 많으면 도둑놈이 됩니다. 그것은 친구들에게서 보고 듣고 배우는 것이 그 짓밖에 없기 때문일 것입니다.

한국전쟁 때 중·고등학교 다니던 나는 인쇄소에 다니면서 고학을 했습니다. 수업이 3시쯤 끝이 나면 3시 반에 공장에 가서 밤 11시까지 일하는 알바였습니다. 제본소의 직원은 평소에는 5시나 6시까지 근무하는데 야근할 때는 7시나 9시까지 일하니 자연히 아는 친구들이 생겼습니다. 그런데 그들은 나와는 좀 다른 세상의 이야기를 하곤 했습니다. 나는 그들이 나쁘다는 것은 절대 아니고 그저 나와는 사뭇 다르다는 말입니다. 그들은 월급을 타서 간 술집 이야기, 제본소의 여자 직공들과 놀러 다닌다는 이야기, 도박한다는 이야기, 어느 제본소가 월급을 더 많이 준다는 등 대화를 했습니다. 물론 나는 어리기도 했지만 학생이라고 대화에 끼워주지도 않았습니다.

휴전되고 서울로 왔습니다. 오래 후 제본소에 같이 다니던 친구를 반갑게 만나서 빵집에 들어갔습니다. 그는 의사가 되었다는 나를 신기하게 바라보았습니다. 누구는 누구와 결혼하여 어느 제본소에 다니고, 누구는 시장에서 장사한다는 이야기를 듣고는 헤어졌습니다. 서울에서는 잠시 신문 배달을 했는데 여긴 친구를 사귈 수 없는 곳이었습니다. 보급소에서 신문을 받아다가 돌리기만 하면 되니까 친구가 없습니다.

이때쯤의 친구는 교회의 친구들입니다. 교회의 친구들은 거의 착한 사람들입니다. 그리고 피난 학교에 다니는 나에게 자기 학교의 모의고사 문제집과 답안을 빌려주기도 했습니다. 역시 같이 다니는 친구가 학생들이니 공부에 관한 이야기를 많이 했습니다. 아마 맹자의 삼천지교가 그런 가르침이었을 것입니다.

교회에 다니면서 학생회에 속하게 되고 학생회에서 『밀알』이라는 잡지를 만들면서 나는 많은 원고를 쓰기도 했고 크리스마스 때는 연극 각본을 써서 연극도 했습니다. 그때의 친구 중에는 공대를 나온 친구는 큰 회사의 간부사원이 되었고, 큰 공장의 공장장도 있습니다. 대학 교수도 있고, 은행의 지점장으로 은퇴한 친구도 있습니다. 서울의

××구 구청장도 있습니다.

군의관 때는 육군사관학교 병원에서 근무했습니다. 그러니 육군사관학교 교수와 교관들과 사귀게 되었습니다. 그들은 정말 애국자들이었고 국가관이 뚜렷한 사람들이었습니다. 그들과 같이 어울리면서 저도 애국자가 된 기분이었습니다.

나의 대부분의 삶은 의사로서 살았습니다. 의과대학에 다니고부터는 사귀는 친구는 의과대학 동창들이고 병원의 동료들이었습니다. 자연 친구는 의사들입니다. 그리고 병원에서 일하게 되니 의사인 동창들과 화제도 같고 취미도 비슷하니 우정이 유지될 수밖에 없습니다. 그리고 동창회와 학회에서 자주 만나게 되니 아직 연락이 끊어지지 않은 친구는 의과대학 동창들과 성형외과 의사들입니다. 가끔 고등학교 동창인 친구들과 만나면 이야기가 끊어지는 것을 느끼곤 합니다. 그래서 끼리끼리 모인다는 말이 옳은 말인 것 같습니다. 그러다 보면 이야기의 폭이 좁아지고 우리만의 생각에 갇혀 있을 때가 있고 역시 '근주자적이 맞는구나'라고 생각하게 됩니다.

그런데 문제가 있습니다. 정치인들입니다. 정치인들은 '근주자적'이 되어서는 안 된다는 말입니다. 옛날 학생 때 학생운동을 하였을지라도 국회의원이 되었거나 장관이 되었거나 대통령이 되었으면 만나는 사람의 폭을 넓혀야 한다는 말입니다. 주사파 사람들이 자기들끼리 모여 자기들의 생각으로 나라를 운영하는 것은 매우 위험합니다. 지금 우리나라의 권력자들은 너무 자기들끼리만 모여 자기들만의 생각으로 나라를 운영하는 것 같습니다. 코로나바이러스 방역을 한다고 광화문에는 모이지 못하게 경찰차로 성벽을 쌓고, 교회도 모이지 못 하게 하면서 자기들끼리는 모여서 술판을 벌이는 등 배타적인 사고방식과 정책을 만들어 시행하고 있습니다.

며칠 전 민주화운동을 한 사람들의 자녀들에게는 가산점을 주어서 대학입학을 도와주자는 법을 만든다고 합니다. 정말 다른 나라에서는 상상도 하지 못할 발상입니다. 그런데 그들끼리 모이면 그런 생각을 하게 된다는 이야기입니다.

물론 만나보고 하는 이야기는 아니지만, 사회의 평판이나 그의 글이 비교적 옳고 바른 글과 말을 하던 사람들이 국회의원이 되면 얼마 가지 않아서 상식에 어긋난 말을 하고 막말을 하는 사람들을 많이 봅니다. 나는 그런 그들에게 실망합니다. 한동안 농담으로 한강 하류의 물이 더러워서 국회의사당에 들어가면 사람이 오염이 된다고 농담이 있긴 합니다. 국회의원 중에는 데모를 주로 하던 사람들이나 모략 중상을 일삼던 사람들, 시민운동을 한다면서 대중을 선동하던 사람들이 많은 것 같습니다. 그래서 그런지 좋은 사람도 국회에 들어가면 사람이 변하는 것을 볼 수 있습니다.

지금 우리나라에서 가장 존경받지 못하는 사람들이 정치인들입니다. 그러니 누구든 정치인 근처에 가면 '근주자적 근묵자흑'으로 타락을 하는지도 모릅니다. 지금 정부는 많은 사람의 원망을 사고 있습니다. 국민의 의견을 듣지 않고 오로지 자기편의 이야기만 듣기 때문입니다. 정치는 근주자적이 되어서는 안 된다고 생각합니다.

성희롱

잊어버릴만 하면 다시 언론에 화제가 되고 사회의 논란이 되는 게 성희롱 성폭력 문제입니다.

몇 년 전 차기 대통령 후보로 가장 강력했던 안희정 충남지사가 성희롱 문제로 감옥에 가고 대선후보에서 멀어졌습니다. 중·고등 교과서에 가장 많은 시를 올렸고 노벨 문학상 후보로도 거론된 고은 씨도 성희롱 문제에 걸려서 우리의 시야에서 사라졌습니다. 몇 달 전 또 차기 대통령의 물망에 오르고 서울시장에 3번이나 당선이 된 박원순 씨가 또 성추행문제로 말썽이 나는가 싶더니 북악산에서 시체로 발견이 되었습니다.

아마도 성 문제에 걸리면 누구나 재기 불능의 상처를 받고 사라져 버립니다. 서울대 교수도, 고등학교 교사도, 목사도, 정치인도 마찬가지입니다. 그런데 옛날에는 이런 권력형 성희롱이 우리나라에는 많이 있었습니다. 춘향전도 남원에 부임한 변 사또가 그곳에서 가장 이쁜 춘향이를 성추행하려다가 안 되니까 감옥에 보낸 것이었고, 태백산맥이라는 책에는 지주 밑에서 일하는 마름이 소작농의 딸을 성폭행하는 이야기가 나옵니다. 옛날에 좀 이쁘고 이름 있는 기생이라면 그 고을 사또의 먹이가 되었고 양반들의 노리개가 되었습니다. 오래된 소설책에는 돈 많은 부자가 여자를 희롱하는 일이 비일비재 했고 그것이 관행으로 여겨지기도 했습니다.

민주사회가 되면서 여성의 인권이 보장되고 평등을 부르짖으면서 성희롱도 많이 사라지게 되었고 어느 누구도 권력으로 인한 강제 성관계를 하지 못하게 되었습니다. 그런데 정말 그럴까요? 이번 서울시장의 성추행문제도 고소장이 제출되고 알려지니 피해자에 대한 동정으로 여론이 들끓었습니다. 그러나 서울시장과 이념을 같이 하는 사람들, 친분이 있던 사람들, 시장을 좀 알던 사람들이 시장을 옹호하고 나섰습니다. 그리고 왜 4년 동안 아무 말도 하지 않고 있었느냐고 피해지를 다시 압박하는 말을 한 사람이 많았는데 대다수가 여성들이라는 사실입니다.

사실 성희롱이나 성추행 성폭력은 법에다 호소하기도 힘이 든 문제이고 또 재판에 가서 물적 증거를 내기도 힘이 들고 자존심이 상하는 문제라고 합니다. 그래서 많은 여성이 법에다 호소하기 전 자살이라는 극단적인 선택을 하는 일도 많이 있었습니다. 그러니 얼마나 힘이 들고 억울하고 고통스러웠으면 고소하고 나섰을까 하고 생각을 해봅니다.

얼마 전 성 착취범으로 체포된 조수빈이라는 사람이 폭로한다면서 자기가 전화번호부에서 고위 공직자들을 무작위로 골라 몇백 명에게 전화해서 내가 몰래카메라로 당신이 여자와 호텔에 들어가는 것을 보았다고 전화했더니 56명의 고위 공직자들이 아무런 말도 않고 돈을 몇십만 원에서 몇백만 원을 보내주어 받은 돈이 2억이 넘었다는 말을 했습니다. 물론 주수빈은 더할 수 없이 악한 사람이니 그의 말을 믿어야 할지 모르겠지만 그 말이 사실이라면 아직도 많은 고위 공직자들이 불륜이나 성추행과 연관이 있다는 이야기입니다. 여자가 가만히 있거나 문제가 생기지 않았을 뿐입니다.

오래전 군의관으로 있을 때였습니다. 군에서 높은 사람이 오면 저녁을 대접하는데 여자들이 있는 요릿집으로 모시는 때가 있었습니다. 그때 술을 마시며 접대부를 무르팍에 앉히고 내가 보기에 부끄럽게 행동하는 높은 분들을 보았습니다. 그리고 다음 날이면 근엄한 얼굴로 우리에게 정의가 어떻고 의리가 어떻고를 떠들었는데 나는 그들이 참 이상하게 보였습니다.

정치가만이 아닙니다. 목사님들이 교회에서 물러가는 원인 중에 돈과 여자 문제가 제일 많다는 것을 들었을 때 사실이 아닐 거라고 생각을 했는데 오래전 교회에서 피가름이라고 장로님이 신도들에게 성폭행하고, 또 많은 사이비 이단들이 여자 교인들을 성으로 옭아맸다는 기사를 읽으면서 교회도 별수 없구나 생각했습니다.

지금도 TV 드라마를 보면 클럽에 가서 술을 마시고 싫다는 여자를 부둥켜안고 부끄러운 일을 하는 장면을 보게 됩니다. 마치 옛날 서부활극의 무뢰한들이 살롱에서 여자를 부둥켜안고 야단을 치는 것처럼….

얼마 전 유튜브에는 정치계 지도자로 국회의원과 대통령 비서까지 역임한 Y씨가 필리핀에서 성매매하고, 또 광주에서도 여자들을 데리고 술을 먹으며 난동을 부렸다는 의혹이 불거지고 있습니다. 남들 위에 군림하면서 여자를 마음대로 하려는 남자의 욕망이 옛날에는 관행이라는 이름으로 용납이 되었을는지 모릅니다.

삼국지에 보면 영웅호색(英雄好色)이라고 영웅들이 성폭행을 많이 했다고 하지만 지금은 그런 시대가 아닙니다. 사람들이 존경하는 제갈량이나 조자룡 관운장은 그 옛날에도 깨끗한 삶을 살았다고 기록이 되어있습니다. 영화배우였다가 대통령이 된 로널드 레이건이나 루스벨트 대통령 에이브러햄 링컨도 모두 깨끗하게 살았습니다.

이제는 너무도 맑은 사회입니다. 이제는 여자의 인권이 모두 평등합니다. 아니 남권보다 우위일지도 모릅니다. 거리마다 CCTV가 설치되어 있고 거리에 변호사 사무실이 쫙 깔려있고 우리 주머니에 있는 스마트폰으로 언제나 녹음되고 촬영되는 시대입니다. 그러니 정신을 차려야 합니다. 지하철에 앉아 어두운 골목에서 남이 안 볼세라 행동을 잘못하면 당장 경찰에 체포가 될 뿐 아니라 그가 가진 명예가 하루아침에 파탄 나고 감옥에 가야 합니다.

대통령 1순위이던 안희정 충남지사가 감옥에 가는 것을 보고 성폭력의 결과가 얼마나 무서운지 큰 가르침이 되었다고 생각합니다. 감옥에 가는 것뿐이 아닙니다. 발목에 팔찌를 찰 뿐 아니라 이사를 가는 동네에 신분이 공개되고 일생 신세를 망치는 일이 발생할지 모릅니다. 여성운동가로 민권 변호사로 활동을 하면서 여성운동상을 받고 서울시장이 되었던 박원순 시장. 차기 대통령으로 거론이 되고 민주당의 최고의원이던 박원순 시장의 뒷면과 몰락을 보면서 안타깝기도 하고 괘씸하기도 한 혼란한 감정을 느낍니다.

폭언과 망언

말은 뇌에서 나오는 뇌신경이 혀와 구강의 움직임과 가슴에서 나오는 spirit으로 이루어진다고 할 수 있습니다. 그러므로 언어는 그 사람의 인격이고 마음이고 생각입니다.

솔로몬 왕은 왕노릇을 하면서 많은 재판을 하였는데 사람들의 언쟁 속에서 많은 경험을 했는가 봅니다. 그래서 그가 썼다는 성경의 잠언에는 말에 대한 교훈이 많습니다.

"의인의 입은 여러 사람을 교훈하지만, 미련한 자는 지식이 없으므로 망하리라." "명철한 자의 입에는 지혜가 있고 미련한 자의 등에는 채찍이 있느니라."

이렇듯 솔로몬 왕은 지혜 있는 사람의 말에 관해 이야기했습니다. 얼마 전 아카데미 시상식에서 남의 부인을 험담하던 크리스 록이라는 친구는 상을 타러 올라왔던 윌 스미스에게 얻어맞는, 둘 다 망신을 당했습니다. 예수님도 사람이 입으로 들어가는 것이 더러운 것이 아니라 입에서 나오는 것이 악하다고 말씀하셨습니다. 그래서 어떤 말들이 유행하는가에 따라 그 나라 그 사회의 도덕성과 문화가 평가된다고 할 수 있습니다.

언제부터인지 알 수 없는데 지금 한국의 정치사회에는 폭언(暴言)과 망언(妄言)하는 사람들이 부상하고 있습니다. 국회에서나 선거유세에서 누가 더 독한 말을 하고 폭언을 하느냐에 따라 정당에서 인정을 받고 정당 지도자로 부상하고, 여론에서는 사이다 발언이라고 추켜세우면서 올려주고 국민도 주의를 기울입니다. 그래서 폭언은 폭언을 부르고 망언은 망언을 불러 싸움은 점점 더 거칠고 험악하게 진행이 됩니다.

잠언에 "미련한 자의 입은 다툼을 일으키고 멸망을 하고 영혼의 그물이 된다."라고 하였습니다. 그런데 한국이나 미국의 정치판은 말을 거칠게 할수록 또 사실을 잘 왜곡하여 사람들을 선동하게 만드는 사람이 주목을 받고 있습니다. 아마도 그 대표적인 인물을 고르라고 한다면 한참 폭언을 일삼던 나꼼수의 일당일 것입니다. 그런데 한국 사회가 어떻게 되었는지 말을 악하게 하던 그 나꼼수의 '김어준'이 방송에서 큰 인물로 부상하고 있습니다. 또 라이스 미 국무장관을 한국으로 끌어다가 살인범 유영철에게 강간을 시키겠다고 폭언한 김용민은 정치를 하다가 국회의원까지 되었습니다.

나는 그런 사람에게 투표한 국민을 수치스럽게 생각합니다. 오산 출신의 안민석은 거짓말과 망언으로 박정희가 스위스 은행에 몇천억을 은닉해 놓았다느니 최순실이 은닉한 돈이 몇조라느니 터무니없는 망언을 했는데도 오산에서 5선 국회의원이 되었습니다. 이제는 경기도 지사로 출마한다고 합니다.

나는 이런 사람이 국회의원으로 당선되고 정당의 최고위원이 된다는 것이 국민의 수치라고 생각을 합니다. 그리고 독한 말로 혹세무민하던 유시민도 더불어민주당의 원로가 되었습니다. 그리고 말재간이 있다고 사람들의 비위를 긁기를 좋아하는 박범계 씨는 국회의원으로 대전의 터줏대감이 되더니 법무부 장관까지 되었습니다.

국민의 당에서는 하태경이란 사람이 소리를 지르고 안하무인으로 폭언하더니 국민의 당 최고위원이 되어 계속 언론의 주목을 받고 있습니다. 반대로 점잖게 사리를 따져가며 이야기하는 정치인은 사람들의 시선을 끌지 못합니다. 예를 들어 최재형 감사원장은 그렇게 똑똑하고 친구를 십여 년 동안 업어서 등교를 시킬 만큼 훌륭한 인성을 가졌고, 아무런 의혹도 없건만 요새 말하는 날카로운 폭언 소위 사이다 발언을 하지 않으니 대통령 경선에서 뒤로 밀렸고, 황교안 전 대표도 사이다 발언을 하지 못하니 국회의원에서도 떨어지고, 이제는 사람들의 관심에서 멀어졌습니다.

막말의 대가인 추미애 전 장관은 아직도 인기가 높아 대통령 경선에서, 또 서울시장 경선에서도 유력한 후보로 오르고 있습니다. 그가 법무부 장관으로 있을 때 검찰총장이나 다른 의원들과 충돌하는 것을 보면 그야말로 오만방자하고 누구에게도 막말을 서슴지 않는 사람이어서 '어쩌면 사람이 저렇게까지 할 수 있을까?' 생각했습니다.

우리는 몇 년 전 이종걸 국회의원이 박근혜 당시 대통령에게 "귀태(鬼胎, 귀신의 태반에서)에서 태어난 태어나지 말아야 할 년"이라고 이야기한 것을 들었습니다. 그 말을 들은 여자 대통령의 가슴은 어떠했을까요? 말하는 사람은 모래에 쓰지만 듣는 사람은 돌에 새긴다고 했습니다. 말을 한 사람은 그날 저녁에 잊어먹을 수 있겠지만 듣는 사람은 일생 잊을 수 없는 것입니다.

고등학생 때입니다. 나는 가난했고 옷차림도 참 허술했습니다. 물론 내세울 만한 것도 없었지요. 하루는 친구의 어머니가 친구에게 "산이 커야 그늘이 크고 사람도 커야 그늘이 크단다. 너도 사람을 가려가면서 친구로 사귀라."고 말하는 것을 들었습니다. 나는 그 말이 너무 섭섭하여 60여 년이 지났는데도 그 말을 잊지 않고 있습니다. 그 말을 하던 날과 그 말을 하던 그날을 잊을 수가 없습니다. 물론 그 후로는 그 친구의 집에 가지도 않았고, 사회적으로 그 친구보다 잘 되려고 노력했습니다. 그래서 나는 살면서 지금까지 남의 가슴에 못을 박는 말은 하지 않으려고 노력합니다. 나의 친한 친구들은 나한테 "쟤는 무슨 기분 나쁜 일이 있으면 얼굴이 샐쭉하여 입을 꼭 다문다."라고 합니다. 나쁜 말을 하여 평생 원한을 살까 봐 입을 다무는 것입니다.

나와 아내는 이따금 싸움합니다. 그럴 때 좋지 않은 말, 그의 가슴에 박히는 말은 되도록 하지 않으려고 조심합니다. 그런데 젊을 때는 아내에게 독한 말을 하여 많은 원한을 샀습니다. 그렇게 가슴에 박히는 말을 한다고 언쟁에 이기는 것도 아니고 나에게 가장 귀한 사람에게 가슴 아픈 말을 한다고 나에게 무슨 이익이 있는 것도 아닙니다. 그래서 아내에게 독한 말이 나오려고 하면 입을 옹 다물고 말하지 않습니다. 아내는 그것이 더욱 싫은 일이라고 하지만….

나는 트럼프 대통령을 지지했습니다. 그리고 2020 미국 대통령 선거 때 적극적으로 후원했습니다. 친구와 저녁을 먹었다고 생각하자면서 나로서는 후원금도 넘치도록 보냈습니다. 그래도 그의 막말은 좋지 않게 여겼습니다. 그가 좀 더 점잖았더라면, 부드럽고 포용력 있는 모습을 보였더라면 재선되었을 것으로 생각합니다. 그의 많은 폭언과 망언으로 적을 많이 만들었고, 그래서 선거에 졌습니다. 그는 아직도 매일 이메일로 자기를 지지하라고 합니다. 물론 정책 자체는 민주당보다 훨씬 마음에 듭니다. 그러나 그가 망언하고 폭언을 하는 한 나는 그를 지지하지 않을 것입니다. 말은 그의 인격이기 때문입니다.

죽음에 대한 공포

하나님은 세상을 창조할 때 죽음이란 것도 같이 만드셨을 것입니다. 에덴동산을 만드시고 그곳에 선악과라는 과일을 만드시고 "이것을 먹으면 반드시 죽으리라."라고 경고하셨습니다.

그러니 인간들이 죄를 짓기 전에 죽음이라는 것을 설정하신 것입니다. 그리고 명령을 어기고 선악과를 따먹은 아담에게 "너는 죽을 것이다."라고 했습니다. 그러니 죽음은 형벌입니다. 아담이 선악과를 따먹지 않았더라면 죽음이 없었겠지요. 구약을 읽어보면 사람이 범죄를 했을 때 형벌로 죽었습니다. 그리고 구약에는 내세, 천국, 지옥이란 말이 없습니다. 야곱이 요셉이 죽었다고 하였을 때 "내가 머리를 풀고 음부로 내려가리라."라고 한 말은 죽음이란 말이지, 내세라는 말은 없습니다.

죽음은 인간 모두에게 공포의 대상입니다. 셰익스피어는 "한 번도 가보지 못한 미지의 세계, 한 번 가면 다시는 돌아올 수 없는 세계"라고 햄릿의 독백에서 이야기했고, 그것이 두려워 햄릿은 자살을 결행하지 못합니다. 우리가 즐기는 서부영화를 보면 많은 사람이 죽습니다.

권총으로 싸우다가 죽고, 악한들이 남의 집을 습격하여 죽이고, 은행을 습격하여 돈을 훔쳐 달아나다가 죽는 등 많이 죽습니다. 그리고 악한이 잡히면 사형을 시킵니다. 그래서 웨스턴 영화에는 사형 장면이 많습니다. 대개 교수형이었는데 교수대를 만들고 목사님의 이야기가 있고 머리를 가리는 수건을 씌운 후 발판이 빠지는 교수대입니다. 그런데 어떤 이는 얼굴을 가리려고 하면 발버둥 치고, 어떤 사람은 고개를 틀고 반항하는가 하면, 어떤 사람은 얼굴 가리개를 안 해도 된다고 결연한 말로 거절하고 사형을 받습니다.

많은 사람을 죽이고도 자기는 죽기 싫어하는 것이 인간의 심리인 것 같습니다. 멕시코에서는 사형수들을 벽에 세우고는 총으로 쏘아 버립니다. 언제인가 감옥에서 마지막 사형수들의 태도를 읽은 기억이 납니다. 사형수들이 있는 방에서 있다가 누구의 이름을 부르면 그 사람은 깜짝 놀라고 공포에 떤다고 합니다. 그리고는 사형장으로 나가면서 어떤 이는 울고, 어떤 이는 간수에게 사정을 하고, 그러면서도 물이 있는 땅을 밟지 않으려고 피해간다는 이야기입니다.

5·16 이후 사형을 당한 임화수, 이정재 등의 이야기를 들으면서 역시 죽음은 공포스러운 거구나 생각을 했습니다. 레마르크의 ≪서부 전선에 이상이 없다≫라는 책에는 '파울 보이머'라는 19세 독일 청년이 프랑스와의 전선에서 죽음을 가까이서 관찰합니다. 자기가 숨어 있는 참호로 뛰어 들어온 독일군을 정신없이 쏘아 버리고 그가 죽어가는 모습을 옆에서 보게 됩니다. 거친 숨소리, 움직일 수는 없지만 자기를 자라보는 눈, 그리고 마지막 숨을 내쉬기까지의 모습을 19세의 청년은 관찰합니다. 결국 자기도 어느 날 경비병으로 경비를 나갔다가 날아온

유탄에 맞아 죽고 말지만….

언젠가 친구가 "하나님은 참 공평하시구나. 물론 돈이야 누구에게 좀 더 주고 적게 주고는 하시지만 가장 중요한 태어남과 죽음은 모두 공평하게 주시었다."라고 이야기했습니다.

누구나 죽음은 맞습니다. 그리고 죽음은 범죄의 형벌에서 나온 것입니다. 그래서 인간은 죽음의 공포를 없애기 위해 종교를 만들었습니다. 그래서 불교는 윤회설을 낳고, 이슬람교도 내세라는 것을 이야기했습니다. 그러나 2000년 전 하나님의 원칙이 바뀌었습니다. 인간이 죽지만 죽기 전 하나님을 믿으면 다시 내세의 삶을 가진다는 것입니다. 죄를 지은 사람에겐 형벌로 지옥을 그리고 하나님을 믿은 사람에겐 낙원을 주신다고 하셨고, 예수님이 그것을 증명하셨습니다.

'부활'입니다. 그러나 모든 사람이 모두 기독교인은 아니고 누구나 이것을 믿지는 않습니다. 그래서 죽음은 아직도 햄릿의 고민처럼 한 번 가면 다시는 돌아오지 못하는 나라로 공포의 대상으로 남았습니다. BC 399년 소크라테스는 사형을 선고받았는데 그 방법은 사약이었습니다. 사약을 받은 그는 제자들에게 이런 말을 남겼습니다. "이제 나는 새 길을 간다. 이 새 길을 가는 내가 좋을지 아니면 세상에 남는 저들이 좋을지는 아무도 모른다." 그러면서 약을 먹고는 제자들에게 "이제 다리가 무거워지고 감각이 없어진다. 그리고 그 느낌이 올라온다."라고 죽음의 경과를 이야기하면서 갔다고 합니다. 역시 선생님다운 최후입니다.

프랑스의 장 폴 사르트르의 죽음도 유명합니다. 그는 죽기 전 호스피스에 들어가게 되었는데 호스피스에 들어가지 않겠다고 버티었다고 합니다. 그래서 사람들에게 끌려오면서도 안 들어가겠다고 반항했습니다. 방에 갇힌 그는 병실의 벽을 긁으면서 죽음을 두려워하고 반항했다고 합니다.

누구에게든 죽음은 두렵습니다. "개똥밭에 굴러도 이승이 낫다."라는 말도 그렇고 "인제 가면 언제 오나 서러워서 못 살겠네."라고 상여꾼의 가락도 죽음은 싫어하는 가사입니다. 그런데 어떤 종교인들은 죽음을 두려워하지 않았습니다. 젊은 나이에 희생이 된 스데반 집사도, 25세에 생을 마감한 김대건 신부도, 나이가 들어 마음대로 거동을 하지 못한 베드로도 담담하게 죽음을 맞이했습니다.

오래 살아야 행복한가는 그다지 중요한 건 아닌 것 같습니다. 40년을 사나 80년을 사나 110년을 사나 영원에 비하면 그 연수는 아무것도 아닙니다. 요셉과 여호수아는 110세, 모세는 120세, 아론은 123세, 야곱은 147세, 아브라함은 176세, 이삭은 180세를 살았다고 하지만 그들 모두 지금 세상에는 없습니다.

종교는 죽음을 공부하는 것이라고 했습니다. 그러나 신앙은 매일 죽음을 실습하는 것으로 생각합니다. 이번 코로나바이러스로 몇몇 친구가 세상을 떠났습니다. 우리가 모이면 생일이 제일 늦다고 하여 "내가 막내예요." 하던 친구가 누구보다도 먼저 갔습니다. 동창회 소식란에는 나보다 10년 후배 졸업생도 가고, 지금 40세가 안 된 후배 동창의 부음도 들립니다. 나보다 못난 놈도 가고, 나보다 잘난 친구도 갔습니다.

나도 이제 언제 갈지 모릅니다. 그러나 매일을 죽음만 생각하며 공포 속에서 살 필요는 없습니다. 장자처럼 부인의 장례식에 춤을 추는 것은 우리가 할 수 있는 태도는 아니지만 매일 달력을 보며 죽음을 무서워하는 것도 좋은 일은 아닙니다.

　이생 다음에 내생이 있음을 믿고 하루하루의 빛나는 태양을 바라보며 행복하게 사는 것이 남은 날에 내가 할 일일 것으로 생각하며 오늘 아침을 맞습니다.

선교사님들

자기가 살던 고장을 떠나 낯선 타향, 언어가 다르고 먹는 음식 모든 관습이 다른 외국에서 산다는 것은 어려운 일입니다. 그것도 자기가 살던 한국보다 살기가 훨씬 어려운 저개발국가에 가서 산다는 건 정말 쉬운 일이 아닙니다. 그래서 자기 고향과 가족을 떠나 오지에 가서 선교 생활을 하는 선교사님에게는 저절로 머리가 숙어집니다.

한국은 세계에서 미국 다음으로 두 번째로 선교사를 많이 내보내는 나라입니다. 세계 방방곡곡에 한국 선교사가 안 가 있는 곳이 없을 정도입니다. 그런데 많은 나라에서 기독교 선교를 못 하게 금하고 있습니다. 그래서 공개적으로 선교를 못 하고 NGO의 임원 자격으로 들어가 영어나 한국어를 가르치고, 그곳 사람들의 일을 도와주면서 선교하고 있습니다. 우즈베키스탄, 카자흐스탄, 몽골, 중국, 베트남 등이 공개적으로는 기독교 선교를 금하고 있습니다. 그래도 그 나라 정부에서는 모르는 척 눈감아주고 있다가 자기네들의 눈에 거슬리면 쫓아버리곤 합니다.

그런 선교사업에는 의료 선교가 제일 쉽고 효과가 있습니다. 1885

년 한국에 선교사가 들어올 때도 교육과 의료 사업이 먼저였고 가장 좋은 효과를 냈습니다. 그들은 자기의 생명을 내어놓고 현지인들의 병을 치료하였고, 많은 선교사가 현지에서 일어나는 전염병에 목숨을 잃었습니다.

얼마 전 의료 선교를 위한 모임이 있었습니다. 그런데 어떤 목사님이 "의료 선교를 나가는 의사들은 자기 나라에서도 가장 실력이 있고 좋은 의사들이 나가야지, 별 실력도 없는 의사들이 나가는 것은 좋지 않다. 옛날 우리나라에도 실력이 없는 의료 선교사들이 많이 있었다."라고 다소 비판적인 말씀을 하셨습니다. 물론 그 말씀에는 일리가 있을 것입니다.

의사가 되는 데는 시간이 오래 걸립니다. 의과대학을 졸업하고 인턴 생활 1년, 전공과목을 택하여 전공의를 4년을 하고 전문의 시험을 봅니다. 그러고는 Fellow 과정으로 다시 1~2년 공부를 더 합니다. 그러니까 의과대학 6년, 전공의 5년, 다시 Fellow 2년 등 13년입니다. 모든 과정을 마치면 30대 후반이 됩니다. 그리고 전문가가 되어도 개인 차가 있어서 어떤 이는 아주 수술을 잘하는 사람도 있고 수술의 기술이 뛰어나지 못한 분도 있습니다. 같은 외과 의사라도 잘한다는 말을 들을만한 의사가 되려면 40세가 지나야 합니다.

나는 선교사들은 가능한 한 젊어서 가야 한다는 말에도 동의합니다. 나이가 많아 선교에 나가면 현지 적응하기가 젊은 사람들보다 어렵습니다. 현지어를 배우는 데 학교에 다니는 것이 아닌, 일하면서 익히니까 시간도 걸리고 진도도 빠르지 않습니다.

내가 몽골에 가서 느낀 것은 젊어서 몽골로 온 사람일수록 몽골 말에 능하고 현지 적응을 잘한다는 것을 실감했습니다. 그래서 자기의 전문과목에서도 최고이고 현지에 가서 적응도 잘하는 선교사가 있다면 좋겠지만 꼭 그렇지만도 않습니다.

그래서 현지의 의료 선교사들이 고도의 지식과 치료가 필요한 환자는 한국의 대학병원에 의뢰하고 도움을 받습니다. 나도 전문인 성형외과의 경우에도 일 년에 한 번씩 여름에 의료 선교로 현지에 가서 한 10 일정도 돌보아 주고 오기도 했습니다. 물론 돌이켜보면 옛날 한국에 나오신 선교사 중에 최고의 의사가 아니었던 분도 있었을 겁니다. 그러나 그때 당시 우리나라에는 그만한 의사들도 없었기에 도움을 받은 것 아니겠습니까?

나의 동기동창 강원희 박사는 1982년인가 네팔로 선교를 갔습니다. 그는 전주 예수병원에서 외과 수련을 마치고 일반외과 전문의가 된 후 한국에서 얼마간 개업의로 있다가 네팔에서 그의 일생을 그곳에 바쳤습니다. 그는 히말라야의 슈바이처로 불리면서 아직도 일하고 있습니다. 나는 그를 존경합니다. 그는 한국 최고의 외과 의사라고는 할 수는 없습니다. 그러나 그는 선한 일을 위하여 자기의 온몸을 바치고 있는 것입니다. 내가 한국 최고의 외과 의사가 된 다음 의료 선교를 나가겠다고 생각하는 건 좋습니다. 그런데 최고가 되려면 그 기간은 길고도 길고 쉽지도 않습니다. 마치 내가 돈을 많이 벌어 부자가 된 다음 부모님을 잘 모시겠다는 말처럼 들립니다. 부모님은 내가 돈을 많이 벌어 부자가 될 때까지 기다려 주지 않습니다.

내가 뉴저지에 교회에서 들은 이야기입니다. 어떤 외과 의사가 중년의 나이에 의료 선교를 몇 년 나갔다 왔습니다. 그가 "나의 인생의 황

금기를 의료 선교로 하나님께 바치고 싶었습니다."라고 이야기하는 것을 듣고 감명을 받았습니다.

나도 오래전 멕시코의 유까단이라는 곳에 의료 선교를 갔습니다. 세계의 유명한 관광지인 칸쿤에서 그리 멀지도 않은 촌입니다. 그런데 주민이 2천여 명이 산다는데 화장실이 하나밖에 없었습니다. 이 화장실도 외부에서 손님이 오면 사용하기 위하여 평소에는 문을 잠가 놓고 있었습니다. 여기 사람들은 집 밖 아무 들에나 용변을 보는데 건조하고 뜨거운 날씨로 몇 시간 안 돼서 말라 먼지가 되어 날아간다고 합니다. 나는 외과 환자를 보았는데 메마르고 강렬한 햇빛 때문인지 피부암 환자가 있었습니다. 그때 어떤 상피세포암 환자를 보았는데 아무것도 할 수가 없습니다. 조직검사는커녕 극소 마취로도 수술할 수가 없었습니다. 마을의 이장을 불러 의논했는데 며칠 있다가 칸쿤의 병원으로 보내겠다고 하는데 칸쿤에도 큰 병원은 없다고 했습니다. 그러니까 아무리 전문의가 온다고 하더라도 환경이 그를 뒷받침해 주지 못하면 의사의 실력이 소용이 없습니다.

나는 안락한 자기의 집과 나라를 떠나서 이렇듯 험한 곳에 와서 환자를 돌보는 의사들에게 존경을 표합니다. 아무리 좋은 과일이라도 한 바구니에는 흠이 있고 벌레 먹은 과일이 한두 개쯤 있듯이 선교사 중에도 이건 아닌데 하는 분이 있습니다. 현지에서 환자를 보는 것보다 교회나 기관에서 보조하는 잿밥만을 따라다니는 선교사. 모든 것을 내려놓고 왔다고 책을 내고 선전하고는 대학 부총장으로 취임하여 거들먹거리는 선교사, 현지인을 하인 대하는 선교사도 보았습니다. 그러나 내가 만난 선교사 의사는 그래도 한국에서 개업이라도 할 수 있고 큰 병원에서 일할 수 있는 분들이었습니다. 그들은 자기의 모든 것을 내려놓고 희생하면서 현지인들과 생사고락을 함께 하는 분들이었습니다. 그런 선교사님에게 저절로 머리가 숙어집니다.

중국인 혐오증

요새 신문에는 인종 혐오증(증오)과 폭력에 관한 이야기가 많이 나옵니다. 지하철에서 뉴욕의 맨해튼 시내에서 젊은이들이 동양인들에게 이유 없는 폭력을 행사하는 일들이 많아졌습니다. 그전에도 이런 일은 가끔 있었습니다. 'Hi chicks go back home'이라고 욕을 하면서 지나가는 차들도 있었습니다.

그런데 코로나가 퍼지면서 동양인 혐오증은 더욱 심해졌습니다. 코로나가 중국 우한지방에서 퍼져 세계로 퍼졌다는 것과 박쥐나 뱀을 먹는 중국인이 퍼트렸다는 혐오스러운 소문이 퍼졌기 때문입니다. 그래서 코로나가 유행한 이후 동양인에 대한 혐오증이 더욱 심해졌습니다. 중국은 정말 큰 나라입니다. 국토도 세계의 몇째 안 가게 넓은 나라입니다. 인구는 세계 제일 위로 공식적으로 14억이라고 하지만 중국에는 출생 신고를 안 한 사람들도 많고 등록이 안 된 사람들이 많아서 아마도 16억이 넘지 않을까 하고 추산합니다. 역사도 오래되어 요순시대로 간다면 아마도 4000년은 되지 않았을까 생각합니다. 노자 공자의 나라이고 박물관에 가면 그 많은 역사적 유물을 보고 깜짝 놀랄 수밖에 없습니다.

나는 중국에 여러 번 갔었습니다. 처음에 갔을 때 서울 시청 앞의 대한문이나 경복궁 불국사를 보고 유적이라고 생각했던 나는 자금성과 만리장성을 보고 깜짝 놀랐습니다. 설악산과 지리산을 보고 명산이라고 감탄했던 나는 황산과 태산, 장가계와 계림을 가보고는 기가 죽었습니다. 아마도 문재인 씨도 그런 마음이었을는지 모릅니다. 중국에 가서 중국은 큰 나라이고 우리는 작은 언덕 같은 나라라고 이야기를 했습니다. 그래서 우리는 중국몽을 꾸어야 한다고 말을 했습니다. 물론 적절치 못한 말입니다.

중국은 많은 주변 나라와 국경을 접하고 있습니다. 그래서 옛날부터 외국과의 국경 분쟁과 전쟁이 잦았습니다. 힘으로 작은 나라를 침범하여 속국으로 삼았을뿐더러 아주 완전히 소화해 버렸습니다. 예를 들면 내몽고를 침범하여 자기 나라로 만들었습니다. 그때 내몽고에 몽골인이 약 400만이 살았다고 하는데 내몽고에 접수하고는 한족이랄까 중국 국민을 내몽고로 이주시켰습니다. 지금은 인구가 약 2,400만 정도 되는데 중국인이 2,000만이라고 합니다. 그러니 이제 다시는 내몽골 땅이 몽골인에게 돌아갈 수 없게 되었습니다.

제2차 세계 대전 이후 영국과 스페인, 프랑스와 포르투갈 등 많은 나라가 식민지였던 나라를 해방시켜 주었습니다. 그런데 중국은 네팔 티베트 내몽골을 독립시켜줄 생각도 없을뿐더러 꿈쩍도 안 합니다.

지금 중국은 호시탐탐 한국을 노리고 있습니다. 북한은 옛 고구려 땅인데 지금 고구려 땅의 삼분의 2인 만주가 모두 중국 땅인데 만일 고구려의 남은 땅 한강 이북을 찾는다면 한국이 중국 땅이 될 것이 아니냐는 말입니다. 중국의 소수 민족에는 조선족이 들어 있습니다. 그러니 한국은 잠정적인 중국의 소수 민족이라는 것입니다. 그뿐이 아닙니다. 한복도 자기의 문화이고 심지어 김치까지도 자기네 음식이라고 합니다. 백두산도 뺏어서 '장백산'이라고 명명하였습니다.

중국 사람은 욕심이 많습니다. 우리가 어렸을 때 욕심 많은 사람에게 '되놈처럼 욕심이 많다'라고 했습니다. 중국 사람은 두꺼운 검은 옷을 입고 옷에 때 기름이 묻어 있어도 집안에는 금덩어리가 있고 속주머니에는 현금이 가득하다고 했습니다. 그들의 욕심을 채우는 데는 지켜야 할 예의나 도덕심이 없습니다. 빈부의 차이는 우리가 상상할 수 없을 정도의 차이입니다. 가난한 사람들은 그냥 길거리에서 상한 채소를 주워 먹는데 부자들은 미국의 부자가 울고 갈 정도로 사치스럽습니다.

가짜 상품이 판을 치고 상인들은 거짓말을 사실보다도 더 많이 합니다. 거짓말이 탄로 났어도 수치심이나 잘못되었다는 생각이 없습니다. "우리가 대국 사람인데 네가 뭐냐?" 하는 자존심마저 있는 듯합니다. 내가 중국에 마지막으로 간 것이 2019년이었습니다. 그때 느낀 것은 물량적으로는 많이 발전했지만, 사람들은 더 뻔뻔해지고 거칠어지고 오만해졌습니다. 제주도 공항 로비에서 어린애의 오줌을 누이고 있는 중국인 여자를 보았습니다. 아무리 무식한 사람이라도 분위기로 보아서 그곳에서 어린애의 소변을 보게 할 수 있을까요? 큰 소리로 떠드는 그들을 보면서 '부끄러움도 모르는 참 미개한 사람들이로구나.'라고 생각했습니다. 그리고 과자를 먹은 쓰레기 면세품에서 물건을 사고 포장지를 아무 데나 버려서 제주도 공항 로비는 혼란스럽고 더러웠습니다. 그리고 비행기 안에서 떠드는 소리가 정말 호떡집에 불이 난 것 같았습니다. 그래서 세계의 많은 곳에서 중국 사람들을 싫어하는 중국 혐오증이 생겼습니다.

오래전 오스트레일리아의 공원 입구에 '중국인과 개는 출입금지'라는 간판이 붙어 있었다고 합니다. 그러면 부끄러워해야 할 텐데 중국인은 부끄러운 줄 몰랐습니다. 관광 수입이 나라 수입의 큰 몫을 차지하는 이탈리아에서도 중국인을 환영하지 않는다는 기사가 났습니다.

신문을 찾아보니 중국인을 싫어하는 나라들이 많이 나왔습니다. 일본인의 86%, 스웨덴 85%, 호주 81%, 덴마크 75%, 영국 74%, 미국 캐나다 네덜란드 72%, 벨기에 71%, 프랑스 70%, 스페인 63%, 이탈리아 62%가 중국인을 싫어하고, 한국도 75%가 중국인을 싫어합니다. 몽골인은 90%가 중국인을 싫어하고 타이랜드에 여행할 때 투어 가이드가 자기네 나라에서도 중국인을 싫어한다고 했습니다.

얼마 전 여자 테니스 대회에 중국 선수 왕이라는 여자와 스페인 여자와의 경기가 있었습니다. 그런데 관중의 대부분이 스페인 여자 선수를 응원하는 것이었습니다. 이렇게 중국은 지금 국제적인 왕따를 당하고 있습니다. 서울 명동에는 중국인들이 휩쓸고 다닙니다. 화장품 장사들이 중국말을 하면서 호객을 하지만 지나가면 욕을 합니다. 그런데 문재인 대통령은 왜 중국인을 그렇게 좋아하는지 모르겠습니다.

그들은 음식물에 공업용 아교를, 생선 배에 납덩어리를 넣고 고기나 생선에 공업용 방부제를 주사해서 팝니다. 그래서 나도 중국 사람들이 싫어졌습니다. 그런데 나도 중국 사람으로 인식이 될까 봐 그것이 겁이 나는 세상입니다.

배신자(背信者)

배신자는 '자기를 믿고 자기를 사랑한 사람'을 배반한 사람입니다. 총을 맡긴 사람에게 총질하는 사람, 자기를 믿고 맡긴 금고의 열쇠로 금고를 열고 도둑질을 한 사람이 배신자입니다. 죄 가운데 제일 나쁜 죄질이 배신입니다.

역사상 가장 큰 배신자는 누구일까요? 물론 가롯 유다입니다. 자기를 믿고 자기 모임의 회계를 맡긴 예수님을 돈을 받고 판 자입니다. 그래서 배신자라고 할 때 제일 먼저 떠오르는 사람이 가롯 유다입니다. 또 누구일까요? 한국에서는 김재규입니다. 박정희 대통령과 동향이고 동기동창이어서 온갖 힘을 다 실어주고 6관구 사령관 수도경비 사령관, 중앙정보부장을 맡겼던 사람이 대통령을 사살했습니다. 그리고 마치 브루투스가 시저를 죽이고 나서 한 말 "나는 카이사르를 사랑했다. 그러나 로마를 더 사랑했다."라는 역사적인 말을 인용하여 '나는 박정희를 사랑했다. 그러나 대한민국을 더 사랑했다.'라고 중얼거렸습니다.

그런데 역사책에도 분명히 나와 있습니다. 로마의 배신자 중 브루투스가 가장 나쁜 배신자였다고…. 아무리 카시우스가 자기를 유혹했다고 하더라도 자기의 의부인 카이사르를 칼로 찌르는 것은 배신입니다. 그러나 유다도 브루투스도 자살로 끝이 났습니다. 물론 김재규도 형장에서 죽었습니다. 그러나 배신자가 모두 벌을 받는 것은 아닙니다.

TV 드라마에서 자기를 믿어주던 회사의 비밀을 빼내어 사장을 파멸시키고 회사를 가로채는 배신자들을 봅니다. 그러나 그들은 파멸하지 않고 승승장구합니다. 가난한 청년이 회장이나 사장의 딸과 결혼합니다. 그리고는 처가의 재산을 빼돌리고 불륜을 저지르며 부인을 배신하고 재산을 가로채는 영화나 드라마를 많이 봅니다. 그들에게도 핑계는 있습니다. 열등감이라던가 처가의 갑질이라던가….

그런데 브루투스처럼 자기의 칼로 자기를 사랑해준 의부를 찔러서는 안 된다는 말입니다. 지금 정치계에서도 배신의 정치인들을 봅니다. 김무성 씨와 유승민 씨입니다. 김무성 씨는 한나라당의 대표였고 유승민은 정치를 박근혜의 비서로 정치를 시작했습니다. 그리고 한나라당의 최고위원이었습니다. 그리고 김무성 의원은 박근혜 전 대통령의 심복이나 다름이 없었습니다. 그래서 그가 어려웠을 때 힘이 되어주고 당 대표로 만들기까지 했습니다. 그런데 그를 배신하고 민주당에 박근혜를 탄핵하자고 부추겼고 그를 탄핵했습니다. 설혹 민주당이 탄핵하자고 했어도 자기는 가담할 수 없는 사람이었습니다. 물론 그들도 이야기하겠지요. '나는 박근혜를 사랑했다. 그러나 한국을 더 사랑했다.'고요. 유승민 씨는 기회가 있을 때마다 자기를 변호하며 박근혜 대통령 탄핵을 정당화시키려고 노력했습니다.

그런데 지금 박근혜 대통령의 탄핵은 음모였다는 것이 드러나지 않았습니까. 그러면 누가 음모를 했습니까? 민주당과 김무성, 유승민 일파이겠지요. 그러면서도 아직도 배신의 일을 계속하고 있습니다. 유승민 씨는 경상북도 대구 출신인데 이번에 경기도 지사에 출마한다고 합니다. 그래도 자기를 뽑아준 대구 시민을 물리치고 한마디 연관도 없는 경기도 지사에 출마한다고 합니다. 그리고 얼마 전에는 대통령 인수위원회의 기밀 서류를 몰래 유출했다고 합니다. 역시 배신자의 습성은 버리지 못하는가 봅니다.

또 유명한 배반자는 마이클 펜스입니다. 그는 공화당 부통령이고 트럼프의 그림자나 마찬가지였습니다. 그리고 그는 진실한 크리스천이라고 말끝마다 강조합니다. 그런데 2021년 1월 5일 2020년도의 대통령 선거에 하자가 없었다고 선언함으로써 바이든 대통령 선거의 막을 내렸습니다. 2020년 미국 대통령 선거는 공정선거가 아니었다는 것을 누구나 인정합니다. 그리고 조지아·애리조나·미시간·위스콘신·펜실베이니아에서 재검표를 해야 한다는 여론이 뒤끓고 있었고, 재검표가 시행되고 있었습니다. 그것을 펜스 부통령을 상원의장으로 막아버린 것이었습니다. 트럼프 대통령이나 대부분의 공화당 의원은 나락에 떨어졌습니다.

나는 트럼프 대통령이 완전한 사람이라고는 생각하지 않습니다. 그는 막말을 많이 하고 행동 또한 거칠어서 많은 적이 만들었습니다. 그의 심복이던 불턴조차도 그의 적으로 만들었습니다. 그러나 펜스는 트럼프를 그렇게 배신하면 안 되는 사람이었습니다. 나는 펜스의 정치적 생명을 끝이 났다고 생각합니다. 아무리 자기가 기독교인이라고 주장하더라도 많은 국민은 그의 배신을 잊지 않을 것이기 때문입니다.

한국 역사를 읽으면 세종대왕 때 집현전 학사로 있던 신숙주는 성삼문, 박팽년과 더불어 세종대왕의 가장 사랑을 받는 사람이었습니다. 세종이 임종하면서 허약한 문종을 부탁했고 문종이 죽으면서 단종을 부탁한 신하였습니다. 그러나 성삼문과 박팽년은 단종을 위하여 목숨을 버렸으나 신숙주는 그를 배신하고 세조의 신하가 되었습니다. 그래서 아직도 쉽게 상하는 녹두나물을 숙주나물이라고 부르게 되었습니다.

여러 가지 나쁜 죄가 있습니다. 도둑질도 나쁘고, 강도도 나쁘고 폭행도 나쁩니다. 나는 그중에서 배신이 가장 나쁜 죄일 것으로 생각합니다. 이는 믿음을 저버린 것이기 때문입니다. 단테의 『신곡』에는 지옥편이 있습니다. 그리고 지옥의 가장 깊은 맨 밑층에 배반의 죄를 지은 사람들이 있었다고 이야기합니다. 가룟 유다도 브루투스도 칼타고를 배반하고 팔아먹은 귀족 아스티락스도 지옥의 맨 밑층에 있었다고 합니다. 아마 소설의 인물로는 오셀로의 이아고, 리어왕의 딸들, 맥베스 같은 사람들이 있었겠지요. 만일 한국 사람이라면 어떤 사람들이 있었을까요? 내가 생각하기에는 정치인들이 제일 많지 않았을까 하고 생각합니다. 내가 대통령 후보를 하고 당신이 당 대표를 하시라고 하고는 대선에서 낙선하고는 돌아와 당 대표 자리를 빼앗고 내쫓아버린 사람, 국회의원이 되기 위하여 박근혜 전 대통령을 많이 이용하고서는 그를 탄핵한 한나라당 간부들, 자기가 곤경에 빠졌을 때 도와달라고 애걸하더니 권력을 잡자 모두 잘라버린 전직 대통령들처럼 배신의 역사가 얼룩진 한국의 정치가일 것입니다.

배신자들이 아직도 어깨를 펴고 살면서 배신의 배신을 거듭할 수 있는 한국 사회가 부끄럽기만 합니다.

복수불환(覆水不還)

'복수불환(覆水不還)'은 엎질러진 물은 다시 담을 수 없다는 말입니다. 오래전 읽은 옛날이야기입니다.

어느 시골에 가난한 젊은 선비가 과거를 준비한다고 열심히 공부하였습니다. 그러니 가사를 돌보지 못했고 돈을 벌어오지도 못했습니다. 부인은 시집을 올 때 돈을 잘 벌고 집안일을 보아줄 신랑으로 알고 왔는데 실망했습니다. 몇 달을 살아보니 싹수가 노랬습니다. 그래서 몇 달 만에 이런 남자하고 살아야 고생길만 훤하겠다고 생각을 하고 이혼을 선언하고 친정집으로 가버렸습니다. 일 년 후에 이 선비는 과거를 보아 장원 급제를 하고 금의환향을 했습니다. 그래서 말을 타고 관을 쓰고 어사화를 들고 행차하는데 작년에 집을 나간 부인이 이를 보고 아차 했습니다. 조금만 더 참았더라면 그때 이혼을 선언하고 나오지 말고 몇 달만 고생을 더 했더라면 하고 생각했습니다. 그래서 물동이를 이고 가다가 물동이를 옆에 놓고 어사 앞으로 갔습니다. 말 고리를 붙들고 그때는 내가 소견이 짧아 당신을 몰라보고 집을 나갔으나 지금 보니 역시 당신은 훌륭한 사람이구려 그러니 나를 한 번만 용서하시고 다시 받아주오 라고 말을 했습니다. 선비는 그럼 당신이 가진 물동이의 물을 한번 쏟아보시라고 했습니다. 부인이 물을 땅에 쏟으니 그럼 그 물을 다시 담아 보시라고 했습니다. 부인이 "어찌 쏟아진 물을 다시 담을 수 있습니까?"라는 부인의 말에 "맞소. 복수불환이요."라고는 떠나갔다고 합니다.

그렇습니다. 쏟아진 물을 다시 담을 수는 없습니다. 활의 시위를 떠난 화살을 다시 찾아와 활에 메우기도 거의 불가능합니다. 혹시 화살을 찾았다고 하더라도 본래의 화살과는 다를 것이기 때문입니다. 세상에는 꼭 한 번밖에 없는 일이 너무나 많습니다.

오래전 고등학교 동창이 책을 냈습니다. 『나의 삶에는 리허설이 없었다』라는 책입니다. 그렇습니다. 우리 삶에는 리허설도 없고 복습도 없습니다. 바둑에서의 복기 역시 승부가 끝나고 난 후에 훑어 보는 것으로 승부와는 아무런 상관이 없습니다. 우리의 하나하나의 행동 우리가 수시로 하는 말들이 한번 쏟아지면 다시 담을 수 없습니다.

오래전 미국 대통령 선거 때 부시 대통령은 "Read my lips, no more tax"이라고 하였습니다. 그러나 그의 임기 중 한 가지 종목에서 세금을 올렸습니다. 그래서 다음 선거 때 클린턴은 그것을 물고 늘어졌습니다. 부시는 재선에 실패했습니다.

그렇습니다. 우리 입에서 말 한마디를 잘못하면 다시는 주워 담을 수 없는 복수불환이 되어버리고 맙니다. 얼마 전 조영남 가수를 비판하는 여자의 이야기를 들었습니다. 그는 여성 편력이 아주 많은 사람입니다. 젊고 예쁜 여자를 보면 가만히 있지를 못하는 성격인 모양입니다. 그는 윤여정 씨와 결혼해 살면서 불륜을 범했습니다. 그래서 문제가 생기자 윤여정 씨에게 당신은 얼굴이 예쁘지 않아서 같이 못 살 겠다고 말했다고 합니다. 이 말은 여자의 가슴에 무딘 칼을 박는 말입 니다.

많은 사람이 기억합니다. 잘생기지 못한 코미디언인 이주일 씨와 둘 이서 "누가 더 못생겼나요?" 하고 TV에 나와 사람을 웃기던 장면을 그는 잊었나요. 그러면서 자기 부인의 가슴에 그런 큰못을 박다니요. 모든 여자는 자기가 어느 정도는 예쁘다고 생각을 하고 그것이 자존심 이고 생명인데 자기 부인에게 당신은 인물이 없어 같이 못 살겠다니 요. 이것은 최소한의 인격도 갖추지 못한 발언일 것입니다. 윤여정 씨 가 아카데미 조연상을 받은 다음 조영남 씨는 자기가 한 말을 잊은 듯 꽃다발을 보내고 인사를 했지만, 윤여정 씨에 가슴에 박힌 못은 빼어 지지 않았습니다. 복수불환이었습니다.

옛날 민주당의 중진 국회의원인 이종걸 의원은 박근혜 대통령에게 귀태에서 태어나지 말았어야 할 사람, 심지어 그년이라고도 말했습니 다. 그는 지금 후회하겠지요. 그런데 그의 말을 박근혜 전 대통령을 잊지 않을 것이고, 많은 사람이 기억하고 그의 인격을 그의 말에 맞출 것입니다. 입을 떠난 말은 시위를 떠난 화살보다도 더 도로 찾기가 힘 이 들 것입니다. 우리는 보통 사람보다 공부도 많이 하고 인격도 갖추 었을 것이라고 믿는 국회의원 정치인들에게서 더 입에 담기 힘든 저속 하고 야비한 말을 많이 듣습니다.

오래전 이승만 대통령에 대항하여 나왔던 신익희 씨나 조병욱 박사 등은 이승만 대통령을 비난했어도 막말은 하지 않았고, 박순천 여사도 야당이었지만 박정희 대통령을 그런 막말로 비난하지는 않았습니다.

어찌 말뿐이겠습니까 우리의 지나간 행동도 마찬가지입니다. 나도 오랫동안 의사 생활을 하면서 많은 환자를 보았습니다. 의사의 말을 듣지 않는 환자, 불평이 많은 환자에게 신경질을 부린 일도 있습니다. 간호사가 내 맘에 들지 않는 일을 했을 때 그의 가슴에 못을 박는 말을 한 적도 있습니다. 그때 좀 더 부드럽게 대해 주었더라면 좀 더 사랑을 가지고 진료를 했더라면 하고 후회되는 일들이 있습니다. 일하다가 마음에 들지 않았을 때 웃으면서 고쳐 주고 사랑으로 대해 주었더라면 얼마나 좋았을까 지금은 얼굴도 잊은 간호사에게 사과합니다.

대학병원에 교수로 있으면서 전공의에게 야단을 치고 학생들에게 차갑고 매서운 교수로 대했던 일은 얼마나 많았을까. 그들이 지금 나를 어떻게 기억하고 있을까를 생각하면 자다가도 부끄러워지고 스스로 후회스러울 때가 많습니다.

이렇듯 많은 나의 과오가 지금은 어찌할 수 없는 나의 복수불환으로 남아 있습니다. 취소하고 다시 할 수 없는 우리의 삶, 그것을 미리 알고 깨달았더라면 후회할 일이 적었을 텐데….

시골에서 온 할머니가 집에 돌아갈 차비가 없어 걱정할 때 주머니에 돈이 있으면서도 모른 척한 일을 후회합니다. 친구들과 저녁 한 끼 덜 먹고 그 할머니에게 차비를 주었더라면 지금 나의 마음에 얼마나 즐거움이 있었을까를 생각합니다. 친구의 자서전의 말대로 우리 인생에 리허설이 있고 생각할 시간이 있었다면 좀 더 아름답고 보람 있는 사람을 살았을 텐데 하는 아쉬운 삶을 오늘도 살고 있습니다.

5

바보 우등생

아버지의 추억

어떤 사람은 자신은 아버지를 추억하면서 '무서운 아버지, 폭력적인 아버지, 폭군인 아버지'라면서 아버지를 싫어한다고 합니다. 그러나 나는 사실 어머님보다도 더 아버지를 좋아했고 따랐습니다. 자식은 아버지가 어머니를 억압하면 할수록 어머니를 사랑하게 된다고 합니다. 그러나 우리 집은 아버지가 호주이기는 했지만, 그저 말이 없고 끝없이 착하기만 한 아버지였고, 어머니는 억척스럽고 성질이 있으셨습니다.

우리 집에서는 형님이 왕이었습니다. 나보다 7살이 위인 형님은 맏아들이고 똑똑하여 어머님의 사랑을 많이 받았습니다. 내 위로 둘째 형님이 태어나 2살 때 돌아갔고, 그 후 형은 온 집안의 보배였나 봅니다. 그러다 7년 만에 태어난 나는 병약해서 어머님은 "저놈은 언제 죽을지 모르니 정들이지 말자."라면서 정을 안 주었다고 합니다. 젖보다는 암죽을 먹이고 잠자리에서도 어머니 곁에서 멀리 밀어 놓았다고 합니다.

몸이 약한 나는 어려서부터 밖에 나가 뛰어놀기보다는 방안에서 뭉개기 일쑤였고, 형님 책상에서 책을 읽었는데 초등학교 일학년 때 연애소설을 읽었습니다. 담임선생님이던 여선생님은 다른 학생들은 한글을 배우는데 연애 소설책까지 읽는 나를 신기해했고, 어쩌다 가정방문을 와서는 나를 '신기한 애'라고 칭찬했습니다. 어머니는 한번 정이 안 붙인 애여선지 시큰둥했지만, 아버지는 나를 안아주시면서 수염이 난 깔깔한 턱으로 내 볼을 비벼 주셨습니다.

광복 후 아버님은 공산당 밑에서는 못 살겠다고 서울로 단신 남하하셨습니다. 서울에 가서 자리를 잡으면 데리러 오겠다는 약속하셨지만, 점차 38선은 강화되었고 한국전쟁이 일어날 때까지 평양 우리 집에 오지 못하셨습니다.

한국전쟁이 한창일 때 10월 19일 평양이 수복되고 11월 2일 아버님은 서울 철도병원에 근무하시면서 철도국원에게 주는 패스를 가지고 평양으로 우리를 찾아오셨고, 우리는 12월 3일 후퇴하면서 서울로 피난 왔습니다. 그때는 이미 학생운동을 하던 형님은 강제수용소로 끌려간 후였고, 어리바리한 내가 맏아들 노릇을 했습니다.

대구 피난 시절, 아버님과 나는 일일 노동자로 미군 부대로 일을 나갔으나 아버님보다는 내가 더 많이 선택되었습니다. 그리고 하우스 보이로 일을 했는데, 그때 번즈 대위라는 분을 만났습니다. 그분은 미국으로 돌아가면서 나한테 같이 가자고 했습니다. 나를 양자로 삼겠다고 하면서…. 그런데 집에서 강력히 반대했습니다. 어머니는 죽어도 안 된다고 소리를 쳤지만, 아버지는 내 손을 붙들고 조용한 목소리로 "그래, 그것이 좋을지도 모르겠다. 여기서 고생하느니 차라리 미국에 가서 배곯지 않고 공부도 할 수 있으면 좋지 않겠냐?"라고 하셨습니다. 나는 아버지의 슬픈 얼굴을 보고 미국행을 포기했습니다.

그 후 아버님과 제본소를 찾아가 일자리를 구했고, 아버님과 나는 같은 직장에 6개월 정도 다녔습니다. 이때가 가장 행복했습니다. 어머니가 싸주는 도시락을 들고 출근하고 점심때 아버님과 같이 도시락을 먹는 그 시간이 가장 행복했습니다. 그리고 나는 학교에 다니면서 아르바이트생으로 일했습니다. 그때 아버지는 그런 내게 많이 미안했던 것 같습니다. 가끔 내 손을 잡고 나를 쳐다보시는 아버지의 눈에서 온갖 사연이 나에게 전달이 되곤 했습니다.

아버지는 끝없이 착하십니다. 동네에서 별명이 새색시였습니다. 그러니 생활전선에서는 낙제생이었습니다. 내가 철이 들고 한 번도 아버님이 내 등록금을 주신 일이 없습니다. 고학생으로 내가 벌어서 등록금을 냈고 대학에 가서는 그 비싼 등록금을 아버지가 마련하기엔 역부족이었습니다. 서울이 수복되고 나는 용산고등학교에 보결시험을 보았습니다. 합격이 되었는데 학교에서는 5만 원을 내라는 것이었습니다. 아버지의 월급이 채 1만 원이 안 되던 때에 5만 원은 거액으로 아버지의 6개월 월급이었습니다. 나는 그저 아버지에게 "네. 딴 학교엘 가지요." 하고 말씀드렸고 아버지는 "글쎄. 어떻게 하지."라면서 더 말씀을 못 하셨습니다.

교통병원의 서무과는 정말 별 볼 일이 없는 곳이었습니다. 더욱이 한국전쟁 이후 의사도 별로 없으니 환자도 없고, 그러니 제대로 돌아가지 않는 병원이었습니다. 교통부에서 감원 계획이 날 때마다 제일 먼저 손을 보는 곳이 철도병원이었습니다. 아버지는 툭하면 감원 대상에 올랐고, 김명선 박사님에게 찾아가 이야기를 하면 교통병원장에게 전화하여 겨우 면제되곤 했습니다. 그러나 그런 혜택이 계속될 수는 없었습니다. 내가 의과대학 2학년 때 아버님은 감원이 되어 실직했습니다.

아버님은 다시 직장을 구하러 다닐 만한 수단도 없고 용기도 없었습니다. 나는 가정교사를 하고 서울대에 합격한 동생도 가정교사를 하다가 우리 둘 중 하나가 먼저 졸업하자고 의논하고 동생이 군에 갔습니다.

내가 의과대학에 졸업하는 날이었습니다. 내가 사는 달동네에서 등록금이 없어서 어렵게 어렵게 졸업하는 나를 축하하려고 교회에서 목사님과 장로님, 친구들이 모두 졸업식에 왔습니다. 그런데 아버님의 모습은 보이지 않았습니다. 아버님과 사진을 찍고 싶었는데…. 그 다음날 아버님 방에 들어가서 인사를 드리면서 "어제 왜 안 오셨어요." 라는 말에 "그래. 등록금도 한 번 주지 못한 아비가 무슨 낯으로 너를 보러 가겠냐? 가기는 갔었다. 졸업식이 벌어지는 노천극장 뒤의 언덕에서 네가 졸업장을 받으러 연단으로 가는 것을 보았지."라는 아버지의 눈에는 눈물이 그득했습니다. 나는 아버지의 손을 붙들고 울어 버렸습니다.

그 후 외과 전문의가 되고 육군사관학교에 근무하면서 아버지에게 동네 어른들과 점심하라고 용돈을 쥐어드리면 주름이 진 얼굴이 환하게 펴지시던 아버지…. 우리가 미국으로 떠나던 날, 김포공항에서 우리를 전송하고는 우리가 자던 방을 보기 싫어 밤이 늦도록 동네를 돌고 돌다가 자정이 지나서야 집에 들어가셨다던 아버지, 뇌경색을 앓다가 돌아가시기 전 나의 아들 윤의 이름을 마지막으로 부르시고 숨을 거두신 아버지, 나는 아버님의 임종도 보지 못했습니다.

아버님이 돌아가시고도 15년 후 한국에 가서 아버님 묘를 찾았습니다. "아버지, 제가 왔어요. 용해가 왔어요." 하면서 잔디 위에 엎드려 울었습니다. 한하운의 시처럼 이제는 말없이 흙으로 돌아간 아버지였습니다.

어머니도 그립습니다. 그러나 아버지를 생각할 때 더 가슴이 쓰라린 것은 자기가 못나서 어머님의 사랑을 많이 받지 못한 바보의 이지러진 사랑일까요?

어머니의 힘

'어머니'는 자애와 사랑의 대명사입니다.

"나실 때 괴로움 다 잊으시고 기를 때에 밤낮으로 애쓰는 마음 진자리 마른자리 갈아 뉘시며 손발이 다 닳도록 고생하시네. 하늘 아래 그 무엇이 높다 하리요. 부모님의 은혜는 가이 없어라."

우리는 이 노래를 부를 때마다 가슴이 뭉클해지며 눈가에 안개가 끼곤 합니다. 어머니가 자식을 사랑하는 이야기를 어찌 우리가 정의하며 말할 수 있겠습니까? 어머니는 여자가 아니다. 하나님이 하늘에서 보내주신 보호 천사라고 우리는 생각을 합니다. 여자는 결혼하기 전에는 모양을 내고 철없이 웃고 떠들고 생각이 없는 것 같지만, 결혼하면 대개 여자는 남편보다 어른스러워지고 아이를 가지면 완전한 어른이 됩니다.

옛말에 여자의 일생은 3단계라고 합니다. 어려서는 부모님의 그늘에서 살고, 결혼하면 남편을 의지하고 살고, 늙으면 자식을 따라 산다고 했습니다. 그런데 여자들이 어린애를 낳으면 여자의 일생은 자식을 기르는 새로운 삶을 살며 고생을 합니다. 옛날에는 늙으면 자식을 따라 산다고 했지만, 지금은 자식을 따라 사는 어머니는 찾기가 어렵습니다. 남편이 먼저 가면 그저 옛집에 혼자 살면서 자식들을 멀리서 바라보는 것만으로 행복해합니다.

그렇습니다. 사회 제도도 서서히 변합니다. 모든 일을 힘으로 하던 시대가 지나고 이제는 머리로 하는 사회가 되었습니다. 3차산업과 4차산업이 발전되면서 컴퓨터가 생기고 기계로 일을 하는 사회가 되니 여자들의 사회진출이 많아지고 여자들의 사회적인 힘이 강해졌습니다. 이제는 어머니를 부엌에서 보는 것이 아니라 사무실에서 회사에서 만나는 가정이 많아졌고, 남자는 위축이 되어 전업주부로 사는 남자들이 많아졌습니다. 또 가정의 대소사는 여자들이 결정하는 시대가 되었습니다. 물론 옛날에도 집안에서는 여자의 힘이 강하여 며느리를 본다든가 손자들을 기르는 것은 여자들이 권한에 속했지만, 지금처럼 두드러지지는 않았습니다.

지금 여자들은 자녀를 많이 낳지 않습니다. 하나나 둘이고 셋을 낳으면 이상한 사람으로 취급합니다. 그러니 하나나 둘의 자식에게 정성을 기울입니다. 그리고 아이를 낳자마자 자녀들의 장래를 어머니가 설계합니다. 황창연 신부님의 말입니다.

요새는 여자들이 어린애를 낳으면 어린애의 방의 도배지는 알파벳이나 아라비아 숫자가 인쇄된 도배지를 마르고, 두 살만 되면 ABCD를 읽어야 한다고 생각을 합니다. 5살만 되면 학원에 보내고 초등학교에 들어가면 새벽부터 밤늦게까지 좋다는 학원을 찾아다니느라고 어머니들은 피곤합니다. 그리고 특수고등학교에 보내야 하고 담임선생님을 찾아다니면서 대학의 선택을 어머니가 합니다. 대학에 가서도 수

강 신청을 자녀 대신에 어머니가 하는 일이 많다고 합니다. 어느 과목을 들어야 취업에 유리하고 어느 교수님이 강의를 잘하고 점수를 후하게 주고 논문을 잘 도와준다는 입소문을 따라 어머니가 선택합니다.

자녀들은 어머니가 정해주는 과목을 들어가서 수강만 하면 됩니다. 그리고 시험도 어머니가 권하는 대로 시험을 치르면 되고 점수만 잘 맞으면 됩니다. 내가 아는 어머니 하나는 자식의 직장도 어머니가 결정했습니다. 스펙도 좋고 공부도 잘해서 세 곳에서 합격 통지서를 받았는데 어머니가 결정하여 직장을 택하였습니다.

그리고 자녀들의 배우자도 철저히 심사합니다. 우리는 TV 드라마에서 아들의 사랑하는 여자를 불러 물러나라고 하고 돈 봉투를 주어 떼어 버리고 얼굴에 물컵을 던지며 폭력을 사용하는 어머니를 심심치 않게 봅니다. 자식들의 의견을 듣기는 하지만 결정권은 어머니에게 있습니다. 그래서 밖에서 무슨 짓을 하고 다니든지 어머니에게 와서 여우짓 하는 악녀에게 넘어가 아들과 사랑하는 여자를 힘들게 하는 어머니를 많이 봅니다.

결혼시키고도 아파트를 구해주고 이틀마다 아파트를 찾아가서 냉장고를 관리하고 집안을 이래라저래라 관리하는 어머니를 많이 봅니다. 그래서 30이 지난 아들이 판단력이 없습니다. 물론 조크겠지만, 서울 검찰청의 검사들이 대낮에 어머니에게 전화하여 이런 사건이 있는데 이걸 어떻게 처리해야 하느냐고 묻는 초년 검사들이 있고, 군에서는 병사가 어머니에게 전화를 걸어 우리 소대장이 어떻고 중대장이 어떻고 하니 엄마가 전화를 좀 해주라고 하는가 하면, 북한에서 총을 쏘면 어머니에게 전화하여 엄마가 국회의원에게 전화해서 전쟁이 안 나게 해주라고 한다고 합니다. 한국 젊은이들의 IQ는 106이 넘을지 모르지만, 어른은 되지 못했는지도 모릅니다. 물론 전체가 다 그렇다는 것은 아닙니다. 요새 말을 잘못하면 SNS에서 악담 폭격을 맞을지도 모르니까요.

나는 열네 살 때 동생 둘을 다리고 한국전쟁 때 피난을 했습니다. 제가 판단하고 결정하면서 동생 둘을 보호하며 피난 다녔습니다. 우리는 살아남았고, 나는 의사가 되었고 동생은 서울대학을 졸업하여 훌륭한 사회인이 되었습니다.

어머니는 위대합니다. 또 어머님의 사랑과 비교할 것은 아무것도 없습니다. 그러나 사자는 얼마 동안 자식을 길러서는 혼자 내보낸다고 합니다. 맹수가 되기 위해서는 고생도 하고 위험도 겪어야 합니다.

많은 사람이 지금 한국의 젊은이들이 나약하다고 합니다. 그것이 어머님의 지나친 과보호 때문이 아닐까요? 저녁마다 내무반에서 오늘 지난 일을 어머니에게 보고하는 군인이 용감한 전사가 될 수 있을까요? 사건의 고소장을 들고 어머니에게 전화를 걸어 의견을 묻는 검사가 있다면 그가 정말 공정하고 정의로운 검사가 될 수 있을까요?

그렇습니다. 어머니가 자식을 사랑하기 때문일 것입니다. 그런데 한국의 어머니들은 사랑이 집착으로 변하고 소유욕으로 변하는 것을 알지 않습니까. 아들이 영원히 자신의 꼭두각시가 되어 어머니의 의중에서 놀아나고 자기의 의지대로 살지 못하는 어린애를 만들려고 하지 않았는지 돌아봐야 합니다.

나는 지금 변해가는 어머니의 사랑이 정말 올바른 길일까 하고 걱정을 해봅니다.

헬조선

한국 젊은이의 90%가 자기가 사는 나라를 '헬조선'이라고 부른다고 합니다. 그리고 '에이, 이놈의 나라가…' 하며 분통을 터트리는 일이 많다고 합니다.

한국은 기 좋은 나라, 세계의 많은 사람이 부러워하는 나라, 국제경기를 하러 왔다가 한국이 너무 좋아 잠적해 버리는 나라, 세계 최강국인 미국 사람들이 한국에 들어와 인천공항을 보고 지하철을 타보고는 입을 다물지 못하는 나라, 중국의 청년들이 밀려 들어와 한국의 대학들은 중국인 유학생이 없으면 문을 닫아야 한다고 아우성을 치는 나라, 그리고 한국의 대통령 선거가 중국인들에 의해 휘청거린다는 나라를 왜 '헬조선'이라고 할까요?

사람들의 행복 지수는 그저 잘 먹고 잘 입는 것으로 만족이 되는 것이 아닙니다. 내가 처음 쏘나타를 사서 나의 일생의 처음 가져보는 차라고 기분이 좋지만, 그 차를 타고 시내에 나가서 BMW, 메르세데스, 제네시스가 우글거리는 강남을 돌고 오면 아까 좋았던 기분은 구겨지고 배가 아프고 우울해지는 것이 사실입니다.

요새 젊은이들은 고생을 안 해보았습니다. 배가 고파본 일도 없고 굶어본 일도 없습니다. 바지가 찢어져 궁둥이가 보이는 바지를 입고 창피해서 여학생들 앞을 돌아서 가본 일도, 구공탄 불이 꺼져 아침을 못 먹고 등교해 본 일도, 새벽 추운 겨울 아침 십 리나 이십 리를 걸어서 학교를 가본 일도 없을 것입니다. 아무리 작은 방이라도 전기가 있고 난방장치가 있고 가스불이 들어오는 부엌이 있고 버스나 지하철이 있고, 뜨끈한 컵라면이 있고 누구나 개인 컴퓨터가 있고 어디를 가도 Wifi가 연결됩니다.

그런데 왜 '헬조선'입니까? 행복 지수가 높은 나라들을 보니 상상외로 국민소득이 그리 높지 않은 나라들이 많습니다. 티베트와 네팔 또 미얀마 같은 나라 사람들이 행복 지수가 높습니다. 그들은 한국 젊은이들이 가지고 다니는 Lap Top도 없고 스마트폰도 없습니다. 한국 젊은이들이 이제는 물렸다는 치맥도 먹어 본 일이 없고, 포장마차에서 김떡순 같은 음식을 먹어본 일도 없습니다. 그저 조악한 음식 투박하고 선진국에서 보내준 원조물자 옷을 입고도 행복하고 만족합니다.

뉴질랜드에 갔을 때 그곳 사람이 해준 이야기입니다. "우리나라의 젊은이들은 모두 대학을 가지 않습니다. 지도자급의 젊은이들은 10%나 20%만 있으면 충분합니다. 나머지는 머리 좋은 지도자들이 정책을 정해주고 인도하는 대로 따르면 우리나라는 안정되고 국민은 행복하기 때문이다."라고 한 말을 기억합니다. 옛말에 '모르면 약이고 알면 병'이라는 말이 있습니다. 사물을 알고 지식이 생기면 걱정이 많아지고 불행해진다는 말입니다.

한국인은 똑똑합니다. 세계에서 지능계수가 가장 높습니다. 그리고 교육열이 세계 어느 나라보다도 높습니다. 그러니 경쟁률이 그야말로 피나는 경쟁입니다. 초등학교 때부터 경쟁합니다. 학교에서는 누가 1등을 했는지, 2등을 했는지, 누구는 50등 줄을 세웁니다. 학교 안에서만의 경쟁이 아닙니다. 어느 고등학교가 가장 좋은지 경쟁합니다. 어느 외고가 제일이고, 어느 특목고가 2등인지를 발표합니다. 아무리 학교에서 공부를 잘했어도 외고나 특목고 출신들 앞에서는 불행합니다. 대학도 마찬가지입니다. 매달 유튜브에서 어느 대학이 제일인지를 발표합니다. 그러니 40위의 지방대학 출신은 소위 SKY 출신 학생들 앞에서는 기가 죽게 마련입니다.

오래전의 이야기입니다. 어떤 파티에서 서울대 출신들과 한 테이블에 앉게 되었습니다. 그런데 어떤 이가 사회를 보는 사람이 못마땅했지 "쟤는 학교 다닐 때 매번 재시험이나 보던 친구였는데 꽤 설치네. 졸업할 때 내가 4등이었어." 그리고 마주 앉은 친구를 가리키며 "네가 6등을 했지?"라고 했습니다.

나는 아연했습니다. 대학을 졸업한 지 40여 년이 되었는데 아직도 누가 4등으로 졸업하고 누가 6등으로 졸업했는지를 이야기 삼고 있어서. 그때 학교 졸업 석차가 인생의 최종 석차란 말입니까? 그럼 누가 행복합니까? 서울대 법대를 1등으로 나온 사람만 행복하고 경희대 법대를 나온 사람은 불행합니까? 그래서 문 대통령은 콤플렉스로 서울 법대 나온 사람들을 그리 핍박하는 것입니까? 이런 사고방식을 가지고 사는 사람이 불행하다고 생각합니다. 어렸을 때부터 너는 일등을 해야 하고 최고의 고등학교, 대학을 가라고 자녀를 들볶은 어머니가 '헬조선'의 제조자라고 생각합니다.

그런데 꼭 그런 것만이 아니었습니다. 어떤 택시 운전사와 대화를 나누었는데 서울의 강남을 지나오는데 "선생님, 저 많은 아파트를 보십시오. 저렇게 아파트가 많은데 나에게는 그게 하나도 배당이 안 되는군요. 우리 아들은 수재입니다. 변두리 고등학교에서 서울대학을 갔어요. 그리고 졸업하고 한국 최고의 기업이라는 삼성에 취업했지요. 그런데 월급이 얼마인지 아십니까? 300만 원 정도입니다. 아파트 월세와 관리비를 내고 나면 한 달 식비가 빠듯합니다. 그런데 지하철을 타고 다녀도 차비 들어야죠. 점심 사 먹어야지요. 가끔 커피라도 마셔야죠. 양복 입어야지요. 그러면 벌써 적자입니다. 일은 아침 7시부터 저녁 늦게까지 정신없이 일해야 합니다. 이제 진급이 된다고 하더라도 결혼을 해야지요. 자식을 낳아야지요. 교육을 시켜야지요. 그러니 그걸 감당을 도저히 할 수가 없지요. 내가 돈이 많아 아들에게 강남의 아파트를 사줄 수 있으면 몰라도 내가 그걸 못하면 아들은 몇십억 한다는 제 집도 평생 장만 못 하겠지요. 그러니 젊은이들이 좌절감에서 에이 '헬조선'이라고 하는 거지요. 이놈의 세상 망하던지 한번 뒤집혀 보았으면 하는 것이 젊은이들의 기분입니다."라고 했습니다.

나는 아무 말도 할 수 없었습니다. 그렇습니다. 젊은이들에게 뉴질랜드나 네팔에 이민하여서 그곳 사람들과 적응하여 산에 가서 나무나 하고 관광객들의 안내나 하고 살라고 하면 몰라도 대한민국에서 살려면 무슨 희망이 있어야 하지 않을까요? 그러니 운동권에 들어가 데모나 하고 직장에 들어가면 민노총에 가입하고 "에라, 돈 있는 기득권자들아 망해라." 하고 저주하는 것 아닙니까? 택시를 내리면서 어깨가 무거웠습니다. 정말 헬조선이 맞는 구호일까요.

나의 아이돌 이어령 선생

　내가 꼭 닮고 싶은 사람이 몇 분 계십니다. 외과 의사로서는 장기려 선생님을 닮고 싶었고, 강의를 하는 것은 김형석 선생님을 닮고 싶었고, 글을 쓰는 건 이어령 선생님을 닮고 싶었습니다.

　이어령 선생님을 처음 만난 것은 1956년 가을이었던 같습니다. 친구 따라 명동의 돌채다방에 갔습니다. 그때 거기에서 대학생 한 20~30명 모여서 자작 수필을 발표하고 이어령 선생이 품평하고 글을 쓰는 방법에 관하여 이야기를 나누는 자리였습니다. 이어령 선생은 그때 대학원생이었는데 우리에게 글 쓰는 방법과 카드를 만들어 중요한 것을 기록했다가 나중에 인용하라는 카드 법도 알려 주었습니다. 참 말씀하는 것이 똑 부러졌고 상당히 영민하다고 생각했습니다. 당시 의과대학생이던 나는 학업에 쫓기느라고 다시는 돌채다방에 가지 못하여 이어령 선생을 만나지 못했습니다. 그러니 그때 이어령 선생을 만난 것이 나의 일생에 처음이요 마지막이었습니다. 물론 TV나 다른 영상에서는 많이 보았지만….

　얼마 후 친구가 준 책에서 이어령 선생의 『우상의 파괴』라는 평론

집을 읽었습니다. 그리고 우리들의 우상이었던 이무영 선생을 '우매의 우상', 김동리 선생을 '미몽의 우상', 최일수 선생을 '영아의 우상'으로 그야말로 깨부수는 선생의 평론을 읽으면서 이 시대의 반항아이고 문학계 혁명가가 태동했구나 하고 생각했습니다.

염상섭 선생의 〈실험실 안의 개구리〉를 맹비난하였는데 '개구리가 냉혈 동물인데 실험실에서 어찌 김이 모락모락 나느냐?'고 신랄하게 비판했습니다. 황순원 선생과 조연현 선생 또 서정주 선생을 '신라인'이라고 평하는 대목에서는 '좀 너무하다'고 생각하기도 했습니다.

이어령 선생은 확실히 그때 당시의 문단에서는 이단아였고 반항아였고 무례한 싸가지였습니다. 그러나 그의 필치는 날카로웠고 정확했습니다. 아마 그의 글이 불어나 영어로 번역이 되어 퍼져나갔더라면 아마 도스토옙스키처럼 잔인한 분석가라고 불리었을 것입니다. 그는 추종자도 많고 제자도 많았지만, 선배에게서 사랑받는 후배는 아니었을 것입니다. 그는 정말 왕성하게 활동을 했습니다. 그의 책이 쏟아져 나오기 시작을 했습니다. 신문에 칼럼도 나왔습니다.

내가 의과대학을 졸업하고 원주기독병원에 인턴으로 가게 되었습니다. 청량리역 근처 어느 서점에서 『지성의 오솔길』이라는 이어령 선생의 책을 사서 기차에서 읽으면서 갔습니다. 한 4시간 걸리는 완행열차에서 그 책을 읽으면서 마치 머릿속이 끓는 것 같은 감흥을 느꼈습니다. 그 책을 읽고 또 읽었습니다. 그런데 인턴이라 내방이 없고 여럿이 쓰는 방이라 누가 이 책을 가져가 버렸습니다. 나는 아까워서 그 책을 찾고 또 찾았으나 누가 가져갔는지 소식이 없었습니다. 아직도 아쉬운 마음입니다. 다시 그 책을 구하려 했으나 구할 길이 없었습니다. 다음에 나온 책이 『고독한 군중』입니다. 데모 군중 속에서의 고독을 울부짖던 그의 글을 읽으면서 눈물이 나올 것 같은 감정을 느꼈습니다.

나는 그의 팬을 넘어 그의 추종자가 되었습니다. 그리고 『저항의 문학』 『유형지의 아침』이 같은 해에 나왔습니다. 육군 군의관 시절에도 그의 책을 가지고 다니면서 읽었는데, 내 이야기 속에 그의 작품을 인용하는 일이 많았습니다. 제대하고 미국에 곧바로 오려고 했는데 제대가 2개월이 늦어서 미국에 오는 것이 일 년 연기가 되고 의정부 도립병원에서 10개월 근무했습니다. 길음동에서 한진버스를 타면 23분, 종로 5가에서 타면 의정부까지 30분이 걸리는 시간이었습니다. 그때 다른 시내버스보다는 고급인 한진버스를 타면 책을 읽기가 좋았습니다. 하루는 버스에 자리가 있어 앉아서 『하나의 나뭇잎이 흔들릴 때를』 읽고 있었습니다. 그런데 버스의 옆에 앉은 젊은 여자가 나와 같은 책을 읽고 있었습니다. 우리는 마주 보고 그냥 웃었습니다. 그 여자는 "이 책이 어떠세요?" 하고 물었습니다. 나는 신이 나서 그전에 읽은 책, 『저항의 문학』 『유형지의 아침』을 들어가며 이야기했습니다. 그 시간대 통근 시간 버스여서 우리는 가끔 만났고, 내가 도립병원 외과 의사라는 것과 그 여자는 의정부 법원에서 근무하는 직원인 것을 알았습니다. 그러나 그 인연은 오래가지 못했습니다. 제가 미국으로 왔기 때문이지요.

이어서 이어령 선생은 『우수의 사냥꾼』을 출판했고 그 후로도 수많은 책이 쏟아져 나왔습니다. 나는 눈에 띄는 대로 이어령 선생의 책을 사들였습니다. 『저 물레에서 운명의 실이』 『장군의 수염』 『거부하는

몸짓으로 이 젊음을』『둥지 속의 날개』『오늘보다 긴 이야기』, 그리고 일본과 한국을 놀라게 한『축소지향의 일본인』등등. 이어서 이어령 전집 20권짜리를 2질이나 샀습니다. 그리고 하나는 뉴저지 서가에 하나는 플로리다에 놓고 수시로 꺼내 봅니다.

이어령 선생이 뉴욕에 와서 강연할 때 오하이오에 있어서 참석을 못했지만, 고려서적의 최태웅 선생님에게 부탁하여 녹음테이프를 구하여 듣기도 했습니다. 그러다가 1988년 올림픽 때 초대 문화부 장관이 되어 opening ceremony를 환상적으로 꾸민 것을 보고 과연 그는 천재로구나 하고 생각했습니다. 내 작은 소견으로는 그는 정말 천재입니다. 그러나 그가 행복한 범부(凡夫)는 아니었던 것 같습니다. 그는 많은 책을 쓰느라고 소설, 극본 평론 수필 칼럼을 쓰느라고 가족은 밥을 먹는지 죽을 먹는지 몰랐던 것 같습니다. 부인인 강인숙 여사와는 캠퍼스커플이었고, 부인은 이 선생은 정말 정성껏 모셨습니다. 그가 글을 쓴다고 방에 있으면 아마 애들에게 큰소리로 웃지도 말라고 했을 것 같습니다.

그런데 그렇게 똑똑하던 영재 큰따님 이민아 목사님이 정치인 김한길과 결혼하여 미국에 갔다가 이혼하고 아들을 잃고 어려울 때도 이어령 선생님은 따님을 도와주지를 않으셨던 것 같습니다. 그리고 따님이 암에 걸려 회생할 수 없을 때 딸을 붙들고 자기만의 세계를 위하여 살아온 인생을 후회했습니다. 목사가 된 딸의 간절한 소망을 받아들여 기독교인이 되었습니다. 70살이 넘어 세례를 받고『지성에서 영성으로』라는 자전적인 책도 출판했습니다. 선생이 암에 걸려 투병하면서 항암치료를 거부하고 영적인 체험을 하면서 하루하루 다가오는 죽음을 평안하게 맞은 것도 역시 그의 천재적인 감상입니다. 그리고 우리에게 "안녕"하고 인사하고 가셨습니다. 잔 폴 사르트르가 죽기 전 호스피스에 안 가겠다고 반항하고 공포 속에서 떨고 자기 방의 벽을 긁은 것과는 너무도 대조되는 삶과 죽음의 관조입니다.

나는 아직도 그분의 많은 책을 가지고 있습니다. 그리고 그의 책을 자주 읽습니다. 그리고 그의 사상을 본받을 것입니다. 그의 죽음을 맞은 태도까지도 본받으려고 합니다.

가수 조명섭

　TV를 4시간 이상 보는 사람은 '바보'라고 합니다. 두뇌의 신경세포가 파괴되고 멍청이가 된다고 합니다. 그런데 나는 내 방에서 온종일 TV를 켜 놓고 있습니다. TV를 켜 놓고 책을 보고 TV를 켜놓고 글을 씁니다. 대개는 스포츠나 음악프로를 틀어 놓아야 보든지 안 보든지 줄거리의 연결이 필요하지 않습니다.

　지난가을부터 나의 눈을 사로잡은 가수가 있습니다. 바로 조명섭이라는 청년입니다. 그러다가 그의 어린 시절도 보게 되었습니다. 어머니가 나와서 '애늙은이'라고 고민하는 말을 할 때부터입니다. 조명섭은 애늙은이라고 합니다. 12살에도 정장을 하고 머리를 길러 8:2로 가르마를 타고 지나간 노래에 심취했는데 그중에도 현인 씨의 노래에 심취해서 현인 선생의 레코드를 사서 열심히 들었다고 합니다.

　노래만 듣는 것뿐 아니라 현인 씨의 일이라면 생년월일 그가 데뷔했을 때의 이야기, 그가 부른 노래들을 모두 섭렵해서 통달하고 있습니다. 12살짜리 소년이 현인의 노래만 들으니 어머니는 걱정이 태산 같았습니다. 그렇게 옛날 노래에만 빠져 있으니 그의 말소리와 행동도

늙은이를 닮아 갔습니다. 어머니는 학교 공부도 그렇거니와 다른 애들과 너무도 달라 혹시 왕따를 당하지 않을까 심히 걱정했습니다.

조명섭이 사 온 턴테이블을 갖다 버리자 그는 상자를 개조하여 턴테이블을 만들어서 들었습니다. 어머니는 다시 갖다 버렸다고 합니다. 얼마 후부터는 스마트폰에 다운을 받아서 지나간 노래만 듣는다고 합니다. 확실히 요새 애들과 다른 옷차림, 머리 모양, 말투로 친구들을 많이 만들지 못했습니다.

조명섭은 외할머니댁에서 많이 지냈던 모양입니다. 그래서 외할머니가 부르는 노래를 듣고 옛날 가요를 많이 배웠다고 합니다. 15살 때 TV프로에 나온 조명섭은 벌써 옛날 노래의 가수가 되어있었고, 〈신라의 달밤〉을 부르는 데 청중은 완전히 매료되었습니다. 그는 예술적인 감성을 타고났습니다. 15세 때 벌써 400곡의 가사, 그러니까 시를 썼습니다. 얼마 전에는 모여진 글이 약 2,000편이 된다고 합니다. 요새 웬만한 시인보다도 더 많은 글입니다. 그리고 곡을 붙이려고 하고 있었습니다.

그러다가 오디션에 나와서 우승을 했습니다. 그래서 공개적으로 가수의 스타덤에 올랐습니다. 이때 외할머니께서 관중석에 앉아 눈물을 흘리는 모습을 볼 수 있었습니다. 조명섭은 외할머니를 많이 따랐고, 외할머니에게서 노래를 배웠다고 고백을 했고 자기가 우승한 것을 외할머니께서 제일 기뻐해 주실 것이라고 했습니다.

그 후부터는 무대에 서는 그를 볼 수가 있었습니다. 그의 노래는 듣기에 아주 평안합니다. 다른 가수들처럼 악을 쓰고 기를 쓰고 안간힘을 쓰는 것이 아니라 그저 흘러나오는 대로 평안하게 웃음을 띠고 노래를 합니다. 중저음의 목소리여서 우리의 신경을 건드리지도 않습니다. 그저 평안하고 책을 읽으면서 또 글을 쓰면서도 들을 수 있습니다.

누구는 그의 노래를 '힐링의 노래'라고 했습니다. 마치 천상에서 들리는 노래 아니면 오케스트라의 소리 같아서 들으면 마음이 진정되는 힐링의 노래라고 합니다. 아닌 게 아니라 언젠가 인터뷰를 할 때 사회자가 물었습니다. "당신은 어떤 가수가 되고 싶습니까?"라고 물으니까 "나는 의사와 같은 가수가 되고 싶다."라고 했습니다. 그래서 듣고 있으면 병이 낫는 힐링 음악이라고 합니다.

나는 그를 만나 본 일이 없습니다. 그러나 다른 가수들과는 다른 인격의 소유자입니다. '트로트가 좋아' 경연에서 우승하고 난 후 감상을 물으니 "세상에는 부족한 사람들이 많이 있습니다. 나도 그중에 하나입니다. 그러나 부족한 사람들이 서로 도우며 사는 것이 세상이 아니겠습니까."라고 그의 소감을 들으면서 '나보다도 훌륭한 정신적인 기초를 가진 사람이구나' 하고 감탄을 했습니다. 미국에 있는 허용희라는 사람이 그를 평했습니다. 장장 8편의 글을 써서 칭찬했습니다. 그의 글 중에서 나는 그가 얼마나 노력을 하는 사람인가 하는 데 동의를 합니다.

15살 때 인터뷰 중에 기자가 "요새 나오는 춤추는 소녀시대나 아이돌들의 노래가 좋지 않냐?"는 물음에 "어쩐지 그런 노래는 가슴에 와닿지 않는다. 옛노래는 어려웠던 생활 그리고 가슴으로 사랑을 하는 그런 노래가 가슴에 와닿는다."라고 대답했습니다. 그의 형의 말에 의하면 그는 밤에 음반을 틀어 놓고 3시간이나 4시간씩 노래를 부른다고 합니다. 그만큼 노력 하고 연습을 합니다.

그는 이런 이야기를 했습니다. 학생 선도부에 가입하여 담배를 피우는 학생에게 "그 해로운 담배를 왜 피우느냐고 끊으라."라고 권했다가 그 학생이 욕하며 대들어서 집에 와서 노래를 들으며 기분을 풀었다고 이야기했습니다. 이렇듯 그는 정말 모범생이고 착한 사람입니다.

이제 그의 노래는 현인의 세계를 초월하여 프랭크 시내트라나 빙 크로스비 같은 중저음의 목소리로 아주 완성된 노래로 우리를 평안하게 해줍니다. 그는 그냥 옛 노래에만 머무는 것이 아니라 팝송, 가요, 동요, 외국 가요, 명곡까지 모두 섭렵을 하는 가수가 되었습니다. 그의 노래는 중독성이 있습니다. 웬만한 가수의 노래는 2~3개 듣고 나면 싫증이 나지만, 그의 노래는 몇 시간을 듣고 있어도 싫증이 나지 않습니다. 왜냐하면, 그의 노래는 꾸밈이 없고 흐르는 것 같고 고음에 가서도 무리가 없습니다.

또 그의 무대 매너가 신사적입니다. 마치 왕자가 서 있는 것같이 단정하고 깨끗합니다. 그는 항상 옷을 단정하고 잘 정돈된 머리카락, 웃으면서 노래하는 것을 보면 요새 다른 가수들과 확실히 차별되는 가수입니다. 허용희 씨는 마치 다른 별에서 온 왕자 같다고 했습니다. 정말 유럽 어느 나라의 왕자 같다고 해도 지나친 헛칭찬이 아닐 것 같습니다. 〈신라의 달밤〉이나 〈이별의 부산 정거장〉을 부르고 마무리에 미소를 지으며 인사하는 것은 그에게서만 볼 수 있는 매력입니다.

조명섭의 어머니가 이제는 걱정을 안 하실 것으로 생각합니다. 천재는 보통 사람과 다릅니다. 천재는 대개 고독합니다. 그의 천재성을 보통 사람이 알 수가 없기 때문입니다. 요새 새로 떠오르는 가수들이 많이 있습니다. 많은 가수 중에는 가수가 되자마자 돈을 버는데 정신을 잃고 스캔들에 휘말리는데 '애늙은이'라서 그런지 그는 작년이나 올해나 변함이 없습니다.

그는 젊습니다. 올해 22세라고 합니다. 그의 앞날에 많은 발전이 있고 정말 의사와 같은 가수가 되어 우리의 마음을 치유해 주기를 기대합니다.

길거리 음식

 세계 어느 나라에도 길거리 음식이 있을 것입니다. 뉴욕 맨해튼에도 길거리 음식이 있는데 핫도그, 프렛즐, 땅콩 정도입니다. 유럽을 여행할 때는 길거리 음식을 그리 많이 보지 못했는데 아마 문화인들은 길에서 음식을 먹지 않는가 싶습니다. 그래도 아침에 맨해튼에 나가면 양복에 넥타이를 맨 젊은 신사들이 핫도그를 입에 물고 황급히 걸어가는 것을 심심치 않게 봅니다.

 그런 뉴욕커들을 보면서 한국의 김밥 생각을 하게 되곤 합니다. 핫도그보다는 김밥이 맛도 있고 영양가도 좋을 텐데 하고…. 중국과 대만을 여행하면 길거리 음식들이 산처럼 쌓여있지만, 그들이 음식을 만드는 것을 보아왔기에 길에서 음식을 사 먹은 일이 없습니다. 베이징에 가도 길거리에서 아침에 국수나 만두를 파는 걸 많이 보았습니다. 태국, 라오스. 월남 등 동남아의 야시장에서도 길거리 음식을 보았지만 사 먹은 건 과일 정도여서 길거리 음식을 논할 수 없습니다.

 관광 여행을 하면 버스가 서는 곳에서 군것질하게 되는데 그리스나 프랑스에서도 버스 정류장에서 사 먹은 것은 과자나 커피 정도였던 것 같습니다. 유럽이나 미국에서도 별로 맛이 있었던 길거리 음식이 기억이 나지 않습니다. 그런데 한국의 고속버스 쉼터에 가면 눈이 휘둥그레질 만큼 먹을거리가 많이 있습니다. 물론 식사가 준비된 식당도 많이 있습니다. 그러나 군것질을 할 것이 더 많이 있습니다. 감자 볶은 것, 오징어 요리, 군옥수수, 갖가지 아름다운 떡 그리고 그 지방의 특산물들이 즐비하게 늘어서 있습니다. 그래서 한국의 버스 여행은 즐겁습니다. 또 쉼터 식당의 음식 맛이 좋아서 일부러 찾아가는 식객들이 있다고 하니 놀랄 일입니다.

미국의 고속도로 쉼터에도 먹을거리가 있습니다. 그런데 고작 햄버거, 피자, 켄터키 프라이드치킨 정도여서 입맛을 끌만 한 건 찾을 수 없습니다.

길거리 음식을 들라면 한국이 최고인 것 같습니다. 물론 나의 편견도 있지만, 한국은 먹거리의 천국이라고 할 수 있습니다. 한국은 어디를 가나 먹을 것이 있습니다. 한국의 편의점에만 가도 라면을 비롯해서 햇반 등 가지가지의 밥이 전자레인지에만 들어갔다 나오면 먹을 수 있도록 준비되어 있습니다. 종로를 걷다 보면 포장마차에 김덕순 혹은 김순덕이라는 표기가 많이 있습니다. 나는 처음에 김덕순 씨가 하는 가게인가 했는데 하도 '김덕순'이 많아 혹시 체인점 음식인가 했습니다. 그러나 곧 그것이 김밥, 떡볶이, 순대의 약자라는 것을 알고 한참 혼자 웃었습니다.

참 한국 사람들은 머리가 좋습니다. 고양군 화정에 살 때입니다. 화정 지하철 정류장 계단을 올라오면 그 주위에 길거리 음식과 이동식 포장마차 '김덕순' 차들이 많이 있습니다. 이제는 말이 끄는 차도 아닌데 아직도 포장마차라고 부르니 재미있기도 합니다.

나도 거기에서 김밥을 사 먹은 일이 여러 번 있습니다. 식당에 혼자 들어가서 먹기도 좀 쑥스럽고 식당에서 음식을 기다리고 어쩌고 하는 것보다는 눈에 보이는 대로 사 먹는 것이 좋았기 때문입니다. 김밥 한 줄에 어묵 한 꼬치 그리고 국물이면 한 끼를 때울 만합니다. 그런데 어느 날 공중화장실에 들어갔는데 '김덕순' 가게의 아저씨가 깨끗하지도 않은 양동이에 화장실 수돗물을 받아 가는 게 아닙니까. 뭐 화장실 수도나 아파트, 식당의 수도나 같은 수돗물이겠지만 비위가 약한 나는 그 후 다시는 공중화장실이 가까운 길거리 음식은 사 먹지 않습니다. 아마 그것도 편견이겠지만, 위생적이지는 않을 것 같습니다.

한국을 떠나고 가장 섭섭한 것이 먹거리입니다. 그것도 신라호텔이나 힐튼호텔의 뷔페보다는 길거리의 음식이 그립습니다. 한국에 있을 때에는 친구들이 그래도 내가 대학교수이고 더욱이 성형외과 교수라고 만나면 비싼 음식점이나 호텔의 뷔페로 데리고 갔고 간혹 일식집의 회를 먹자고 데리고 갔습니다.

그럴 때 나는 참 곤혹스럽습니다. 회를 먹지 않는 나는 채소와 튀김 요리와 우동이나 먹고 나오는 경우가 여러 번 있습니다. 그리고는 혼자서 길거리 음식을 사먹곤 했습니다. 또 제가 한국에 있을 때 주말이면 영화를 보고 길거리 음식을 먹을 때가 많이 있었습니다.

남대문시장에도 먹자골목이 있지만, 동대문시장에 속한 광장시장을 따라갈 수 없습니다. 광장시장은 종로4가에서 시작하여 5가 가는 중간에서 끝이 나는데 그곳이 세계에서 유명한 광장시장입니다. 여기에는 그 유명한 녹두지짐, 순대, 꼬마 김밥, 잔치국수, 칼국수, 수제비,

온갖 부침개들이 즐비하게 늘어서서 우리의 식욕을 자극합니다. 수북이 쌓여있는 김밥과 그 위에 널려있는 볶은 깨, 철판에서 지글지글 끓고 있는 녹두지짐, 김이 무럭무럭 나는 순대와 족발들, 솥에서 끓고 있는 칼국수와 수제비. 무더기무더기 쌓여있는 튀김들이 우리의 침샘을 자극합니다.

이곳의 음식이 내게는 호텔이나 한정식집의 음식보다도 맛이 있습니다. 접시는 아름답지만 한 젓가락도 안 되는 나물이나 반찬을 담아주는 한식집보다 수북이 쌓인 곳에서 집어주는 부침개가 더 먹음직스럽습니다. 거기에서 아주머니가 휙 휙 담아주는 장터 국수와 수제비에 양념간장을 한 숟가락 넣으면 전문식당에서 먹는 것 못지않게 맛도 있고 값도 쌉니다. 아마 나뿐만 아니라 기자들이나 외국인의 입맛도 비슷한지 그곳에 가면 외국 사람들을 많이 볼 수 있습니다. 그리고 아주 맛이 있다고 엄지손가락을 세워 가면서 맛이 있게 먹습니다. 그곳에 가서 녹두지짐 하나 칼국수에 수제비 섞은 것 하나, 꼬마 김밥 하나 순대를 조금 사면 다 먹을 수가 없습니다. 그래서 남은 것을 싸가지고 와야 합니다. 요새는 값이 올랐을지 모르지만 2만 원만 가지면 포식을 하고도 남습니다.

그런데 어제 본 유튜브에는 내가 못 간 몇 년 동안 발전을 하여 부추 부침개, 오징어 부침, 새우튀김 등 더 많은 메뉴가 등장했습니다. 어제도 저녁에 유튜브에 나오는 길거리 음식에 서울 편을 보면서 침을 삼켰습니다. 아마도 금년에 코로나가 진정되면 서울에 가서 광장시장을 찾아야 하지 않을까 생각합니다.

그런데 왜 집에서는 저런 음식을 만들지 못하는 걸까, 나는 왜 고급 음식점 음식보다 저런 음식이 좋은 걸까 생각합니다.

'아무래도 나는 양반 출신은 아니고 길거리 음식이나 먹는 천한 출신인 모양이야.'라고 혼자 중얼거립니다.

Apolia의 시대

BC 399년 그리스의 지성이고 양심이고 철학자였던 소크라테스는 그를 시기한 소피스트와 그의 선동을 받은 군중에 의해 유죄로 판결이 되고 사형이 선고되었습니다. 죄목은 '그리스의 신을 숭배하지 않고 젊은이들을 잘못된 길로 인도를 한다.'라는 것이었습니다. 소크라테스는 '악법도 법'이라고 순종하고 사약을 먹고 죽었습니다.

그의 제자 플라톤은 겁이 나 외국으로 도망을 쳐버렸습니다. 이때 그리스는 무법천지였습니다. 정부는 소피스트들과 아무것도 모르는 군중에 의해 휘둘렸습니다. 그런 상태를 'Apolia'라고 합니다. 그런데 법이 없는 것은 아니라 법이 너무 많아 혼란스러웠던 것입니다. 타키투스라는 사람은 나라가 부패할수록 법률은 늘어 간다고 말했습니다.

그때 그리스는 혼돈했습니다. 얼마 후 아테네는 스파르타에 패전하고 알렉산더 대왕에게 점령을 당했습니다. 그런 후에 문명의 근원지였던 그리스는 다시 일어나지 못했습니다. 나라가 부패하니 살기가 더 어렵고, 정부가 부패하기 때문에 망하는 것입니다. 정치인들은 늘 '국민의 뜻'이라고 이야기하지만, 국민은 선도하는 것은 정부에 달렸기 때문입니다.

고대에는 함무라비법전 하나면 충분했고, 이스라엘에서는 십계명 하나면 충분했습니다. 그러나 백성들이 자꾸 죄를 짓자 신명기 같은 율법서가 생기기 시작했습니다. 그러나 법이 많아질수록 백성들은 더 죄를 짓고 이를 다스리려면 더 복잡한 법을 만들어야 했습니다. 이것이 악순환입니다. 그리고 이들을 다스리는 정부나 재판관은 어느 법을 적용해야 하나하고 또 다른 법을 만듭니다.

근래에 그렇게 잘살던 베네수엘라가 망한 것도 국민을 선동하고 극좌파로 이끈 차베스라는 정치가 때문입니다. 그는 자기의 이익을 위하여 반미 사회주의 정책을 택하고 포퓰리즘으로 국민을 선동했습니다. 한때 개도 백 불짜리를 물고 다닌다던 베네수엘라는 망했고 잘살던 귀부인들이 쓰레기통을 뒤져야 할 만큼 가난해졌습니다. 사회 범죄가 잦아져 자동차에 쇠창살을 붙이고 다녀야 할 만큼 험악해지자 관광객들의 발길은 끊어지고 아무도 가지 않는 나라가 되었습니다. 무정부의 Apolia의 상태입니다.

알젠친도 그리스도 정부가 부패하고 노조가 정부를 휘어잡고 자기들이 원하는 대로 끌고 가더니 그 잘살던 나라가 가난한 나라로 전락했습니다. 독일이나 일본처럼 전쟁에 패하고 비참해졌던 나라도 올바른 정부가 수립되고 국민을 선도하면서 나라는 다시 일어서고 잘사는 선진국으로 진입했습니다. 세계 제1차 대전과 2차 대전을 겪은 유럽 대부분의 나라가 어려움을 딛고 다시 잘사는 나라가 된 것은 올바르고 강한 정부와 이를 따르는 국민이 있었기 때문입니다.

세상에 영원한 것은 없습니다. 항상 강하고 좋은 정부가 세워지는 것은 아닙니다. 어느 나라나 위험한 시기가 있었습니다. 영국에도 노조가 강해서 정부를 휘두를 때 대처 같은 철의 여인이 나타나 이를 정리하고 나라를 굳건한 나라의 자리에 올려놓았습니다. 미국도 다른 나라가 따라오지 못할 정도로 발전된 나라였습니다. 그러나 GM 회사도 Ford 회사도 강한 노조들이 회사야 어떻게 되든지 말든지 자기들의 이익만을 추구하는 노동쟁의 때문에 외국과의 경쟁에서 뒤지게 되고 회사는 거의 망하다시피 했습니다. GM의 주식은 미국 정부의 주식이라고 할 만큼 신용이 있었는데 폭망하여 거의 휴짓조각이 되어버렸고, 지금 미국의 거리에는 외국 차들이 활개를 치고 GM이나 Ford 회사 자동차는 아주 가뭄에 콩 나듯이 있을 뿐입니다.

이제 미국은 군사적으로는 강한 나라일지는 모르지만 나라가 부유하고 행복한 나라는 아닙니다. 민중을 선동하는 정치가와, 여기에 동조하는 국민이 많아진 지금 안정되고 부유한 나라가 아닙니다. 범죄는 늘어가고 하루가 멀다고 여기저기서 총을 쏘아대고 증오 폭행이 난무하는 사회가 되었습니다. 미국의 정치인들도 나라의 장래보다는 자기 자신의 이익을 위하여 민중을 선동하고 포퓰리즘을 이용하는 당이 이기게 되어있고 나라의 빚은 늘어가고 빈민층이 많이 불어나는 나라가 되었습니다.

나는 민중민주주의를 신뢰하지 않습니다. 또 노조나 시민단체들도 그들이 내걸고 있는 공의와 정책을 믿을 수가 없습니다. 그리고 그런 단체가 많을수록 사회는 혼란스러울 수밖에 없습니다. 대한민국의 사회상도 마찬가지입니다. 언제부터인지 모르게 한국에도 시민단체가 많아졌습니다. 어떤 발표에 의하면 시민단체가 2,500개라고도 하고

5,000개가 넘는다고도 합니다. 그 많은 단체가 정부나 서울시의 보조를 받는다고 합니다. 민노총, 전교조, 한국 농민회의 기세는 국무총리보다 드셉니다. 광화문에서 그들이 데모할 때는 삼국지에 나오던 원소의 군사들보다도 더 많은 깃발을 들고나옵니다. 그들이 들고나오는 깃발과 그들을 태우고 오는 자동차, 그들에게 주는 피켓과 촛불들, 그들이 먹는 점심과 간식들, 심지어는 그들이 먹고 마시는 술값은 누가 내는지 모르겠습니다. 그들이 자기 돈을 내고 온다고는 누구도 인정하지 않을 것이기 때문입니다.

　대한민국의 국회는 건국 이래 거의 매달 법을 만들고 있습니다. 법이 너무 많아 법을 공부하는 사람이나 재판관들도 다 모를 지경입니다. 그런데도 재판할 때는 적법이 없어 판결을 못 한다고 합니다. 손으로 사람을 때리면 죄가 죄는데 왼손으로 때리면 죄가 죄는지 오른손으로 때리면 죄가 되는지 모른다고 합니다. 문재인 정부 국회에도 수많은 법을 만들었습니다. 경찰, 검찰이 있는데도 공수처를 또 만들었습니다. 나는 공수처가 어떤 범죄를 다루는지 잘 모르겠습니다. 이번에는 검수완박법을 만든다고 합니다. 검사는 수사를 못 하게 한다는데 그 수사권을 빼앗으면서 수사권을 누구에게 주는지도 밝히지 않았습니다. 이제 검사의 수사권을 빼앗는 법을 만들었다고 합니다.

　대한민국 정부는 부패한 정부일까요? 그래서 자꾸 법을 만드는 것일까요? 법을 만드는 사람들 법을 집행하는 사람들이 부패하고 정부가 올바르지 못하면 Aporia 상태라고 할 수밖에 없습니다. 올바른 정부 강력한 정부 국민을 올바로 이끌어가는 정부가 우리에게 필요하다고 생각이 됩니다.

나도 공산당이 싫어요

지금 한국을 지배하고 있는 종북 사회주의 정권하에서 완전히 잊혀진 역사가 있습니다. 1968년 12월 10일 강원도 평창의 산골에 살던 소년이 입이 찢기어지고 총에 맞아 죽었습니다. 그리고 그의 어머니와 여동생, 남동생도 총에 맞아 죽었습니다.

1968년 12월 2일 삼척과 울진에 북한 테러리스트들이 상륙하여 민간인들을 살상하고 난동을 피웠습니다. 경찰이 동원되고 공비 소탕 작전이 돌입되자 쫓기던 테러리스트들이 평창으로 숨어들었습니다. 그리고 초등학생 이승복의 집으로 들어가서 총을 겨누며 약탈을 시작했습니다. 당시 9살이던 이승복은 울면서 '나는 공산당이 싫어요'라고 말을 하자 테러리스트들은 9살 난 소년의 입을 찢어 죽이고 어머니, 누이동생과 동생을 총으로 쏴 죽였습니다.

테러리스트들의 이 행위에 모든 국민의 분노했습니다. 밖에 숨어 있던 아버지와 형은 살아남았는데 형의 증언이 이승복이 '나는 공산당이 싫어요'라고 말을 하자 테러리스트가 이승복의 목을 팔로 감고 입을 찢었다는 것입니다. 그러나 이승복의 이야기는 종북 사회주의 정부 밑에서 사라져 버리고 북한을 찬양하는 언동만이 울려 퍼지는 세상이 되었습니다. 문재인 대통령이 가장 존경하는 사람은 미전향 간첩인 신영복이고, 북한군 창설의 공로자이며 인민군 간부인 김원봉에게 훈장을 수여해야 한다고 고집하는 정책 밑에서 대한민국의 국가 정체성은 사라지고 북한의 종속국가로 전락한 듯 보입니다.

이제 내가 보기에 대한민국은 자유 민주국가라고 하기에 좀 겁이 나는 나라입니다.

서울 한복판 젊은이들이 모여드는 홍대 앞 거리에는 인공기를 상징하는 그림과 북한의 선전용 간판을 그대로 옮겨 놓은 듯한 술집이 생기는가 하면, 광화문에서는 젊은 대학생들이 모여 김일성의 노래를 소리 높이 부르고 트럼프 대통령의 큰 인형을 만들어 발로 차고 돌로 치는 등 퍼포먼스를 합니다. 그래도 시민들이나 경찰들은 아무런 제재를 하지 않습니다. 민노총이 반정부 구호를 부르고 난리를 치는 시위는 경찰이 보호하지만, 문재인 정부를 비판하는 태극기 시위는 경찰이 사납게 차단하고 잡아간다고 합니다. 사법부에서도 재판할 때 '우파 유죄, 좌파 무죄'라는 법칙을 세워 판결한다고 합니다. 진정한 애국자는 김일성뿐이라는 초등학교 교사가 있는가 하면, 이차대전 후 우리를 도와준 나라들을 가리켜 한국에 왔던 러시아군은 우리를 일제의 식민지에서 해방시켜 준 해방군이고, 미군은 점령군이라는 대통령 후보까지 나왔습니다. 광주의 어느 학교에서는 봄에 수학여행을 평양으로 가겠다고 정부에 청원했다고 하니 정말 기가 막힙니다.

이것이 한국전쟁 때 우리에게 총을 쏘고 죽창으로 우리 가족의 가슴을 찔러 죽이고 우리를 탄압하던 공산주의 정권하에 핍박을 당하고 집과 재산을 잃은 실향민들을 낸 나라의 국민 정서인가를 생각하니 정말 어이가 없습니다.

그런데 그런 공산주의 발언이나 돌출행동을 한 사람들에 대한 비판은 그냥 눈앞에 파리가 지나간 듯이 신경을 안 쓰는데 신세계의 부회장인 정용진 씨가 '나도 공산당이 싫다'는 발언을 했을 때는 페이스북이나 SNS에 그를 비판하는 소리가 온 나라를 시끄럽게 했습니다. 댓글에 보면 그를 욕하고 저주하는 글들이 아우성을 쳤습니다. 그리고 이마트 불매운동을 해야 하느니 신세계 백화점 불매운동을 해야 하느니 댓글의 무리가 마치 죽은 쥐에 모여든 파리떼처럼 요란했습니다.

나는 깜짝 놀랐습니다. 그런 한국에 공산주의를 좋아하는 사람들이 이렇게 많은가? 정말 국민의 42%가 나라가 공산화가 되기를 원하는가 하고 놀랐습니다. 더욱이 304050들이 좌편향 정도가 아니라 열렬한 공산주의자들이 아닌가 하는 것입니다. 그들은 공산주의 치하를 하루도 겪어 보지 못한 세대들입니다. 70여 년 전에 태어나 공산주의를 경험한 세대들은 절대 공산주의자가 될 수가 없습니다. 그 세대의 공산주의자들은 공산주의 정권 밑에서 혜택을 받은 자들이거나 공산주의 교육에 뇌 척추가 붉게 물든 사람들일 수밖에 없습니다.

나는 평범한 시민입니다. 한 번도 정치사회에 들어가 본 일도 없고 정당에 가입한 일도 없습니다. 그저 14세 때 공산정권이 싫어 이불 보따리 하나를 지고 평양에서 서울까지, 다시 대구까지 피난하고 고학하면서 공부를 했습니다. 나는 한국에 사는 동안 월급으로 살았으니 유리 지갑으로 세금은 먼저 떼고 월급을 받았습니다. 그리고 군의 의무도 3년 5개월 동안 복무를 했습니다. 그래도 나는 나라에 감사를 했습니다. 아무리 힘이 들었다고 해도 이승만 정권 밑에서 치하에서도 박정희 대통령 치하에서도 감사하며 살았습니다. 내가 산 5년 5개월 북한의 생활에 비하면 대한민국의 생활은 천국이었습니다. 아무리 배가 고파도 자유가 있었기 때문입니다. 한 번도 '지옥 같은 우리나라'라고 생각해 본 일도 없고 북한 정권이 좋다고 생각한 일도 없습니다.

나도 이승복 같은 처지가 된다면 '나도 공산당이 싫어요'라고 감히 외칠 것 같습니다. 나는 지금 한국의 젊은이들에게 외치고 싶습니다. 당신들이 그렇게 북한이 좋다고 생각하면 정부에서 그런 사람을 모집하여 'One way Ticket'으로 북한에 보내면 어떨까 생각을 합니다. 오래전 일본 조총련이 주동이 되어 일본 거류 한국인들을 북한으로 보낸 일이 있지 않습니까? 우리도 북한의 공산정권을 흠모하는 사람들을 모집하고 집을 팔고 재산을 다 가지고라도 북한으로 북송시키는 것이 어떨까 생각합니다. 북한에서 '삶은 소대가리'라고 해도 가만히 있고, '옥류관에서 냉면을 처먹을 때는 해해거리더니'라는 식당 주방장에게까지 모욕당하면서 아무 말도 안 하는 문재인 대통령, 윤석열 후보가 기자들과의 면담에서 '물론 전 정부의 불법이 있으면 수사를 받아야 하겠지요.'라는 말을 듣고 대로하였다는 문재인 대통령은 어느 것이 더 모욕적이었는지 구분이 안 되는 모양입니다.

나는 감히 묻고 싶습니다. 문재인 대통령은 자신의 정체를 밝혀야 한다고 생각합니다. 나는 공산주의자이고 내가 대통령이 된 중요한 목적은 대한민국을 고려연방국으로 만들어 북한에 종속을 시키는 것이 나의 정치적인 목적이라고 밝혀야 할 것으로 생각합니다. 나는 분명히 말할 수 있습니다. '나도 공산주의가 싫어요!'라고.

니팝에 고깃국

김일성 주석에게 소원이 무어냐고 물으니 '모든 인민이 니팝에 고깃국을 먹는 것'이라고 했답니다. 즉 국민이 쌀밥에 고깃국을 먹는 부자 나라가 되었으면 좋겠다는 이야기입니다.

요새 젊은이들은 '쌀밥에 고깃국이 뭐 대단한 것이냐.'라고 하겠지만, 지금 75억의 인구 중에서 기아에서 헤매는 사람이 약 30%이며, 하루에 1불이 안 되는 돈으로 사는 사람들이 많다고 합니다.

우리도 1960년대만 해도 쌀밥에 고깃국을 먹는 것은 대단한 일이었습니다. 이런 이야기를 하면 젊은이들은 또 꼰대 타령이라고 할지 모르겠지만 당신들에게 쌀밥과 고깃국을 먹는 사회를 만들려고 꼰대들은 죽을힘을 썼습니다. 1960년대 후반, 월남에 간 군인들이 처음 미국사람들처럼 치킨을 먹고 소시지를 먹으면서 '오늘도 또 고기야?'라는 불평 비슷한 말에 채명신 장군이 몰래 돌아서 눈물을 흘렸다는 이야기를 들었습니다. 1970년 중반 중동전쟁이 일어나고 미국에서 인플레가 솟아올랐을 때 디트로이트에서도 고기를 먹지 못하는 가난한 사람들이 있다는 기사를 본 일이 있습니다.

오래전 평양에서 살 때 한 친구가 할아버지 할머니가 사는 시골에 다녀왔습니다. 반 아이들이 둘러싸고 "야, 할아버지네 집에 가니까 도 턴?" 하고 물으니 그 친구가 입을 쩍 벌리고 "기럼, 할아버지네 집에 가서 니팝에 고깃국 실컷 먹구 오디 않았가서."라고 했습니다.

그때 최고의 호강은 '니팝에 고깃국'을 먹는 것이었습니다. 쌀이 귀 하여 쌀밥을 먹는 것은 일 년에 한두 번 명절 때나 얻어먹고 대개는 조밥이나 수수밥, 강냉이밥을 먹었습니다. 고깃국이야말로 정말 명절 때 고기 한 근이나 반 근 사다가 많은 식구가 먹으려니 큰솥에 고기 한 근 썰어 넣고 무를 썰어 넣어 소고기뭇국을 끓여서 어른들 국그릇 에 한두 점 넣을 정도이고 그야말로 소가 장화 신고 건너간 소 냄새가 약간 나는 국이나 얻어먹을 정도였습니다.

내가 대학에 들어가고 연극반에서 차출되어 단역을 맡았는데 연극 반원들이 회식하기 전까지 나는 고기를 불판에 구워 먹는 법이 있다는 것조차 몰랐습니다.

한국전쟁 때 피난을 오기까지 평양에 살면서 일 년에 한 번 김일성 이 소비조합에서 고기를 살 수 있는 식품표를 나누어 주고 한 가정에 1/2kg의 고기를 사다가 국을 끓여 먹는 것이 유일한 방법이었으니 고 기는 국을 끓여서 국에 들어 있는 고기를 한 점 먹는 것이 다인 줄 알 았습니다. 기름이 섞인 고기를 한 덩어리 받아다가 기름과 함께 고깃 국을 끓이면 국물에 노란 기름이 둥둥 뜨고 그 국물이 고소해서 아껴 먹곤 했습니다. 또 북한에서 배급을 타 먹는 주제에 쌀밥이라는 것은 꿈에서나 먹어보지, 그 귀한 쌀을 그대로 밥해 먹는다는 건 죄스러운 일이라고 생각했습니다. 또 배급을 현미로 주니 요새 먹는 쌀밥을 먹으려면 정미소에 가서 다시 쌀을 한 번 도정해야 하는데 그러면 쌀의 양이 줄어들어서 현미 그대로 밥해 먹었습니다. 요새는 건강식을 한다고 현미밥을 요리사들이 권장하지만 나는 그때 생각이 나서 안 먹으면 안 먹었지, 현미밥은 사양합니다. 한국전쟁 때는 알남미와 보리를 섞은 밥을 먹었는데 지금 생각해도 냄새가 나고 밥을 입에 넣으면 보리 따로 안남미 따로 와글와글 굴러다녔습니다. 그러다가 어찌하여 쌀밥을 얻어먹으면 쌀밥이 어찌 매끄러운지 입에서 목으로 그냥 미끄러져 들어가는 것 같았습니다.

대학을 졸업하고 의사가 되고 제일 좋았던 것은 이제는 굶을 염려가 없구나 하는 것이었습니다. 병원에서 기숙하니 보릿고개가 되든 가뭄이 들어도 병원 식당에는 반찬은 좀 그렇더라도 밥 굶을 염려는 없었습니다. 의사회 모임이나 회식 때는 불고기라는 것도 먹고 쌀밥도 먹었지만, 쌀밥에 고기란 것은 아주 귀하고 비싼 특별 음식으로 생각했습니다.

군의관 때입니다. 어쩌다 사령관이나 높은 분이 병원에 소 한 마리를 하사하는데 우리는 고기를 먹어본다고 손뼉을 쳤지만, 그 잡은 소에서 갈비 한 짝은 병원장, 다른 반 짝은 진료부장, 다른 반 짝은 본부장, 그리고 남은 고기 중에도 보급부대장, 식당의 선임하사 순으로 떼이고, 700명 군인 국그릇에는 소기름도 잘 보이지 않는 국물뿐이었습니다. 그래서 소가 솥에서 목욕하고 지나갔다는 농담이 나올 정도였습니다. 그래서 '니팝에 고깃국'이라는 것은 우리에게 남다른 의미입니다.

이제 한국은 '니팝에 고깃국'을 바라던 가난한 나라가 아닙니다. 돈을 많이 벌고 선진국이 되었습니다. 젊은이들은 소고깃국이 아니라 스테이크를 먹으러 다니고, 스테이크도 어디 살이 맛있고 어디에서 잘 굽는지를 찾아다니며 먹는 세대입니다.

얼마 전 젊은이들과 회식을 했습니다. 갈비구이를 시켰는데 젊은이들이 갈비가 질기다느니 기름이 많이 붙었다느니 투정하면서 밀어 놓는 것을 보고 나는 죄스러운 마음을 금할 수 없었습니다. 세계의 많은 사람이 굶고 있고, 아직도 북한의 국민이 세상에서 제일 먹고 싶어 하는 것이 니팝에 고깃국인데⋯. 고깃국도 아닌 갈비구이인데 젊은 사람들이 불평하다니⋯.

많은 우리 또래의 꼰대들이 젊은 사람들이 감사한 줄 모른다고 이야기합니다. 그들이 가난을 경험해보지 않았고 꼰대들이 하는 말대로 굶어보지 않았기 때문일 것입니다. 요즘 한국 식당에는 밋밋한 고깃국은 볼 수도 없습니다. 그런 밋밋한 고깃국으로는 영업이 안 될 것입니다. 이제는 고기도 한우의 갈빗살이니 꽃등심이니 하여 나 같은 촌놈은 이름도 모르는 부위로 특별하게 요리해야 사람들이 찾아가는 시대입니다. 식당에서 갈비를 구우면서 '고기는 말이야~'라고 큰소리치는 젊은이들을 보면서 이 꼰대는 공연히 억울해지고 슬퍼집니다.

"야, 너네들에게 니팝에 고깃국을 먹이려고 우리 꼰대들이 얼마나 고생했는지 아냐? 너희가 업신여기는 꼰대들이 얼마나 애를 썼는지 아느냐 말이야. 김일성이 그렇게 바라던 니팝에 고깃국을 대한민국이 너희에게 주려고 꼰대들이 얼마나 피눈물을 흘렸는지 아느냐 말이야."

바보 우등생

나 같은 바보도 학교에 다닐 때 우등상을 타보았습니다. 졸업식 때 따로 불려 나가 교장 선생님이 주는 우등상을 받고 박수를 받았던 기억도 있습니다. 그런데 내가 우리 반에서 일, 이등으로 머리가 좋았던가를 가만히 생각하면 천만에 아닙니다. 그저 수업 시간에 선생님 말을 잘 듣고 노트 정리를 잘하고 시험 전날 하나 둘 달달 외우는 것을 남들보다 좀 잘했을 뿐입니다.

우리 반에는 머리가 좋은 천재 친구가 있었습니다. 우리는 교과서인 National English라는 책을 가지고 씨름을 하는데 그 친구는 매 주일 Time지를 읽으며 우리에게 세계정세를 이야기해주었고, 우리가 고등학교 물리 화학책을 외우고 있는데 그는 영어로 된 물리 화학책을 읽을 정도였습니다. 우리는 그가 어디서 그런 지식을 습득했는지 알 수 없었습니다. 나는 그를 열심히 따라다녔습니다.

그의 집에 가보니 그는 응용 화학책을 보고는 모자에 대는 테(땀이 배지 않게)를 만들고, 그의 아버지가 그것을 만들어 납품하고 있었습니다. 또 그는 우리 집 피난민 단칸방에 와서도 스스럼없이 같이 책을 보고 놀다 가곤 했습니다.

그때 우리는 영어 사전을 외우기가 유행이었습니다. 작은 영어 사전을 책장을 찢어가면서 외우고는 먹어 버렸습니다. 그때 영어 사전은 책장이 얇아 먹기도 쉬웠습니다. 그런데 그것이 얼마나 머리에 남겠습니까? 먹어 버린 사전이 우리 몸에서 나가기도 전에 대부분 단어를 잊어버리고 말았습니다. 그는 나에게 "야, 꼭 필요한 단어를 사전으로 찾아 뜻을 알아서 외워야지, 그냥 막무가내로 사전을 외우면 그게 머리에 남겠냐?"라며 충고를 하곤 했습니다. 그런데 학교 성적은 내가 그 친구보다 좋았습니다. 물론 영어, 수학, 물리, 화학은 그가 많이 알았지만, 국어, 역사, 지리, 윤리 시험성적은 내가 좋았기 때문입니다. 우리 반 친구들도 모두 그 사실을 알았지만, 시험성적이 좋다는 데는 할 말이 없었습니다. 물론 전 과목에서 좋은 성적을 받은 학생이 낙제생보다야 낫겠지만….

나는 학교의 우등생이 정말 머리가 좋은 수재라고는 생각하지 않습니다. 발명왕 에디슨이 낙제하고 희망이 없는 학생이라고 평을 받는가 하면, 뉴턴도 낙제하고 아인슈타인도 교수에게서 희망이 안 보이는 학생이라고 혹평을 받았다고 하지 않습니까? 윈스턴 처칠도 대학 입시에 떨어지고 문호 톨스토이도 처음 들어간 대학에서 낙제하였습니다. 또 우등생으로 학교를 졸업했는데 열등생보다도 못한 삶을 사는 사람이 생각 외로 많은 것이 사실입니다.

학교를 졸업하고 오랫동안 세상에 살면서 연구에 많은 업적을 낸 사람이 모두 우등생들이 아니고 사회에 공헌하거나 남들에게 칭찬을 받는 일을 한 사람들이 학교의 성적과는 아무런 상관이 없다는 것을 알았습니다. 우리 반에서도 마찬가지입니다. 졸업하고 네팔에 가서 존경을 받으며 네팔의 슈바이처라고 존경을 받는 친구, 대학 총장이 된 친구, 의료원장이 된 친구, 위대한 발명가로 수많은 발명을 하여 의학의 발전에 공헌한 친구, 훌륭한 대학교수로 존경을 받는 친구가 모두 우등생이 아니었다는 일은 정말 아이러니하지만 사실입니다. 그리고 학생 때 우등상을 받고 장학금을 받은 친구들이 아무 일도 못 하고 그저 시골의 개업의로 살아간 친구들이 많이 있습니다. 그렇다고 시골의 개업의를 폄훼하는 건 절대 아닙니다.

학교에 다닐 때는 학문적인 큰 업적이나 대학에서 큰일을 할 것이라고 믿었던 친구가 평생 동창회에도 나타나지 않고 아무런 업적도 없이 그저 먹고 살아가고 있는 친구들에게 실망합니다. 우리나라의 최고 대학은 서울대학교입니다. 각 고등학교의 일, 이등만 들어갈 수 있는 대학입니다. 시험 쳐서 합격하는 판검사, 시험 쳐서 채택되는 업종에는 서울대 출신들이 제일 많다는 사실을 인정합니다. 그런데 서울대학생들이 사회에 공헌하고 과학의 발전에 업적을 내고 나라를 위하여 얼마나 많은 일을 했느냐고 묻는다면 나는 단연코 아니라고 대답할 것입니다. 그들은 전 과목에 좋은 시험성적을 얻었는지는 모릅니다. 나는 학교를 졸업하고 여러 병원에서 근무하면서 서울대 출신 의사들과 근무를 많이 했습니다. 그러면서 그들이 별로 우수하지 않구나 하고 느낀 때가 한두 번이 아닙니다. 물론 그들 중에 뛰어난 사람이 있기는 하지만….

많은 수재에서 보듯이 한 분야에 정신을 집중하는 사람은 입시 구조상 서울대에 들어갈 수가 없는 구조입니다. 전자공학 하나만 잘해서는 서울대에 들어갈 수 없습니다. 국어, 영어, 수학, 자연, 논술 모두를 골고루 잘해야 서울대에 들어갈 수가 있고 졸업할 수 있고 시험에 합격할 수 있습니다. 아마 아인슈타인이나 뉴턴이나 오펜하이머 같은 사람이 서울대에 응시하였다면 필연코 떨어졌을 것입니다. 그들은 수능시험에 398점을 받을 수 없기 때문입니다.

가끔 '수능시험에 만점을 받은 사람이 10년 후에 무엇을 하나?'라는 유튜브를 보면, 수능시험에 만 점 받을 만한 일을 하지 못하는 경우가 너무 많습니다. 어떤 사람은 학원에서 시험을 보는데 시험성적을 올릴 수 있는 기술을 가르쳐주고 있다는 소식을 듣습니다. 모든 과목에 좋은 성적을 받는 사람은 학교 선생이나 공무원, 검사 판사, 의사, 교수 정도나 할 수 있을 뿐입니다.

나도 고등학교 때 미분 적분 행렬식을 열심히 공부했습니다. 그러나 의과대학에 들어가고 나서 한 번도 응용해 본 적도 실생활에 도움이 된 적도 없습니다. 그러나 미분 적분 행렬식을 잘 풀지 못한 친구들이 의과대학에는 입학하지 못했습니다. 만일 그런 학생이 의사가 되었다면 훨씬 더 큰 업적을 이루었을는지도 모릅니다. 위대한 업적을 남기고 사회에 공헌하고 나라를 위한 일을 한 사람들은 다른 대학 출신들이 서울대 출신들보다 훨씬 많습니다. 나라를 이끌어 가는 사람, 큰 발명을 하는 사람, 사회를 바꾸는 사람은 노트 공부를 하는 사람이 아니라 엉뚱한 일을 하는 친구가 큰일을 한다고 생각합니다.

서울대는 바보 우등생이 아닌 천재 수재들을 발굴하여 사회를 이끌어 나가는 인재를 육성하면 얼마나 좋을까 생각합니다.

뻔뻔한 사람

요새는 내가 보아도 참 뻔뻔한 사람들이 많이 있습니다. 뻔뻔한 사람을 사전에 찾아보면 "부끄러운 일을 하고도 태연하게 행동하는 사람"이라고 풀이가 되어있습니다.

'뻔뻔함'은 장판에 기름을 먹인 듯 번들번들하다는 말과 비슷한데 방이 더우나 차나 색깔의 변함이 없다는 말일 것입니다. 그러니 주위의 환경 변화에도 얼굴의 변함이 없는 사람이 뻔뻔한 사람일 것입니다. 우리의 몸에서 머리 쪽에 혈액순환이 제일 많이 가고 얼굴의 피부가 얇아서 모세혈관으로 가는 혈액의 양을 알 수가 있을 것입니다. 흥분된다거나 감정이 고조되면 얼굴에 가는 혈액이 많아져서 얼굴이 붉어지는 감정의 변화가 나타납니다.

그래서 자신이 잘못한 일 또는 부끄러운 일이 있으면 얼굴이 붉어지고 땀이 나오는 것입니다. 그런데 얼굴에 아무런 표정의 변함이 없는 사람을 우리는 뻔뻔하다고 합니다. 그런 사람을 얼굴 가죽이 두꺼운 부끄러움을 모르는 '후안무치(厚顔無恥)', 영어로는 shamelessness라고 부릅니다. 살인하고 체포되어 가면서도 하늘을 우러러 한 점 부끄러움이 없다는 표정으로 실실 웃는 살인자의 모습도 뻔뻔하다고 할 수 있습니다. 이는 얼굴의 피부가 두꺼워서 안면의 모세혈관에 가는 피가 보이지 않는지 아니면 웬만한 감정에는 동요하지 않는 강철 심장을 가진 사람인지, 악을 행하고도 양심에 가책을 받지 않는 사람을 일컫습니다.

오래전 내가 근무하던 병원에 중년의 교수를 한 사람 초빙해왔습니다. 갈 곳이 없어서 우왕좌왕하던 사람을 초빙하여 과장을 맡겼습니다. 면접할 때는 온몸을 다 바쳐서 충성하겠다고 머리를 조아리는 그의 태도가 좀 지나쳐 보였으나 그럴 수도 있으려니 하고 의료원장님에게 추천했습니다. 이후 나이 많은 내가 과장을 맡은 것보다 젊은 그가 낫겠다 싶어서 과장으로 추천했습니다.

그런데 그가 과장이 되고부터 태도가 달라졌습니다. 내가 과장인데 내 말을 듣기 싫으면 사표를 내라 내가 사람을 데려오겠다고 큰소리를 치는가 하면 말끝마다 '내가 과장인데' 과장 가운을 세탁해서 제때 갖다 놓지 않았다며 간호사를 다그치고 과에 있는 법인카드를 마음대로 사용하는 등 말썽을 일으켰습니다. 또 환자 앞에서 다른 교수들에게 "그거 수술을 잘못했네."라면서 말도 아닌 트집을 잡기도 했습니다.

참다못해 의료원장님에게 제청하여 과장을 바꾸었습니다. 그랬더니 "과장 다음엔 주임교수 직급"이라면서 자신을 스스로 주임교수라고 했습니다. 내가 의료원에 문의하니 그런 일이 없다고 했습니다. 자기가 잘못을 저질러 과장에서 해임되었는데도 부끄러운 줄 모르고 전공의와 싸우고 간호사와 싸웠습니다. 나는 그를 부끄러움을 모르는 정말 뻔뻔한 사람이구나 생각했습니다. 결국 그는 그곳에 오래 있지 못하고 그만두었는데 하도 인심을 잃어서 아무도 송별회에 가지 않는다고 하여 송별회도 못 하고 떠났습니다.

요즘 세간을 뒤흔드는 사건이 있습니다. 바로 문재인 대통령의 부인 김정숙 여사의 의상 문제입니다. 문재인 대통령은 박근혜 대통령을 탄핵할 때 야당의 대표로 있으면서 박근혜 대통령의 의상이 몇십 벌이나 된다고 국민을 선동했습니다. 그런데 요새 시민들이 들고나온 것을 보면 김정숙 여사의 화려한 디자이너 의상이 278벌이라고도 하고 317벌이라고도 합니다. 그리고 장신구 구두들이 필리핀 마르코스 대통령의 부인이었던 이멜다 여사를 능가한다고 합니다. 그래서 시민단체에서 고발하고 법원에서 김정숙 여사의 의상을 공개하라고 판결을 하니까 국가 기밀이 되어 공개를 못 하겠다고 항소했다고 합니다.

나는 이런 행태가 '소위 뻔뻔하다'에 해당한다고 생각했습니다. 박근혜 대통령의 의상이 몇십 벌이어서 화려하다고 촛불 데모에서 악을 쓰던 사람이 자기 부인은 디자이너 옷만 몇백 벌이는데 얼굴색 하나도 변하지 않은 채 이것은 국가 기밀이라니…. 후안무치가 아니고 무엇이겠습니까.

나도 우리나라 재벌들의 욕심을 미워합니다. 재벌회사에서 골목길의 콩나물장사까지 모두 휩쓸어가고 아이스크림 장사도 독점하는 그런 욕심을 미워합니다. 그들이 나라에 내는 막대한 세금, 외국에서 수입되는 이익, 많은 고용률을 존중하지만 골목길까지 휩쓰는 대기업의 행태는 칭찬할 일이 아닙니다. 그래서 재벌들을 비판하는 목소리를 귀담아듣곤 했습니다.

거기에 조국이라는 서울대 법대 교수가 많은 글을 썼습니다. 그래서 조국의 추종자들이 많은지도 모릅니다. 그는 모든 사람이 모두 용이 되는 것은 아니다. 개울의 가재도 미꾸라지도 행복한 사회가 되면 좋다고 말했습니다. 그러면서 자기는 공문서를 위조하고 표창장을 위조하여 자기의 딸을 시험도 보지 않고 의전원에 입학시켰습니다. 그 문제가 불거지고 여론이 뒤끓는데도 얼굴색 하나 변치 않고 법무부 장관에 취임했습니다. 그리고 부인이 유죄 판결을 받고 감옥에 있는데도 자기와는 아무런 상관이 없다는 듯이 SNS에 글을 올리고 기자들을 만나고 있습니다.

그의 글을 읽고 동조한 나로서는 그의 뻔뻔함에 더 정이 떨어졌습니다. 이런 사람을 가리켜 '후안무치' '철면피'라고 이야기하고 싶습니다. 나는 정치를 모르는 평범한 시민입니다. 그래서 문재인 정부의 모든 것을 비판하고 싶지는 않습니다. 원전 폐쇄. 검찰개혁. 소득주도 성장 등 정치가로서 자기의 주장을 펼 수는 있습니다. 그러나 박근혜 대통령의 국정 비리라고 그를 규탄하고 감옥에 보낸 사람이 자기의 딸을 청와대로 데려다 같이 살게 하고, 자기 부인이 극도의 사치를 누리며 나라의 1호기를 타고 혼자서 인도에 가서 명승지 관광지를 돌아다니며 수많은 디자이너 옷을 사 입게 하는 일은 내로남불이라기보다는 훨씬 추악한 안면몰수의 극단 이기주의라고 규탄하고 싶습니다.

나는 전직 대통령이 검찰에 불려가고 감옥에 가는 일은 국민을 부끄럽게 하는 일이라 생각합니다. 그러나 민권 변호사라면서 보수 정권을 정죄하면서 이명박 박근혜를 감옥에 보내고 지난 5년간 연산군처럼 자기의 이익만을 챙긴 문재인 씨는 반드시 조사를 받아야 한다고 생각합니다. 그래서 뻔뻔한 정치인들이 좀 없어져야 하겠습니다.

전교조 교육

'전교조'는 전국교육자 조합입니다. 이 교육자단체는 교육자가 선생님이 아니라 교육노동자라는 의미이고, 선생님들의 교수 연맹이 아니라 교육노동자 조합이라는 것입니다. 스승이 아닌 지식만을 전해 주는 스스로 노동자로 전락한 모임입니다. 그래서 스승과 제자와의 신의나 사랑은 없습니다. 그저 시간에 들어와 강의만 하면 나가버리는 지식의 전달자일 뿐입니다. 소크라테스나 플라톤의 관계 예수님과 베드로의 관계 공자나 안유, 자공의 관계는 없고 그저 인쇄된 교과서의 내용을 전해 주는 것뿐입니다.

나는 이건 교육이 아니라고 생각합니다. 그저 지식의 판매일 뿐입니다. 이들이 학생들의 교육 발전을 위한 모임이 아니라 주체사상 전달 기관으로 행세하며 민노총의 형제 기관이 되어 북한의 슬하 조직으로 행세한다는 데 문제가 있습니다. 전교조는 박근혜 대통령 때 불법 조직으로 되었다가 문재인 대통령 때 다시 합법적인 단체가 되었습니다.

전교조에 가입한 교사는 학교 교장이나 이사회의 제재를 받지 않고 전교조의 지시를 받으며 전교조의 회원이 되는데 교감이나 교장이 마음대로 제재를 못 하기 때문에 자리가 보장됩니다. 전교조의 행사에 참석하느라 결근해도 학교에서 제재를 못 합니다. 그래서 마음대로 행동을 하고 교장이나 교감의 지시에도 마음대로 반박하는 사람들이 있다고 합니다.

지금 새로 들어오는 교사들에게 전교조에 가입하라는 압력을 많이 받고 있다는 소식입니다. 지금 교육부 장관이나 교육감들이 거의 전교조 출신으로 메워져 있어서 전교조 소속 교사들의 기세가 등등하고 새로 들어오는 교사들은 자연히 전교조에 가입하여 신변 보호를 받으려고 합니다.

몇 년 전 국회의원 전희경이 발언을 보면 정말 정신이 번쩍 납니다. 각 지구 교육청에서 발행한 교과서는 거의 전교조 교사들이 기술하고 편집했는데 마치 평양에서 펴낸 북한 교과서라고 해야 할 만한 내용이라고 합니다. 예를 들면 "가장 잘 계획이 되고 정서적인 도시가 어디냐"라는 문항의 답은 '북한의 평양'이고, "가장 우수한 대학이 어디냐?"는 문항도 '만경대학교'가 정답이라고 합니다. 정말 세계에서 처음 보는 문항이고 몰상식적인 답입니다.

어찌하여 평양이 가장 잘 기획이 된 도시인지 그 사람들은 세계뉴스를 보지 않는 모양이고, 광주광역시교육청은 다른 나라 소식을 보지도 듣지도 않는 모양입니다. 이것은 교육이라고 할 수 없는 망발입니다. 세상에서 누가 평양이 가장 잘 기획이 된 도시이고 가장 정서적인 도시라고 말을 할 사람이 있겠습니까. 아마 네팔의 산골짝에서도 그런 지식은 통하지 않을 것입니다. 그러니까 얼마 전 대통령 후보는 해방 후 우리나라에 주둔한 외국 군인 중 러시아군은 해방군이고, 미군은 점령군이라는 기괴한 이론을 펼쳤고, 우리나라를 위해 투쟁한 가장 위대한 애국자가 김일성이라는 망발을 했습니다.

많은 주사파 교사들은 북한이 정의롭게 탄생을 했고 대한민국은 태어나지 말았어야 할 잘못된 정부라고 이야기를 하니 너무나 한심한 종북 사상입니다. 그런데 이런 말을 믿고 따르는 사람들이 한국민의 30%가 넘는다니 한국은 정말 이상한 나라입니다.

그러니 어쩌겠습니까? 그런 전교조 선생에게서 교육을 받고 그런 교과서로 공부하고 시험을 보지 않았습니까. 지금 한국에서는 40대가 가장 좌파적이라고 합니다. 그러니까 주사파 전교조의 젊은 교사들이 가르쳤던 사람들이 40대가 되지 않았습니까? 얼마 전 광주의 한 초등학교에서는 이번 봄에는 평양으로 수학여행을 가자고 정부에 신청한 초등학교가 있다고 합니다. 정말 그렇게 자유로운 통행이 되고 정보를 주고받는 관계가 되고 자유롭게 말을 주고받는 남북관계가 되면 얼마나 좋을까요? 그러나 전교조 선생님들도 그렇게 생각을 하십니까?

오래전에 비교적 친북 성향이던 목사님이 평양에 다녀오셨습니다. 그런데 다녀오고 나서는 일체 말이 없었습니다. 북한이 좋다든가 나쁘다든가 하는 아무 말이 없어진 것입니다. 왜 그 목사님은 실어증이 걸린 것일까요? 무슨 사연이 있는 것일까요?

나의 친구 한 사람이 어머님을 북한에 남겨 둔 채 피난을 왔습니다. 그는 항상 어머님을 그리워했는데 어머님이 살아 계실 때 여러 번 북한에 다녀오고 돈도 보냈습니다. 다녀와서는 북한을 약간 찬양하는 듯한 발언을 하곤 했습니다. 몇 년 후 어머님이 돌아가셨습니다. 그가 그때부터 북한의 실상을 이야기하기 시작했습니다. 얼마나 가난하고 얼마나 비참하고 얼마나 강압 속에서 사는지를…. 그러나 어머님이 살아있을 때는 어머니에게 해가 될까 봐 감히 입을 열지 못한 것입니다.

키엘 캐 고르기라는 철학자는 이렇게 말했다고 합니다. 물론 몇십 년 전의 이야기이지만, "지금의 청년이 공산주의에 관심을 두지 않는다면 무식한 것이다. 그러나 다시 공산주의에서 벗어나지 못한다면 바보 같은 사람이다."라는 말을 했다고 합니다.

공산주의는 정말 이론입니다. 그 이론을 집행하는 사람은 전체주의의 사자(使者)일 뿐입니다. 지금 초등학교 중고등학교에는 두 가지 교과서가 있습니다. 국정 교과서와 인증 교과서입니다. 국정 교과서는 나라에서 선정한 편집위원들이 편집하여 만든 교과서이고 인증 교과서는 자기들끼리 모여서 만들어 교육청에서 허락을 받은 교과서입니다. 그런데 지금 학교에서는 국정 교과서보다는 인증 교과서를 많이 쓰고 있고 인증 교과서의 편집인들은 전교조 출신들로 채워져 있다는 사실입니다. 인증 교과서에는 이승만 대통령을 친일파이고, 박정희 대통령은 독재자이며, 북한의 김일성 일가가 진정한 애국자이고 반일 혁명가라고 표기되어 있다고 합니다.

언제부터인지 한국에는 좌파의 목소리가 크고 좌파가 지식인이고 우파는 꼴통이고 꼰대로 인식이 되어있을까요? 물론 보수라고 하는 인사들이 부패했고 무식했고 탐욕스러워 인심을 잃었기 때문이라고 생각합니다. 그래도 나라가 완전히 쓰러지기 전에 바로 일으켜야 합니다. 다시 전교조를 폐쇄하고 자라나는 어린이들에게 올바른 교육해야 합니다. 신영복을 가장 존경한다는 대통령에게서 해방을 시켜야 합니다.

정치인의 이상

대개의 십 대의 청소년들은 순수하고 높은 이상을 꿈꿉니다. 그래서 소설을 읽고 완전히 이해하지 못하면서도 철학책을 읽습니다. 나도 북한에서 살 때 도서관에 많이 있던 칼 마르크스의 『자본론』과 볼셰비키 『당사』, 막심 고리키의 『유년 시대』를 읽었습니다. 그때 나는 '정말 이런 세상이 와야 하지 않을까'라는 생각을 했습니다. 그런데 플라톤의 『유토피아』를 읽고는 '우리의 이상에서만 그칠 뿐 우리가 사는 사회에 도입할 수는 없구나.'라는 생각도 했습니다.

히틀러도 나라를 사랑했고, 자기가 꿈꾸는 게르만 민족이 세계의 지도자 역할을 하는 이상적인 세계를 꿈꾸었습니다. 그러나 자기가 원하는 세계를 이루려고 하니 새로운 계급과 힘이 필요했고 자기의 계획을 이루려고 전무후무한 죄악을 저질렀습니다. 세상에서 가장 무서운 사람이 책을 한 권 읽은 사람이라고 합니다. 그 사람은 자기가 읽은 책한 권에 모든 진리가 함유되었다는 독선적인 세계관을 가지게 되기 때문입니다. 교회에서도 마찬가지입니다. 오로지 신앙으로라고 하여 성경만 읽은 목사님이 가장 모시기 힘이 든 목사님입니다. 물론 신앙생활을 하는 데는 성경만 읽어도 되겠지만 남을 지도하고 이끌려면 성경을 뒷받침하는 책도 읽어서 견문을 넓혀야 할 것입니다. 사도 바울이 로마서를 썼을 때 왜 이렇게 썼을까를 고민해야 하고 사도행전을 읽으면서는 그리스, 로마의 역사를 알아야 하지 않을까 생각을 합니다.

십 대의 청소년이 읽은 책이 그의 일생의 기초석이 되는 것이 사실입니다. 그리고 그 이상을 실현하기 위하여 정치에 뛰어들고 사회운동에 뛰어드는 사람도 많이 있습니다. 아마 그 대표적인 사람들이 586세대의 정치인들이 아닐까 생각을 합니다.

그들은 십 대의 후반과 20대의 초기에 주체사상을 공부했습니다. 그들은 조선 말기의 혼탁한 정치 나라 스스로가 망했다는 것을 읽지 않고 일제의 침략만을 공부했습니다. 한일협정 조약식에서 고종이 참석하고도 아무 말도 하지 않았다는 것을 생각하지도 않았습니다. 옛날에 강국들이 식민지를 어떻게 탄압했는지를 공부하지 않았습니다. 벨기에나 콩고를 다스렸을 때, 스페인이 멕시코를 다스렸을 때를 생각해 보지도 않았습니다. 그들은 노예의 손목을 그대로 잘라버렸고 원주민들을 말에 매달고 달리면서 환성을 질렀습니다.

일본이 우리에게 잘했다는 것은 절대 아닙니다. 그들은 악독했지요. 일본은 우리를 자기들의 2중대로 끌어들여서 동남아를 지배하려고 했습니다. 한국 사람을 시켜 필리핀, 월남, 중국의 노예를 다스리는 반장을 시켰고 감옥의 감시인을 시켰습니다.

지금의 586세대들은 전교조에서 가르쳐 주는 김일성이 보낸 교과서만 읽었습니다. 그래서 자기들이 젊어서 가졌던 이상이 최고의 정의이고 이상이라고 생각합니다. 이렇게 책 한 권만 읽은 사람은 다른 사람과 토론할 수 없고 자기들이 가진 사상만이 옳다고 생각합니다. 마치 히틀러가 자기의 생각만이 진리라고 생각했던 것처럼….

칼 마르크스의 『자본론』의 논리로는 나무랄 데가 없습니다. 모든 사람이 정의롭게 평화롭게 평등하게 사는 세상을 만들자는데 반대할 사람이 있겠습니까? 그런데 그런 세상은 세상의 모든 사람이 착하고 법을 순종하고 나라에서 시키는 일에 아무런 반대가 없이 순종했을 때의 이야기입니다. 만일 자기들의 정책에 순종하지 않고 반대하는 사람이 있다면 그를 제어해야 할 것이고, 그러려면 권력 기관이 있어야 하고 새로운 계급이 생기고 새로운 권력층이 생기게 됩니다. 새로운 권력층은 과거에 있던 권력층보다 더 포악하고 잔인하고 나쁜 권력층이라면 이것은 그들이 꿈꾸고 선전했던 유토피아가 아닙니다.

볼셰비키 혁명으로 권력을 잡은 스탈린은 트로츠키를 숙청하여 제거하고 레닌을 암살한 후 독재정치를 하였습니다. 그는 천만 명 이상을 죽게 했습니다. 소수 민족을 통치하기 위하여 그들의 연결고리를 끊으려고 연해주에서 50만 명의 고려인을 기차에 태워 시베리아로 끌고 갔습니다. 어디에 정착을 시킨다는 계획도 없이 그 추운 겨울, 먹이지도 않고 시베리아로 몰아서 전염병으로 죽고 추위에 얼어 죽고 굶겨 죽였습니다. 그 기차가 우즈베키스탄과 카자흐스탄 근처에서 연료가 떨어져서 더 가지 못하자 유기해버렸습니다. 50만 명이 떠났는데 약 15만이 살아남았다고 합니다. 삼분의 2가 넘는 사람들이 시베리아에서 얼어 죽었습니다.

월남이 공산화된 후 불순분자들을 청소한다고 천만 명 이상을 숙청했다고 합니다. 먼저는 기독교인과 학교 선생, 손을 만져보아 손에 굳

은살이 없는 비노동자, 안경을 낀 사람으로 안경을 낀 사람 중에는 지식인이 많고 지식인들은 공산주의에 잘 물들지 않으니 지식인들을 숙청했다고 합니다. 캄보디아에서 이렇게 죽인 사람들의 해골을 쌓아 작은 산처럼 쌓았습니다. 킬링필드에서 나는 그 해골산을 직접 보았습니다.

책을 한 권만 읽은 사람들의 짓입니다. 그들은 그 책 외에 다른 가르침 즉 진리와 자유와 휴머니즘이 있다는 것을 모릅니다. 지금 우리나라에도 책을 한 종류만 읽은 사람들이 권력을 잡고 있습니다. 그들은 자기들이 운동권 시절에 배운 주체사상만이 진리이고 우리가 따라야 할 진리이고, 김일성이 제시한 주체사상의 국가만이 정의로운 사회라고 생각합니다.

그들이 정권을 잡자 그들의 패거리에 속한 사람들만의 정부가 되었습니다. 외무고시를 보지도 않고 외교가 무엇인지도 모르는 여자가 외무부 장관이 되고, 시위본부 전학련의 의장이었던 사람이 통일부 장관이 되었습니다. 군에 가보지도 못한 동성애 성향의 젊은이가 군인인권위원장이 되었습니다. 재벌이라면 이를 갈던 사람이 경제를 책임지는 자리에 올랐습니다. 청와대 비서진 중에는 학생 시위의 주동자였던 각 대학교 학생 위원장이 십여 명이나 진을 쳤습니다. 그리고 장관들은 아무런 결정권도 없이 마치 신입사원이 위에서 가르치는 대로 일을 하듯이 청와대에서 지시하는 일만 수행할 뿐입니다.

대통령은 좌파의 감독이 만든 픽션 영화를 보고 눈물을 흘리고는 이것을 정책으로 삼아야 한다고 연설을 합니다. 이들은 자기들이 시위하면서 범했던 과격한 행동이 법에 어긋나는 데도 자기들이 저지르는 행동은 용서가 될 수 있다고 생각합니다. 그래서 조국, 윤미향 같은 사람들이 생기고 불법 선거도 우리의 이상향을 만들기 위해서면 용서될 수 있다고 생각합니다.

지금 우리 사회에는 우리나라에는 많은 책을 읽고 올바른 지식과 철학을 가진 사람이 나와야 하고 그들이 나라를 지도하는 사회가 속히 되어야 한다고 생각합니다.

한국의 국회의원

한국에는 염라대왕도 부러워한다는 특수계급의 사람이 300명 있습니다. 이들은 웬만한 금수저를 물고 나온 사람조차 따라가지 못할 특권을 가지고 있습니다. 그들은 죄를 지어도 면책특권이 있어서 죄를 지어도 자기 패거리의 동의가 없이는 경찰이 잡아가지도 못하고 웬만하면 유야무야됩니다. 그들이 만들어 내는 법은 누구도 반대를 못 합니다. 그래서 자기들이 원하는 법안을 마음대로 만들어 냅니다.

이종걸 의원이 발의한 위안부 비난 방지법은 누구나 과거 일본 위안부 한 사람을 폄하하거나 모독하는 발언을 하면 5천만 원 이하 5년간 징역을 시키자는 법안을 만들어 냈고 5·18을 부정하는 사람도 엄벌해야 한다는 법을 만들어 냈습니다. 그들의 권리는 무소불위하여 무슨 일이든지 자기들의 마음에 안 들면 법을 만들어 묶어 버립니다.

이들은 자기들끼리 서로 싸우다가도 자기들의 월급 소위 세비라는 것을 올릴 때는 모두 한마음 한뜻이 됩니다. 그들은 일 년에 한 번씩 외국으로 자기 돈 안 들이고 여행할 수 있고, 항공기를 타면 일등실을 무료로 이용할 수 있습니다. 기차는 항상 특별실이고 공항에서도 귀빈

실을 이용합니다. 외국에 가면 영사관이나 대사관의 영접과 대접을 받습니다. 그는 비서를 자기 돈 안 들이고 고용하고 3~4명의 보좌관도 부립니다.

국회의사당에는 화려한 의원실에 비서실도 있으며 운동실도 무료로 쓰고 마사지도 받습니다. 물론 아프면 자기뿐 아니라 가족까지 귀족 대우를 받으며 치료를 받을 수 있습니다. 그들은 운전사를 대동한 고급 승용차를 타고 출퇴근을 합니다. 그리고 퇴직하고도 평생 연금도 받게 됩니다. 직급은 차관급이지만 장관이나 감사원장 대법원장을 불러 호통을 치기도 합니다.

몇 년 전에는 병장으로 제대한 의원이 병장 옷을 입고 대장으로 예편한 참모총장 출신의 장군을 불러 "당신이 그렇고도 대한민국군을 통솔할 자격이 있었다고 생각을 하느냐?"고 호통을 쳤습니다. 군대에서 병장이 대장을 만나 보기도 힘이 들 텐데 대장한테 그런 호통을 칠 수 있을까요? 물론 국회의원이라는 특권 때문입니다.

그래서 한 번 이 직업에 맛 들이면 쉽게 포기를 못 합니다. 임기는 4년인데 어떤 이는 9번도 하니 근 40년이나 이 직업인 사람도 있습니다. 이들은 변호사나 의사는 겸직도 할 수 있습니다. 그리고 잘하면 장관이 되기도 하고 청와대 요원으로 뽑혀 갔다가 다시 돌아오기도 합니다.

이들이 바로 국회의원입니다. 이 사람들은 남들을 데모대 앞줄에 세우고 자기들은 뒷줄에 서서 고함만 지르다가 도망가는 기술을 습득한 사람들이고, 데모 앞줄에서 누가 죽으면 제일 슬퍼하는 표정을 보일 줄 아는 사람들입니다. 그들은 소위 조직이라는 것을 만들 줄 알아 소위 한총련 전대협 같은 조직을 만들어 간부직에 앉을 줄 아는 사람들입니다. 그리고 소위 시민단체라는 것을 만들어 거의 사기행위에 가까운 행태로 사리사욕을 채울 줄 아는 사람도 있습니다. 그리고 TV나 신문에 진보정권을 옹호하는 글을 쓰거나 발언하여 정권의 눈도장을 찍어 놓았다가 공천을 받거나 비례대표라는 것을 이용하여 들어온 사람들도 있습니다. 그런 사람은 권력자의 비위를 맞출 줄 아는 사람들입니다. 더러는 착하고 깨끗한 사람들이 눈에 띄지만, 여의도 집터가 나빠서 그런지 아니면 한강 하류에 위치하여 물이 흐려서 그런지 그 집에 들어가서 몇 달만 있으면 금방 오염이 되어 냄새가 나고 막말을 하고 오만해지고 후안무치해집니다.

오래전에 그런 유머가 있었습니다. "한강에 국회의원과 할머니 한 사람이 빠졌는데 누구를 먼저 건져야 할까요?" 하니까 "국회의원을 먼저 건져야 한다. 왜냐면 한강 물이 오염이 되니까." 이들은 자기들이 애국자라고 말합니다. 자기들에게 거슬리면 친일파이거나 미국의 노예근성을 가진 친미파라고 매도합니다.

많은 국민이 그들을 싫어합니다. 그런데 참 이상합니다. 선거 때가 되면 국민을 어떻게 속이는지, 아니면 국민을 현혹하게 하는지 국민이 표를 던져 준다는 사실입니다. 그리고 한 달이 못 가서 후회합니다. 그런 일이 한두 번 일어나는 것이 아니라 정부 수립 이후 70여 년을 반복하고 있습니다. 정말 불가사의한 일입니다. 아마 유네스코의 불가사의 중 살아있는 불가사의를 뽑으라면 단연 1위로 뽑힐 것입니다.

그들은 기자 앞이나 국회의사당 안에서는 마치도 정의나 명분을 앞세워서 싸우는 것 같지만, 퇴근하여서는 같이 어깨동무하고 술을 마시고 노래방에 가서 춤추고 노래합니다. 아마 그들은 다시 모여서 그들의 월급을 올리자는 법안을 낼지 모릅니다. 그러면 만장일치로 통과가 되겠지요.

어떤 의원은 자기들이 죽으면 현충원에 안장하자는 법안은 제출한다고 합니다. 한국전쟁 때 일선에서 싸운 백선엽 대장도 현충원에 모시는데 서울은 안 되고 대전으로 가라고 하던 그 국회의원들입니다. 나는 이 특수 집단을 없애야 한다고 생각합니다. 이들이 나라를 좀먹게 하는 원조 바퀴벌레라고 생각합니다. 민주국가에서 대의원을 없애는 것이 말이 안 된다고 하겠지요. 나는 국회를 없애자는 것이 아니라 현재 특권층을 없애자는 말입니다.

방법이 있습니다. 그렇게 나라를 사랑하는 사람들이니 국회의원은 월급을 없애고 보좌관도 없애고 비서도 자기 돈으로 고용하고 항공기에 일등석도 없애고 기차의 특별실 이용의 특권도 없애야 한다고 생각합니다. 그리고 그들이 자기들의 월급을 법으로 정하는 권리는 없애야 합니다. 자기 월급을 자기가 정하는 사람들이 세상에 어디에 있습니까? 그러면 나라를 사랑하는 것이 아니라 사리사욕을 채우려는 탐욕스러운 무리가 물러갈 것입니다. 월급을 받지 않고 나라를 위해 일을 하는 대의원들이 유럽에는 많이 있습니다. 그들은 자전거를 타고 다니고 서류 보따리를 직접 대의원이 든다고 합니다. 아마 화려한 국회의원 특수계급의 국회의원은 대한민국이 제일가지 않을까 생각을 합니다.

그렇게 한다면 정말 나라를 걱정하고 나라를 위하여 머리를 맞대고 의논을 하는 사람들이 모일 것입니다.

죠지 오웰의 2022

조지 오웰이라는 사람의 소설 중 『1984년』이라는 소설이 있습니다. 나라를 마치도 북한처럼 만들어 모든 국민을 정부가 사찰하고 감시하고 조절하는 나라의 이야기입니다

한국에서는 부동산값이 미친 여자처럼 춤을 추고 있습니다. 문재인 정부가 들어서고 3년 반 만에 부동산값이 50%가 뛰었다는 사람도 있고 30%가 뛰었다는 사람도 있습니다. 정부는 부동산 정책을 23번이나 바꾸면서 공포했는데 새로운 정책이 나올 때마다 집값이 상승했다고 합니다. 그래서 강남의 아파트는 몇 년 사이에 5억이 올랐다고도 하고 4억이 올랐다고도 합니다. 그전에 강북의 아파트값이 웬만한 것은 7억이면 살 수 있었는데 이제는 7억을 가지고선 복덕방 아저씨를 면회도 할 수 없다는 말이 나왔습니다. 며칠 전 어느 여배우는 자기가 살던 집을 팔고 이사를 했는데 153억에 팔았다는 이야기입니다. 153억이면 대개 '15 Million Dollars'가 되는 가격이니 미국에서도 이런 비싼 집은 많지 않을 것입니다.

한국의 집값은 비쌉니다. 오하이오에서 성형외과 의사라고 그래도

좋은 집에서 살았습니다. 많은 사람이 우리 집을 예쁘다고도 했고 좋다고 칭찬도 했습니다. 오하이오에서 은퇴하고 고양시에 있는 명지병원에서 일하게 되었습니다. 고양시는 서울시도 아니고 그리 비싼 곳도 아닙니다. 그런데 오하이오에서 집을 판 돈으로는 고양시에서 집을 살 엄두도 내지 못하였습니다. 그때 고양시의 아파트값이 4억 정도였고 전세는 집값의 75%인 3억을 가져야 얻을 수 있었습니다. 나는 월세를 살 수밖에 없었습니다. 지금은 그 동네의 집값이 배도 더 올랐다고 합니다. 그래서 웬만한 젊은이들은 평생을 벌어도 집을 살 수 없는 사회가 되었습니다.

문재인 정부는 이 부동산 정책을 바로 잡겠다고 장담을 했습니다. 그리고 정책을 23번이나 내놓았는데 새로운 정책이 나올 때마다 집값을 오르고 또 오릅니다. 얼마 전 국회에서 국토부 장관에게 국회의원이 지난 3년 동안 평균 아파트값이 얼마나 올랐느냐고 하니까 김현미 국토부 장관이 모기만 한 소리로 11% 올랐다고 답변하고 국회의사당은 웃음소리가 요란했습니다.

사회가 어지러울수록 집값은 오르게 마련이고 국민이 어디 투자할 데가 없으면 부동산값이 오르게 마련입니다. 그런 한국에서 살다가 미국에 오면 땅에 대한 욕심이 생겨납니다. 그래서인지 한국 사람들이 미국에 오면 땅을 많이 삽니다. 성형외과 개업을 하고 돈이 좀 들어와서 나도 땅에 투자해야겠다고 생각하여 옆에 사는 복덕방 아주머니와 땅을 사러 다녔습니다. 복덕방 아주머니가 "하나님이 땅을 더 만들지 않으시니까 땅값은 오르게 마련이다."라는 말을 믿고 땅을 샀습니다. 85에이커의 큰 땅을 샀으니 1에이커가 1,224평이라고 하니 10만 평이 넘는 땅이었습니다.

나는 여기에다 유토피아를 세우리라 생각을 했습니다. 마침 땅이 소나무밭이고 가운데 시내가 흐르니 영화 『보난자』에서 보는 이상향을 꾸밀 줄 알았습니다. 가끔 주말이면 자동차를 타고 땅을 돌아보며 '여기다 친구들과 함께 집을 짓고 골프 연습장과 테니스 코트를 세우고 은퇴하면 살아보리라.'라고 생각을 했습니다. 시카고와 미시간에서 또 뉴욕에서 친구들이 오면 이 땅을 구경을 시켜주고는 "여기다 집을 짓자. 땅은 거저 줄 거다."라고 꼬셨습니다. 친구들이 우리 집에서 묵을 때는 "그래. 좋은 생각이다."라고 했는데 가고 나면 함흥차사였습니다.

땅을 사 놓은 지 10여 년이 지났습니다. 은퇴할 시간은 다가오는데 아무도 나의 유토피아를 응원해주는 친구는 없고 아들마저 나를 말렸습니다. "아버지, 큰 도시로 가세요. 여기 있다가 아버지가 아프면 아무도 와 보지도 않고, 아버지가 돌아가시면 일주일 있다가 발견이 될는지 한 달이 있다가 발견이 될는지 모릅니다. 어서 이 땅을 팔고 도시로 나가세요."라고 강권했습니다. 어찌해 볼 도리 없어진 나는 꿈을 팔고 뉴저지에 작은 콘도를 하나 사는데도 돈이 모자라 돈을 보태야 했습니다.

미국의 땅값은 오르지 않습니다. 물론 뉴욕이나 큰 도시는 다르겠지만…. 그런 나라에 살면서 한국의 부동산을 바라보면 전혀 딴 세상의 이야기입니다. 친구 중에 의사 생활만 한 친구는 부자가 된 사람이 별로 없습니다. 부인이 부동산 사업을 한 친구들이 모두 부자가 되었습니다.

한국은 이제 사회주의적인 사상을 가진 사람들이 정권을 잡았습니다. 이 사회를 사회주의 사회로 만들려고 합니다. 그 첩경이 토지 공개념입니다. 법무부 장관으로 사회에 물의를 일으키고 있는 추미애 씨가 여당 대표로 있을 때 토지 공개념에 대하여 여러 번 피력하였고 정부의 유력자들이 점점 더 토지 공개념 주장하고 있습니다. 즉 개인이 토지를 소유할 수 없고 국가가 토지를 가지며 개인들에게 임대한다는 것입니다. 그러면 지금 개인의 땅을 어떻게 회수하느냐 하는 건데 그 것은 가옥세와 토지세를 국민이 도저히 세금을 감당할 수 없을 만큼 올려서 정부가 차츰 접수한다는 것과, 다른 안은 북한처럼 하루아침에 모든 토지를 정부가 압수하여 정부의 소유로 만든다는 것입니다. 물론 이것은 북한이나 베트남이나 중국 같은 공산주의 국가에서만 할 수 있는 일입니다. 그러려면 북한 주도의 통일이 되든지, 혁명이 일어나야 합니다. 그것은 불가능하니 토지나 가옥의 세금을 차츰차츰 올려서 세금을 못 내는 사람의 토지를 정부가 흡수하는 길이라고 합니다.

그러려면 국민의 재정 관계를 철저히 파악해야 합니다. 누가 부동산을 얼마나 가지고 있고 자산과 수입이 얼마인지를 자세히 파악해야 합니다. 그래서 생각해낸 게 부동산 거래분석처라는 관청입니다. 이 관청에서는 컴퓨터로 국민의 은행계좌, 소유하고 있는 부동산 수입들을 모두 컴퓨터에 넣어 관리하면서 국민을 감시합니다. 경찰이나 검찰이 언제든지 불러서 "당신은 7년 전 은행 대출할 때 무슨 서류를 잘못했으니 아니면 무슨 세금을 안 냈으니 조사하자."라며 압수수색하고 정부의 시녀인 법원에서 벌금이나 징역을 때리면 자연히 모든 토지가 국가로 들어올 것입니다.

죠지 오웰이 1984년 생각한 정부, 정부가 모든 국민을 사찰하고 한 주먹에 쥐고 마음대로 할 수 있는 나라를 만들 수 있을 것입니다. 마치도 북한처럼, 중국처럼 국민의 목에 쇠사슬을 걸고 마음대로 잡아당기고 풀어 주는 정부를 만들 수 있을 것입니다.

아마 지금 문재인 정부는 죠지 오웰의 1984년처럼 2022년 그런 나라를 꿈꾸고 있는지도 모르겠습니다.

이용해 열여섯 번째 수필집

그저
그렇게 사는 거다